달이
부서진
밤

달이 부서진 밤

정명섭 장편소설

시공사

차
례

차례

0. 유유와 밀우

고구려 동천왕 20년(서기 246년), 남옥저

유유는 고개를 들어 태양을 바라봤다. 한낮의 태양은 유유가 말을 타고 서 있는 산꼭대기는 물론 남옥저의 험난한 산 여기저기에 뜨거운 햇살을 뿌렸다. 산 아래에는 위나라군의 진영이 보였다. 도성인 환도성을 잃고 남옥저까지 도망친 동천왕을 잡기 위해 위나라 유주자사 관구검이 보낸 현도태수 왕기의 추격부대였다.

남옥저까지 추격을 당하면서 동천왕을 지키던 많은 장수와 병사들이 목숨을 잃었다. 유유의 둘도 없는 친구인 밀우도 죽을 뻔했지만 하부 출신 유옥구의 활약으로 겨우 목숨을 건졌다. 이제 마지막이라는 생각이 유유의 머리를 스쳤다. 이대로 가다가는 동천왕이 죽거나 위나라의 포로가 될 것이다. 그것은 고구려의 멸망을 의미했다. 말 머리를 돌려 진영으로 돌아온 유유는 의자에 앉아 있는 동천왕 앞에 무릎을 꿇었다.

"일이 몹시 위급하게 되었습니다."

"과인의 탓일세."

자책하는 동천왕에게 유유가 말했다.

"신에게 계책이 하나 있습니다."

"말해보라."

"신이 항복하는 척, 음식을 들고 적장에게 다가가 틈을 봐서 해치우겠습니다. 전하는 그때를 놓치지 마십시오."

유유의 얘기를 들은 동천황이 가라앉은 목소리로 말했다.

"자네까지 잃고 싶지는 않네."

"고구려를 잃으시면 안 됩니다, 전하."

무릎을 펴고 일어난 유유는 말에 올라탔다.

피가 말라붙은 갑옷 차림의 유유가 백기를 들고 나타나자 위나라 병사들은 호기심 어린 눈길을 던졌다. 진영 앞에서 유유가 앞을 가로막은 위나라 병사들에게 말했다.

"나는 고구려의 장수 유유다. 전하의 뜻을 전하러 왔으니 현도태수를 만나게 해달라."

녹색 두건을 쓴 역관이 나타나자 그에게 재차 뜻을 전한 유유는 마른침을 삼켰다. 진영 안으로 역관이 돌아가더니 잠시 후 다시 나타났다. 그가 묵묵히 기다리는 유유에게 말했다.

"따르십시오."

한숨을 돌린 유유는 역관과 감시의 눈길을 풀지 않는 위나라 병사를 따라갔다. 진영 한가운데 큰 천막 앞에는 호랑이 가죽이 깔린 의자가 보였다.

잠시 후, 천막 안에서 찰갑으로 된 갑옷 차림의 현도태수 왕기가 모습을 드러냈다. 뻣뻣한 팔자수염에 부리부리한 눈을 한 그가 호랑이 가죽이 깔린 의자에 앉은 후 역관을 바라봤다. 헛기침을 한 역관이 말했다.

"무슨 용무냐고 묻습니다."

"고구려의 왕께서 항복의 뜻을 전하라 하셨습니다."

역관을 통해 유유의 애기를 전달받은 왕기가 흡족한 표정을 지었다. 유유는 대나무를 얇게 잘라서 엮은 죽간을 들고 그에게 다가갔다. 그러자 호위병들이 앞을 가로막았다. 유유는 짐짓 안타까운 표정을 지었다.

"왕께서 현도태수에게 보내는 죽간입니다. 직접 전달하라는 어명을 받았습니다."

잠시 주저하던 왕기가 눈짓을 하자 호위병들이 그의 몸을 샅샅이 뒤졌다. 무기 없다는 보고에 왕기가 유유에게 말했다.

"가까이 오라."

조심스럽게 다가간 유유는 왕기의 앞에 무릎을 꿇고 두 손으로 죽간을 바쳤다. 왕기가 손을 뻗어서 죽간을 잡으려는 순간, 유유가 죽간 사이에 꽂아둔 단검을 꺼냈다. 벌떡 일어난 유유는 왕기의 갑옷 틈 사이 겨드랑이로 단검을 쑤셔 넣었다. 뜻밖의 공격을 받은 왕기는 눈을 까뒤집고 풀썩 쓰러졌다. 놀란 역관이 비명을 지르며 주저앉았다. 유유는 피 묻은 단검을 움켜쥐며 창을 겨눈 위나라 병사들을 향해 외쳤다.

"고구려가 그리 쉽게 항복할 줄 알았느냐! 곧 태왕께서 군대를 이끌고 반격을 가할 것이다. 살고 싶으면 당장 도망치는 것이 좋을 것이다!"

유유의 당당한 외침을 들은 역관이 주저앉은 채 키득거렸다. 유유가 눈살을 찌푸리며 쏘아보자 역관이 천막을 바라봤다. 천막의 입구가 들춰지더니 왕기와 같은 차림의 장수가 모습을 드러냈다. 가느다란 수염에 좁고 긴 얼굴을 한 그가 유유를 보더니 코웃음을 쳤다. 역관이 바지에 묻은 흙을 털면서 일어나 말했다.

"죽은 자는 태수 어르신의 호위병이외다. 혹시나 해서 가짜를 내세웠는데 걸려들었구려."

아차 싶었던 유유가 새로 나타난 진짜 왕기에게 덤벼들었다. 하지만 호위병들의 칼이 먼저였다. 등과 허리를 창과 칼에 무수히 찔린 유유는 단검을 쥔 채 쓰러졌다. 유유의 몸에서 나온 피가 흙을 붉게 물들였다. 그 모습을 본 현도태수 왕기가 코웃음을 쳤다.

"고구려 놈들이 이런 얄팍한 수를 쓰는 걸 보면 궁지에 몰린 모양이구나. 지금 들이치면 반드시 고구려의 왕을 사로잡을 수 있을 것이다. 서둘러라!"

위나라 병사들이 추격할 준비를 하는 와중에 역관은 무심코 유유를 바라봤다. 그리고 그의 손가락이 천천히 움직이는 것을 보고 의아한 표정을 지었다.

"뭐, 뭐지?"

눈을 뜬 유유가 땅을 짚고 일어나자 역관의 입이 벌어졌다. 유유가 손에 든 단검을 휘두르자 역관의 옆에 있던 병사가 피가 콸콸 쏟아져 나오는 목을 움켜잡고 쓰러졌다. 부하들에게 지시를 내리느라 그걸 보지 못했던 왕기가 뒤늦게 고개를 돌렸다.

그의 눈앞에서는 핏발이 서다 못해 눈이 붉게 충혈된 유유가 보였다. 아까 창과 칼에 찔린 상처에서 피가 흘러나오고 있었는데, 바닥에 떨어진 피는 하얀 연기로 변하더니 사라졌다. 갑옷에 가려지지 않은 손과 목덜미로 검은 줄기 같은 것이 나타나서 머리로 모였다. 얼굴이 검게 변한 유유가 머리를 좌우로 심하게 비틀었다. 활짝 벌린 입에서 송곳니가 툭 불거져 나왔다. 그러면서 몸이 부풀어 오르자 가죽끈으로 연결된 갑옷이 견디지 못하고 터져나갔다.

"아니!"

혼비백산한 왕기가 주춤거리며 물러나자 호위병들이 앞을 가로막았다. 유유는 호위병들을 가볍게 뛰어넘어 그를 덮쳤다. 그러고는 뾰족해진 치아로 목덜미를 물어뜯었다. 발버둥을 치던 왕기가 축 늘어지자 유유는 천천히 몸을 일으켰다. 그사이 호위병들이 무수히 창과 칼로 찔러댔지만 끄덕도 하지 않았다. 가장 앞장서서 유유의 몸에 창을 찌른 호위병은 자신을 향해 돌아서는 유유를 보더니 비명을 질렀다.

"괴, 괴물이다!"

유유는 길게 포효하며 위나라 병사들을 향해 덤벼들었다. 진영 안은 삽시간에 비명과 고함으로 가득 찼다.

척후로부터 위나라군 진영이 혼란에 빠졌다는 보고를 받은 동천왕은 남은 부하들을 이끌고 역습에 나섰다. 넋이 나간 위나라 병사들은 제대로 저항하지 못하고 죽거나 도망쳤다. 손쉽게 승리를 거두고 위나라군의 진영을 차지한 동천왕이 투구를 벗으면서 소리쳤다.

"서둘러 유유를 찾아라!"

잠시 후 찾았다는 유옥구의 외침이 들리자 동천왕은 말에서 내려 그곳으로 향했다. 잠자듯 평온하게 눈을 감은 유유의 주변에 널려 있는 갈기갈기 찢긴 위나라 병사들의 시신을 본 동천왕이 유옥구에게 물었다.

"시신들이 왜 이렇게 된 것인가?"

"소신도 영문을 모르겠습니다. 맹수한테 당한 것 같습니다."

"갑자기 맹수가 나타났을 리는 없을 터, 포로들을 끌고 와라."

"알겠습니다."

유옥구가 부하들에게 포로를 끌고 오라는 지시를 내리는 사이, 동천왕은 피투성이가 된 유유의 몸을 살폈다.

"이렇게 많이 찔리고 베이다니, 과인의 마음이 더없이 슬프도

다."

동천왕이 유유의 충성스러운 죽음에 슬퍼하는 사이, 유옥구의 부하가 녹색 두건을 쓴 역관을 데리고 왔다. 파랗게 질린 역관 앞에 선 동천왕이 물었다.

"대체 이곳에서 무슨 일이 벌어진 것이냐?"

역관은 유유의 시신을 힐끔 보더니 떨리는 목소리로 대답했다.

"괴물이 나타나서 현도태수를 죽이고 병사들을 마구잡이로 해쳤습니다."

"괴물이라니, 무슨 짐승을 말하는 것이냐?

동천왕의 호통에 역관은 그 자리에 주저앉았다.

"짐승이…… 아니었습니다. 저도 보고도 믿기지가 않습니다."

그러고는 떨리는 손으로 유유의 시신을 가리켰다.

"저자가 괴물로 변해서 사람들을 마구 죽였습니다. 하늘에 맹세코 사실입니다."

1. 고구려라는 이름

고구려가 멸망하고 몇 년 후, 요동

안개가 걷히고 햇볕이 내리쬐자 벌판 너머에 마침내 계곡이 보였다. 꿈에도 그리던 곳이었지만 막상 눈으로 보게 되자 세활은 할 말을 잊었다. 그 와중에 또다시 통증이 찾아왔다. 왼쪽 발목에서 시작된 아픔은 불이 옮겨붙는 것처럼 온몸으로 퍼져나갔다. 서 있기조차 힘들었지만 세활은 꾹 참고 계곡을 노려보았다.

"드디어 도착했군."

기쁨보다는 서늘함이 담긴 그의 말은 곧 부하들에게로 돌려졌다. 그렁그렁한 눈으로 계곡을 쳐다보던 부하들은 고등신과 부여신의 이름을 부르짖기도 하고, 죽은 동료의 이름을 외치면서 울부짖었다. 출발한 지 1년이 넘게 헤매다 드디어 찾았기에 다들 북받쳐 오르는 감정을 못 이긴 것이다.

세활 역시 이곳에 오지 못하고 죽어간 부하들을 떠올랐다. 안개에 둘러싸인 계곡은 흐르는 강물 위에 떠 있는 섬처럼 보였다. 하지만 슬퍼할 겨를이 없었다. 부하들의 목숨보다 중요한 것이 바로 임무를 수행하는 것이기 때문이었다. 계곡에 도착한 건 끝이 아니라 시작에 불과하다고 마음을 다잡은 그에게 소사구가 물었다.

"그분이 저기 계실까요?"

"들어가서 찾아봐야지. 자네 생각은 어때?"

"돌아서기엔 너무 많이 왔습니다."

발밑에 침을 탁 뱉은 소사구가 신경질적으로 덧붙였다.

"그리고 너무 많이 죽기도 했고 말입니다."

침울하게 덧붙인 소사구가 흙 위에 거꾸로 꽂아두었던 창을 집어 들고는 부하들에게 소리쳤다.

"야! 이놈들아! 뭐 슬퍼할 게 남았다고 질질 짜고 그래! 다들 뚝 그치지 못해!"

소사구의 험악한 말에 부하들이 멋쩍은 웃음과 함께 뒤통수를 긁었다. 하지만 세활은 부하들이 눈 대신 가슴으로는 계속 울고 있다는 사실을 잘 알았다. 아무도 모르게 센 부하의 숫자는 아홉에서 멈췄다. 출발했을 때의 기억을 떠올리며 세활이 중얼거렸다.

"고작 아홉 명만 남았군."

곁에서 그 말을 들은 소사구가 말했다.

"그런 걸 신경 쓰시는지 몰랐습니다."

"내가 피도 눈물도 없는 사람이라서?"

세활의 물음에 소사구는 쓸쓸한 웃음을 지었다.

"어쨌든 잘못하신 거 없습니다."

"그때 너무 성급했던 건 아닐까?"

"그대로 부서져서 흔적도 없이 사라졌겠죠."

"……아무래도 생각이 많아진 걸 보면 죽을 때가 된 것 같
군."

자조 섞인 그의 말에 소사구가 굳은 표정으로 대답했다.

"죽더라도 우릴 양만춘 장군님 앞에 데려다놓고 죽으셔야 합
니다."

"자네도 그 눈먼 점쟁이 말을 믿나?"

세활은 갑옷을 만지작거리며 물었다. 갑옷의 쇳조각들을 연
결한 가죽 끈이 닳아 당장에라도 떨어져 나갈 듯 너덜거렸다.

"더 이상 물러날 곳도 없잖습니까?"

"그렇지. 일단 잠깐 쉬고 계곡으로 들어간다."

"바로 들어가는 게 좋지 않을까요?"

소사구가 고개를 갸웃거리면서 묻자 세활은 고개를 저었다.

"상황을 좀 더 살펴봐야 해."

"그렇다면 더 빨리 움직여야 하지 않겠습니까?"

세활은 아무 말 없이 고개를 저었다. 그의 속마음을 눈치챈
소사구가 얼굴을 찡그렸다.

"목숨을 걸고 여기까지 온 부하들도 못 믿으시는 겁니까?"

"누굴 믿기에는 너무 큰일을 앞두고 있어."

"아무리 그래도 너무하십니다."

소사구가 낙담한 표정으로 말하자 세활이 단호하게 대답했다.

"잘못하면 놈들에게 양만춘 장군님이 계신 곳을 안내해주는 꼴이 될 거야."

세활의 말에 소사구가 돌아서서 부하들에게 말했다.

"잠시 쉬었다가 간다. 주변 경계를 철저히 하도록."

그가 부하들을 살펴보러 가는 사이 세활은 주변을 살펴봤다. 아직 누군가 나타나지는 않았지만 부하들 중에 배신자가 있다면 분명 지금쯤 모습을 드러낼 것이다. 텅 빈 벌판을 바라보던 세활은 문득 어쩌다가 이곳까지 오게 되었는지를 떠올리면서 쓴웃음을 지었다. 30년 전의 그때도 지금처럼 햇살이 뜨겁게 내리쬐었다.

2. 오래전 기억

뜨거운 햇살 탓에 바짝 말라버린 언덕 너머에서 마른 먼지가 일어났다. 그것을 맨 처음 본 것은 여느 때처럼 모여서 노는 아이들 중 하나인 검모잠이었다.

"형! 누가 고개를 넘어오고 있는 것 같아!"

세활은 검모잠이 작은 손가락으로 가리키는 쪽을 바라봤다. 열 살에서 열다섯 살 남짓 된 아이들은 심심하면 마을 입구에 모여 놀았다. 그날도 나뭇가지를 꺾어서 칼싸움을 하던 아이들은 검모잠의 말에 모두 손을 멈추고 고개 쪽을 바라봤다. 고개를 통해 마을에 드나드는 사람은 나라에 바칠 수레바퀴가 잘 만들어지고 있는지 살펴보는 수림성의 관리, 그리고 물건을 팔러 오는 장사꾼이었다. 하지만 고개 마루에 모습을 보인 것은 관리나 장사꾼 둘 다 아니었다. 사내의 옷은 온통 먼지를 뒤집어써서 황토색으로 보였다. 머리에는 햇빛과 비를 피하기 위해

챙이 넓은 삿갓을 쓰고 있었지만 모자에도 먼지가 덮여 있었다. 그리고 그 사내의 등에는 한 자루의 칼이 매달려서 흔들거렸다.

낯선 사내를 본 세활과 아이들은 겁먹은 눈길로 서로를 바라봤다. 이웃 마을 사람들은 수림촌 사람들을 고운 눈길로 보지 않았다. 간혹 개울가로 놀러 가면 이웃 마을 아이들이 돌을 던지기도 했다. 그럴 때면 아이들은 이유도 모른 채 황급히 도망쳐야만 했다. 어찌할 바를 모르던 세활과 아이들 앞에 사내가 서더니 눈을 가린 삿갓을 살짝 들어 올리며 말했다.

"애들아! 이 길로 쭉 가면 수림촌이 나오니?"

세활이 사내를 올려다봤다. 햇볕에 검게 탄 얼굴은 가느다란 주름으로 뒤덮였다. 하지만 의외로 서글서글해 보이는 눈매에 세활은 고개를 끄덕거렸다.

"맞아요. 저 길로 쭉 가면 마을이 보여요. 그런데 무슨 일로 가시는 거예요?"

세활의 대답을 들은 사내가 삿갓을 고쳐 매면서 대답했다.

"누굴 만나려고. 거기 촌주 어르신 성함이 길자 평자 쓰시는 분 맞니?"

아이들은 일제히 고개를 끄덕였다. 미소를 지은 사내가 아이들을 천천히 훑어보다가 발걸음을 옮겼다. 그때 사내가 뒤에 차고 있는 칼을 본 세활이 용기를 냈다.

"아저씨! 그거 진짜 칼이에요? 한번 만져보면 안 돼요?"

사내가 걸음을 멈추고는 세활에게 말했다.

"칼은 무사에게는 생명과도 같은 것이어서 함부로 남에게 보여주지 않는단다."

"그럼 아저씨는 무사인가요?"

세활의 물음에 사내는 얼굴을 바짝 들이댔다. 그때서야 비로소 얼굴에 있는 것이 가는 주름이 아니라 상처임을 깨달았다.

"예전에는."

흐릿한 미소를 지어 보인 사내가 쓸쓸한 말투로 대답하고는 발걸음을 옮겼다.

그날 늦은 저녁을 먹고 잠자리에 든 세활은 잠결에 아버지와 어머니가 하는 얘기를 들었다.

"길평 어르신이 그러는데 오늘 온 사람이 아이들을 가르칠 거래. 경당 선생이 없어서 걱정했는데 잘 됐지 뭐야!"

아버지의 들뜬 목소리를 따라 어머니의 목소리가 들려왔다.

"저도 아까 옆집 우곡이 엄마한테 들었어요. 그런데 어디서 뭐 하던 사람이었을까요? 생긴 거로 봐서는 평범하게 산 것 같지는 않던데요."

"뭐, 길평 어르신이 엄한 사람한테 우리 애들을 맡기겠어?"

"그럼 다행이고요."

걱정이 가시지 않는 것 같은 어머니의 말을 끝으로 세활은 깊은 잠으로 빠져들었다.

다음 날 아침, 세활과 아이들은 촌주인 길평 노인의 집으로 향했다. 촌주의 집 뒤쪽 언덕에는 마을 사람들이 땅을 파는 중이었다. 지팡이를 든 길평 노인이 뜰에 모인 아이들에게 말했다.

"앞으로 너희들을 가리킬 경당 선생이시다."

세활은 길평 노인 옆에 선 무사를 보고는 깜짝 놀라고 말았다.

"와!"

어제의 지저분한 모습과는 달리 깨끗한 바지와 저고리에 새의 깃을 꽂은 절풍을 쓴 차림이었다. 등에 짊어졌던 칼은 옆구리에 차고 있었는데 먼지를 깨끗하게 닦아내서 그런지 새것처럼 보였다. 뒷짐을 진 채 아이들 앞에 선 사내가 말했다.

"어제 만난 아이들이 제법 되는구나. 내 이름은 찬노라고 한다. 오늘부터 너희들에게 고구려의 아이라면 배워야 할 것들을 가르쳐줄 것이다. 열심히 잘 배우면 좋은 기회가 올 것이다."

"뭘 배웁니까?"

호기심 많은 동생 검모잠의 물음에 찬노가 턱을 긁으면서 대답했다.

"글자를 배울 것이고, 그다음은!"

찬노가 갑자기 칼을 뽑아 들자 아이들은 놀란 나머지 비명을 질렀다. 칼집에서 뽑혀 나온 새하얀 칼날은 징징거리며 우는 소리를 냈다. 세활은 햇빛을 받아 한없이 반짝거리는 칼날에 매혹당했다.

"저 칼만 쓸 수 있다면 뭐든 할 수 있을 것 같아."

그의 중얼거림에 검모잠이 맞장구를 쳤다.

"나도 그래. 형!"

몇 년 후, 수림성에서 찬노에게 글과 무술을 배운 아이들을 모두 평양성으로 올려 보내라는 지시가 내려왔다. 동부대인 집안의 가노로 삼는다는 얘기였다. 물론 평생 수림촌에서 수레바퀴를 만드는 일보다 동부대인의 가노가 되는 것이 아이들에게는 더 좋은 일이었다.

평양성으로 떠나는 날, 부모들은 마을 입구까지 따라 나오면서 눈물을 지었다. 하지만 세활을 비롯한 아이들은 흥분을 감추지 못했다.

"걱정하지 말고 집으로 돌아가십시오. 제가 아이들을 잘 보살필 테니 너무 염려하지 않으셔도 됩니다."

걸음을 멈춰 선 찬노가 울고 있는 부모들의 손을 하나씩 잡으며 말했다. 그 모습을 보던 검모잠이 슬쩍 세활에게 물었다.

"형. 그런데 거기 가면 잘 되는 거야? 우리 같은 산골 애들이 어디가 쓸모 있다고 데려간다는 건지 모르겠어."

불안해하는 검모잠을 보면서 세활은 한 달 전, 찬노가 동부대인 연태조와 나눴던 얘기를 떠올렸다. 얼굴을 찌푸리며 세활이 대답했다.

"설움이 많아서 조금만 보살펴줘도 목숨을 걸 테니까."

심드렁한 표정으로 대꾸를 한 세활은 길가에 우거진 수풀을 말없이 바라보았다.

수림성이 보이는 개울까지 따라 나온 부모들은 자식의 이름을 부르며 서로 껴안고 울었다. 바람결에 부모들의 슬픔과 안타까움을 깨달은 아이들은 그때서야 비로소 뒤를 돌아보며 숙연해졌다.

수림성에 도착하자 다른 마을에서 온 것 같은 아이들이 나무 그늘 아래에서 기다리고 있었다. 그들 모두 찬노 같은 사람들에게 이끌려 왔다. 그 광경을 본 세활은 짐작할 수 없는 거대한 그림자가 자신의 운명에 드리워져 있음을 느꼈다.

수림성에서 하룻밤을 머문 아이들은 다음 날 평양성으로 출발했다. 함께 걷는 아이들은 얼핏 잡아도 사백에서 오백 명은 되는 것 같았다. 그 아이들 모두 평양성이라는 곳을 이름만 들어봤을 뿐 직접 본 적은 없었다. 그래서 관도를 걸어 평양성에 들어갔을 때 세활을 비롯한 아이들은 입을 다물지 못했다.

"우와!"

하늘 끝까지 치솟아 오른 것 같은 높은 성벽과 햇빛을 받아 반짝거리는 기와지붕들이 끝없이 펼쳐졌다. 어마어마하게 넓은 길 위에는 수많은 사람들이 시끌벅적한 소리를 내면서 발걸음을 움직였다. 길가에 세워져 있는 석탑과 목탑 주위에는 사람들이 손을 모으고 고개를 숙인 채 돌고 있었다. 길가 우물 옆엔 길게 머리를 닿은 어린 소녀들이 물을 긷는 어머니 주위를 돌면서 장난을 쳤다.

성안에 들어서고 또 다른 성벽을 지나서야 목적지에 당도할수 있었다. 돌로 만든 계단 위에는 붉은색의 커다란 나무문이굳게 닫혀져 있었다. 대문 양옆으로는 붉게 칠해진 둥근 나무기둥이 서 있었고, 계단 아래와 대문 앞에는 반짝거리는 쇳조각이달린 갑옷에 뿔처럼 양쪽이 튀어나온 투구를 쓴 병사들이 창을든 채 서 있었다.

"잠시 멈춰라."

아이들을 멈춰 세운 찬노가 계단을 올라가서 우두머리로 보이는 늙은 병사와 몇 마디를 주고받았다. 늙은 병사가 뒤로 돌아뭐라고 소리치자 낮은 북소리와 함께 천천히 대문이 열렸다. 절도 있는 병사들의 동작과 위압적인 저택의 모습에 압도당한 세활에게 찬노가 손짓을 했다.

"어서 올라와라."

서둘러 돌계단을 밟고 집 안으로 들어선 세활은 벌린 입을 다물지 못했다. 옆에 있던 검모잠도 정신없이 떠들어댔다.

"이 집은 수림성보다 더 클 것 같아."

세활은 잠자코 따라오라 말하고는 앞장서 걷는 찬노의 뒤를따랐다. 끝없이 이어지는 문과 담장, 그리고 지키는 병사들을 본아이들은 주눅이 들었는지 입을 다물었다. 턱없이 넓은 뜰을 쓸던 늙은 노비가 비질을 멈추고 줄지어 지나가는 아이들을 바라보았다. 세활이 힐끔 쳐다보자 노비는 안타까운 표정으로 혀를 찼다. 그렇게 잘 정돈된 뜰과 문을 몇 개씩 지나서야 겨우 행렬이 멈췄다. 널빤지로 높이 세운 담장 안에는 통나무로 만든 집들이 여러 채 있었다. 아이들을 향해 돌아선 찬노가 말했다.

"여기서 기다리면 잠시 후에 대인 어르신이 나오실 것이다. 어르신이 나오면 내가 가르쳐준 대로 예를 표하여라."

세활을 비롯한 아이들이 대답을 했지만 찬노는 걸음을 옮겨 아이들 틈으로 들어가서는 같은 얘기를 몇 번이고 반복했다. 설명을 마친 찬노가 다른 사내에게 눈짓을 하자 맞은편 작은 문으로 나갔다.

잠시 후, 젊고 건장한 호위병에게 둘러싸인 동부대인 연태조가 모습을 드러냈다. 찬노가 한쪽 무릎을 꿇고 고개를 숙여서 예를 표하자 지켜보던 아이들도 일제히 같은 방법으로 인사를 했다. 무릎을 꿇은 아이들을 만족스러운 표정을 지켜보던 연태조는 찬노와 몇 마디 말을 나누고는 이내 사라졌다. 천천히 고개를 든 세활이 검모잠에게 조용히 말했다.

"이제 우리를 왜 여기 데려왔는지 알겠지?"

검모잠이 차마 반박하지 못하는 걸 보면서 세활은 아랫입술을 질끈 깨물었다. 찬노가 그동안 보여줬던 친절과 웃음이 모두 오늘을 위해서였을 것이라는 생각에 마음이 무거워진 것이다. 그런 세활과 아이들 앞에 찬노가 섰다.

"진시(辰時, 오전 7시에서 9시 사이)에 종을 칠 것이다. 종소리가 나면 모두 일어나 우물가에서 씻고 아침밥을 먹는다. 아침에는 저기 보이는 전각에서 글을 배울 것이고, 오시(吾時, 오전 11시에서 1시 사이)가 지나면 저기 문밖에 있는 넓은 마당에서 활쏘기와 말타기를 배울 것이다. 혼자서는 아무것도 할 수 없다. 허락 없이 집을 나서도 안 된다. 매달 말일 시험을 통과 못 하는 아이들은 집으로 돌려보낼 것이다. 그리고 내일 아침에는 특별한 의식이 있으니 그리 알 거라."

아이들 사이를 지나면서 찬노가 커다란 목소리로 떠들었다. 다른 사내들도 같은 얘기를 했다. 세활은 곁을 지나가는 찬노에게 물었다.

"아저씨, 여기서 우린 뭐가 되는 거죠?"

걸음을 멈춘 찬노는 잠깐 동안 세활을 지그시 쳐다보았다. 아주 드물게 화를 낼 때면 소리를 치거나 혼을 내는 대신 뚫어지게 응시하는 버릇이 있다는 것을 아는 아이들은 모두 숨을 죽였다. 하지만 세활은 지지 않고 마주 보았다.

"쫓겨나지 않고 남아 있으면 너희들은 모두……."

말을 멈춘 찬노는 아이들을 바라보았다. 찬노는 오랜 시간 아이들에게 칼을 잡게 해주고 활을 쏠 수 있게 해줬다. 글씨를 읽고 쓰게 해줬고, 수림촌이 이웃 마을 사람들에게 괴롭힘이라도 당하면 자기 일처럼 나서 도와줬다. 그런 찬노가 포근한 미소를 지어 보이며 아이들에게 말했다.

"무사가 될 수 있다."

무사라는 말에 아이들은 서로를 말없이 바라보았다. 칼을 차고 말을 탈 수 있으며 모두가 우러러보는 무사가 될 수 있다는 말에 충격을 받은 것이다. 하루 종일 나무를 깎고 쇠를 두들겨야 하는 수레 장인과는 비교할 수 없는 무사가 될 수 있다는 말에 아이들은 낯선 곳에 왔다는 불안감을 지워버렸다. 세활에게 씩 웃어 보인 찬노는 아이들 곁을 지나 아까 들어온 문으로 사라졌다.

웅성거리던 아이들은 늙은 노비들의 재촉에 못 이겨 방으로 들어갔다. 세활은 문에 달린 둥근 쇠고리를 조심스럽게 잡아당겼다. 덜컹거리며 열린 방 안에는 벽을 따라 회반죽으로 만든 쪽구들과 물을 담는 둥근 항아리, 글을 쓸 수 있는 낮은 탁자, 나무로 만든 식기와 숟가락이 담긴 작은 나무상자가 보였다. 쪽구들 한쪽 구석에는 이불들이 가지런히 쌓여 있었다.

다음 날 아침 일찍 눈을 뜨고 밖으로 나간 아이들은 뜻밖의 광경에 어리둥절해했다. 수십 명의 의원들이 바늘을 들고 기다리고 있었다. 그들 앞에 선 찬노가 외쳤다.

"다들 오른쪽 팔뚝을 걷어라!"

시키는 대로 팔뚝을 걷은 아이들에게 의원들이 다가와 먹물을 찍은 바늘을 쑤셔댔다. 사방에서 비명이 들렸지만 의원들은 손을 멈추지 않았다. 세활을 비롯한 아이들의 팔뚝 안쪽에 새겨진 것은 수나라 수(隋)자였다.

3. 계곡 안으로

30년 전, 처음 칼을 잡게 되었을 때의 기억에 빠져 있던 세활은 날카로운 휘파람 소리에 퍼뜩 정신을 차렸다. 본능적으로 몸을 낮춘 세활은 엎드린 채 주변을 빠르게 살폈다. 납작한 바위 뒤에 몸을 숨긴 욱래가 손가락으로 북쪽을 가리키며 짧게 소리쳤다.

　"저쪽입니다!"

　좁은 벌판 건너편 산허리를 따라 움직이는 행렬이 눈에 들어왔다. 멀리 떨어져 있었지만 말갈족 특유의 뾰족한 고깔 모양의 털모자들을 볼 수 있었다. 곁으로 다가와 엎드리며 소사구가 이를 갈았다.

　"망할, 말갈족 놈들입니다."

　메마른 바닥에서 올라오는 냉기에 못 이겨 짧게 콜록거린 세활이 물었다.

"오십 명쯤 되겠군. 우릴 발견했을까?"

"그랬다면 아까 밀고 왔을 겁니다. 그냥 이동 중인 것 같은데요?"

"제발 그러면 좋겠는데."

행여 들릴까 낮게 속삭이던 세활은 느리게 움직이는 말갈족 대열이 한 번 꿈틀거리는 걸 보고는 가슴이 철렁 내려앉았다. 횡대로 늘어선 대형은 천천히 그들이 숨어 있는 작은 언덕으로 다가왔다. 불끈 쥔 주먹으로 땅을 내리치며 세활이 화를 냈다.

"어떻게 우리가 여기 있는 걸 알았지?"

"저들도 계곡을 찾고 있었을지 모릅니다."

소사구의 얘기를 들은 세활은 그들이 있는 언덕과 계곡, 그리고 다가오는 말갈족 사이의 거리를 가늠하면서 고개를 저었다. 그와 부하들이 언덕을 내려가자마자 눈 좋은 말갈족들에게 발각되고 말 것이다. 말을 탄 말갈족에게 벗어나기에는 목적지인 계곡은 너무 멀었다. 더군다나 계곡 안으로 들어간다고 해도 그들의 추격을 뿌리칠 뾰족한 방법이 없었다. 이제 남은 건 죽음뿐이었다.

"제가 놈들을 유인하겠습니다. 그 틈에 부하들을 데리고 계곡으로 들어가십시오."

소사구의 말에 세활은 고개를 저었다.

"놈들이 계곡으로 밀고 들어오면 막을 방법이 없어."

"놈들은 이쪽으로 오고 있습니다. 여기 숨어 있어도 놈들 눈을 피할 수는 없습니다."

냉담하게 대꾸하며 몸을 일으키려는 소사구의 어깨를 잡으며 세활이 말했다.

"내가 놈들을 유인하겠네."

세활의 말에 소사구가 고개를 저었다.

"농담하십니까? 양만춘 장군의 얼굴을 아는 사람은 가군사밖에 없습니다."

그의 손을 가볍게 털어낸 소사구가 가지창을 집어 들었다. 그러고는 잠시 부하들을 살펴보고는 그에게 귓속말을 남겼다.

"말갈족 놈들이 따라붙은 걸 보면 누가 흔적을 남긴 것 같습니다."

생각하고 싶지 않은 일이었지만 받아들일 수밖에 없었다. 소사구는 무거운 표정을 짓는 세활의 어깨에 손을 올렸다. 그러고는 가지창을 움켜쥔 채 훌쩍 일어나버렸다.

말갈족의 눈을 피해 언덕 뒤쪽으로 기어 내려간 소사구는 부하들과 눈도 마주치지 않았다. 칼날 같은 바위 뒤에 몸을 숨기고 숨을 고르던 소사구가 눈을 들어 세활을 쳐다보았다. 잘 닦아놓은 청동거울처럼 매끈한 소사구의 눈에는 절망과 체념, 그리고 분노가 서려 있었다. 바위 뒤에 웅크리고 있는 그를 바라보면서 세활이 중얼거렸다.

"어디서부터 잘못된 거지?"

수적으로 불리하거나 믿을 수 없는 신라군 탓에 싸움은 항상 힘들고 어려웠다. 더 고통스러웠던 것은 힘들게 이겨도 끝이 안 보인다는 것이었다. 적들은 많았고, 우군은 믿을 수 없거나 쉽게 분열되곤 했다. 평생을 싸움터에서 보낸 그조차 감당하기 힘든 현실이 결국 그를 여기로 오게 만들었다. 즐비한 죽음과 숱한 패배의 기억, 그로 인한 분노를 털어내고자 세활은 작게 한숨을 쉬었다.

벌판으로 내려간 소사구가 일부러 눈에 띄기 위해 천천히 반대쪽으로 달리는 모습이 보였다. 멀리서 봤다면 숨어 있던 고구려인이 말갈족을 보고는 겁에 질려 동료들에게 돌아가는 것으로 여겼으리라. 예상대로 말갈족들이 말 머리를 틀어 소사구를 뒤쫓는 것이 보였다. 안도감보다는 비릿한 슬픔이 밀려들었다. 적당한 거리를 잰 세활은 부하들에게 손을 들어 움직이라는 신호를 보냈다. 벌떡 일어난 부하들이 계곡을 향해 뛰기 시작했다. 왼쪽 다리가 불편한 세활 역시 허리춤의 환두대도를 꽉 움켜쥔 채 절뚝거리며 뛰었다.

시커먼 바위들이 입술처럼 붙은 계곡 안쪽은 한없이 구불구불했다. 쉬지 않고 달려온 부하들이 허리를 숙이고 헉헉대는 모습이 보였다. 세활 역시 컥컥거리는 숨을 내뱉으며 무심코 뒤를 돌아봤다가 절망감을 느꼈다. 소사구를 쫓아가던 말갈족들이 속임수를 눈치챘는지 말 머리를 틀어서 계곡을 향해 달려오고 있었다. 소사구는 죽었을까? 말갈족들이 다가오는 모습을 본 부하들의 표정에 절망이 서리는 것을 본 세활은 버럭 호통을 쳤다.

"뭐 해! 빨리 움직이지 않고."

깎아지른 계곡의 양쪽 절벽은 요동성의 성벽만큼이나 높아 보였다. 계곡 안으로 힘겹게 뛰어가던 부하 중 한 명인 욱래가 그에게 소리쳤다.

"놈들이 계속 쫓아옵니다!"

설마 하는 심정으로 뒤를 돌아본 세활은 가슴이 철렁 내려앉았다. 계곡 입구를 통과하느라 대열을 좁힌 말갈족들이 속도도 줄이지 않은 채 그대로 질주해 오는 중이었다. 말갈족은 매복을 염려해서 계곡이나 협곡 안으로는 절대 들어오지 않았다. 그런 그들이 한 줌밖에 안 되는 패잔병들을 잡으려고 위험을 무릅쓰고 계곡 안으로 들어오는 것이었다. 세활은 뭔가 잘못되어가고 있다는 생각에 혀끝이 바짝 말라붙었다. 부하들은 계곡 안으로 죽자 살자 뛰었고, 세활 역시 불편한 한쪽 발을 끌면서 그들을 따라갔다.

계곡 안은 발길을 들여놓는 순간, 대낮임에도 사방이 어두웠다. 요동성의 성벽보다 높은 양쪽의 절벽 덕분에 햇빛이 들지 못한 것이다. 거기다 절벽이 검은색 칡넝쿨로 덮여 있어서 검게 보였다. 그런 기괴한 광경에 어디선가 시체가 썩는 것 같은 퀴퀴한 냄새가 났다. 말갈족에게 쫓기는 상황이 아니라면 절대로 발을 들여놓고 싶지 않은 곳이었다. 앞장선 욱래도 같은 생각인지 숨을 헐떡거리면서 중얼거렸다.

"대낮인데 왜 이리 으스스하지?"

안으로 들어갈수록 좁아지긴 했지만 말들이 달릴 수 있는 평탄한 길이 이어졌다. 양쪽에 자리한 검은 절벽은 너무 높아서 올라갈 엄두가 나지 않았다. 그리고 무엇보다 아주 작게 들리는 이상한 소리가 거슬렸다. 무언가 딱딱한 것을 갉아대는 소리 같기도 하고, 새가 부리를 터는 소리인 것 같았는데 계속 낮게 웅웅거려서 거슬렸다. 기분 나쁜 소리는 이내 뒤쪽에서 들려오는 말갈족들의 말발굽 소리에 지워졌다.

어딘가 숨거나 버틸 곳을 찾아야 했지만 깎아지른 양쪽 절벽에는 그럴 만한 곳이 없었다. 그러다 갑자기 치솟아 오른 절벽에 길이 막혀버렸다. 양쪽 절벽만큼은 아니었지만 제법 높아서 도저히 그냥 넘어갈 수 없었다. 설사 넘을 수 있다고 해도 그사이 말갈족들이 가만있지 않을 게 뻔했다.

앞장선 부하 몇 명이 절벽에 드리워진 칡넝쿨을 잡고 올라가보려고 했다. 하지만 칡넝쿨이 썩었는지 잡자마자 우수수 뽑혀나왔다. 그 광경을 본 세활은 항상 궁금해하던 최후가 눈앞에 다가왔다는 생각에 씁쓸한 미소를 참을 수 없었다.

"가군사! 오른쪽 끝에 통로가 보입니다."

활을 꺼내 든 욱래가 소리쳤다. 그의 말대로 계곡을 가로지르는 검은 절벽 오른쪽 끝에 희미한 홈집 같은 곳이 보였다. 희미하기는 해도 분명 사람이 오르내리던 흔적이었다. 세활은 앞뒤 생각할 겨를 없이 외쳤다.

"어서 올라가!"

부하들은 좁은 틈을 타고 위로 올라갔지만 욕지거리가 나올 정도로 속도가 나지 않았다. 다들 지쳤고, 길이 너무 좁고 가팔랐기 때문이었다. 이러다가는 절벽 앞까지 밀어닥친 말갈족들이 쏘아대는 화살에 맞고 몰살당할 게 뻔했다.

다른 길을 찾아 두리번거리던 세활의 눈에 한쪽 무릎을 꿇은 욱래가 화살을 먹인 시위를 당기는 것이 보였다. 잠깐 눈이 마주친 욱래가 짧게 웃고는 시위를 당겼다. 활을 박차고 날아간 화살은 질주해 오는 선두 말갈족의 가슴에 빨려 들어갔다. 화살에 맞고 고삐를 놓친 말갈족이 두 팔을 높이 치켜든 채 말에서 떨어졌다. 그 모습을 본 말갈족들이 활을 겨눴다.

그들이 쏘아댄 화살들이 앞뒤로 작은 흙먼지를 일으킬 무렵, 욱래가 쏜 두 번째 화살이 말갈족의 어깨에 박혔다. 한쪽 손으로 어깨를 움켜잡은 말갈족이 등자에 의지해서 겨우 떨어지지 않고 버텼다. 세 번째 화살은 이제 막 시위를 당기는 말갈족의 옆구리에 박혔다. 활을 놓친 말갈족이 머리를 숙여 말 머리에 몸을 바짝 붙였다. 연이어 날아든 화살에 한풀 기세가 꺾인 말갈족들이 속도를 늦췄다. 다음 화살을 뽑아 든 욱래가 세활에게 소리쳤다.

"전 발목이 다쳐서 틀렸습니다. 얼른 올라가십시오!"

발목을 접질렸는지 절뚝거리면서 바위 뒤에 몸을 숨긴 욱래가 연달아 시위를 당겼다. 피해가 커지자 말갈족들은 결국 말에서 내려 이리저리 흩어졌다. 몸을 숨긴 말갈족들이 쏜 화살들이 쉭쉭거리며 뱉어내는 소리가 귓가를 스쳐 날아갔다. 세활은 결국 욱래를 놔두고 좁은 틈으로 몸을 날렸다. 거의 수직에 가까운 틈이었지만 나무토막이나 나무뿌리들이 중간중간 박혀 있어서 그것을 잡고 올라갈 수 있었다.

세활과 부하들이 절벽 틈으로 올라가는 걸 본 말갈족들이 자기들끼리 뭐라고 외치더니 활을 높이 치켜들고 화살을 쏘아댔다. 절벽에 부딪힌 화살들이 부러지는 소리가 들려왔다. 이를 악물고 올라가던 세활은 위쪽에서 들려오는 비명에 고개를 들었다. 절벽을 올라가던 덕구가 등 한복판에 화살을 맞고는 휘청거렸다. 손을 놓지 말라는 안타까운 외침이 채 끝나기도 전에 덕구는 절벽 아래로 떨어졌다. 세활은 아무 소용이 없다는 걸 알면서도 떨어지는 부하를 향해 팔을 뻗었다. 곧 온몸이 터지는 끔찍한 소리가 들려왔다. 이를 악문 세활은 떨리는 손으로 바위와 나무뿌리를 잡고 절벽을 기어 올라갔다.

마침내 절벽에 오른 세활은 숨을 헐떡거리며 먼저 올라간 부하들이 아래로 던질 돌들을 모으는 걸 보았다. 발밑을 굴러다니는 주먹만 한 돌을 집어 든 세활은 절벽 아래까지 몰려온 말갈족들을 향해 던졌다. 머리 위에서 떨어지는 돌에 놀란 말들이 앞다리를 치켜들고 길게 울어댔다. 욱래를 처치했는지 말갈족들이 세활과 부하들이 올라온 좁은 길로 올라오려고 했다. 그걸 본 세활이 중얼거렸다.

"왜 저렇게 끈질기지?"

당나라군과 달리 말갈족은 약탈과 포로가 우선이었다. 그래서 고구려 저항군이 강력하게 저항하거나 얻을 게 별로 없다고 판단하면 물러나는 것이 보통이었다. 세활을 포함해서 열 명도 안 되는 저항군을 잡기 위해 매복이 있을지 모르는 계곡 안으로 들어오고, 절벽까지 기어오르는 일은 그들로서는 있을 수 없었다. 그럴 만한 이유가 딱 하나 떠오르긴 했지만 차마 인정하고 싶지는 않았다.

세활은 부하들이 모아놓은 돌을 던져서 절벽 중간까지 올라온 말갈족의 머리를 맞혔다. 비명을 지른 말갈족이 아까 떨어진 부하 옆으로 쓰러졌다. 조금만 버티면 물러날 것이라는 희망을 갖는 순간, 돌과 화살을 방패로 튕겨내며 줄줄이 올라오는 말갈족을 본 세활이 부하들에게 외쳤다.

"물러나, 안으로 들어간다!"

세활은 부하들이 주춤주춤 계곡 안으로 들어가는 걸 지켜보고는 발걸음을 뗐다. 절벽 위로 다시 계곡이 이어진 형태였다. 아래보다는 더 넓었지만 양쪽에 선 검은 절벽은 여전했다. 그리고 위쪽 계곡은 한 가지가 더 있었다.

"이놈의 안개는 대체 어디서 온 거지?"

계곡 주변을 둘러쌌다가 사라진 안개가 다 이곳에 모인 것 같았다. 있어야 할 곳이 아닌 곳에 있다는 느낌에 부하들은 모두

꺼림칙한 표정을 지었지만 세활은 그럴 여유가 없었다.

"뭐 하는 거야! 어서 안개 속으로 들어가!"

그러자 허리춤에서 도끼를 뽑아 든 호치가 말했다.

"뭔가 불길합니다!"

"말갈족 놈들이 쫓아온다. 어서 움직여!"

부하들이 안개 속으로 파묻히는 걸 본 세활도 뒤따라갔다. 그 때 그 기괴한 소리가 다시 들리기 시작했다. 안개 속으로 들어 선 세활은 먼저 들어온 부하들에게 속삭였다.

"소리를 죽이고 천천히 앞으로 간다. 흩어지지 말고 서로 바짝 붙어."

원래는 흩어져서 가라고 얘기하고 싶었지만 안개에 들어선 순 간 생각이 바뀌었다. 안개가 마치 살아 있는 것처럼 느껴졌기 때 문이다. 끈적거리는 기분 나쁜 습기와 마치 생명이 있는 것처럼 꿈틀거리는 안개를 본 부하들도 잠자코 그의 지시를 따랐다.

숨소리를 죽이며 천천히 앞으로 가는데 멀지 않은 곳에서 말 갈족의 말소리와 함께 발소리가 들려왔다. 그들 역시 안개가 이 상하다고 느꼈는지 그 앞에서 주저하는 듯했다. 그러다가 마침 내 결심을 했는지 안개 속으로 들어왔다. 먼발치에서 그들의 모 습이 희미하게 보였는데 안개가 그들을 겹겹이 감싸는 것처럼 보였다.

주변을 볼 수 없게 된 말갈족들이 사방으로 화살을 쏘아댔 다. 자세를 낮추라는 손짓을 한 세활은 그들을 응시했다. 불과 수십 보 거리였기 때문에 희뿌연 안개가 있다고 해도 완벽하게 숨는 건 불가능했다. 숨을 곳을 찾던 세활에게 마치주가 손짓을 했다. 쓰러진 나무에 가려진 움푹 팬 땅을 찾은 것이다.

"조심해서 들어가!"

낮은 목소리로 지시를 내린 세활은 점점 다가오는 것 같은 말 갈족들을 유인하기 위해 돌을 집어 들어 멀리 던졌다. 절벽에 돌이 부딪히는 소리가 메아리처럼 울려 퍼지자 말갈족들의 당황한 목소리가 들렸다. 다시 몇 개의 돌을 더 던지자 말갈족들이 소리가 난 곳으로 무작정 화살을 쏘아댔다. 그렇게 시간을 버는 사이, 부하들은 모두 숨을 수 있었다. 마지막으로 세활이 몸을 숨기기 위해 나무를 넘어갔다. 기척을 들켰는지 화살이 날아왔다. 아슬아슬하게 빗나간 화살이 나무둥치에 박혔다.

나무 뒤로 몸을 숨긴 세활은 칼을 살짝 뽑았다. 안개 속에서는 말갈족들과 한번 해볼 만하다고 생각했다. 그때 다시 거슬리는 소리가 들려왔다. 이번에는 꺽꺽거리는 것 같은 기분 나쁜 소리에 세활은 뒤에 있는 호치에게 물었다.

"이 소리 들려?"

"네. 정말 기분 나쁘게 들립니다."

아까보다 더 크게 들리는 소리에 귀를 기울이던 세활은 또 다른 소리를 들었다.

"이건, 날개가 펄럭거리는 소리 같은데?"

세활의 말이 채 끝나기도 전에 머리 위로 뭔가가 날아가는 소리가 들렸다. 비록 소리는 작았지만 육중한 느낌을 남겼다. 안개가 마치 파도처럼 뒤로 밀려났다가 상처를 메우는 것처럼 서서히 채워지는 게 보였다. 퍼덕이는 소리는 말갈족들이 있는 쪽으로 향했다. 곧 끔찍하고 처절한 비명이 들려왔다. 말갈족의 비명은 금방 멀어졌다가 사라졌다. 그리고 이어서 무언가가 아래로 떨어져 부딪히는 소리가 들렸다.

"대체 뭐가 어떻게 돌아가는 거야?"

세활의 중얼거림이 채 끝나기도 전에 겁에 질린 비명이 들렸다. 말갈족들이 비겁한 것을 죽기보다 싫어하는 걸 감안하면 굉장히 이상한 일이었다. 말갈족들이 칼과 도끼를 휘두르며 저항하는 소리가 들려왔지만 몇 번의 날갯짓 소리와 함께 그치고 말았다.

귀를 기울이던 세활의 앞에 뭔가 툭하고 떨어졌다. 깜짝 놀란 세활의 눈에 보인 것은 어깨부터 잘린 팔이었다. 손에는 여진족이 쓰는 끝이 뭉툭한 칼이 쥐어져 있었다. 마치 물 밖으로 나온 생선처럼 펄떡거리던 팔뚝이 이내 축 늘어지면서 피를 뿜어냈다. 그 광경을 바라보면서 세활이 중얼거렸다.

"잘린 게 아니라 잡아 뜯은 것 같군."

칼이나 도끼로 잘린 팔은 전쟁터에서 흔하게 볼 수 있었기 때문에 금방 구분이 가능했다. 안개 속에서 날아온 말갈족의 팔뚝은 강한 힘에 의해 잡아 뜯긴 것처럼 보였다. 대체 사람의 팔을 뽑아낼 정도로 힘이 센 게 뭐가 있는지 짐작이 가지 않았다.

당장 호랑이가 떠올랐지만 이곳에 오면서 호랑이의 흔적은 발견하지 못했다.

알 수 없는 존재의 공격을 받은 말갈족들은 비명과 죽음을 남긴 채 물러났다. 그렇게 그들이 사라지면서 세활과 부하들은 한숨을 돌릴 수 있게 되었다. 마른침을 삼킨 세활이 잔뜩 긴장한 부하들에게 말했다.

"안개가 좀 걷힐 때까지 여기서 머물겠다."

호치가 허리춤에 꽂은 도끼를 만지작거리면 물었다.

"안쪽에 뭐가 있을까요?"

세활은 호치의 도끼에 매달린 구슬 장식을 보다가 고개를 돌려 계곡 안쪽을 바라봤다. 더 짙은 안개와 기분 나쁜 어둠이 보였다. 자꾸 불길한 느낌이 들었지만 말갈족들이 코앞까지 닥쳐온 이상 어쩔 수 없었다. 이제는 양만춘 장군을 찾기 이전에 살아남기 위해 계곡 안으로 들어가야만 했기 때문이다.

"이놈의 안개는 마치 살아 있는 것 같습니다."

마치주가 꿈틀거리며 흘러가는 안개를 올려다보면서 중얼거렸다. 다른 부하들도 같은 생각이라는 듯 고개를 끄덕거렸다. 그래도 당장 말갈족의 공격을 받지 않는다는 사실에 견딜 만했다. 땅에 머리를 댄 부하들이 하나둘씩 눈을 붙였다. 요동으로 넘어온 지난 몇 달 동안 제대로 쉬지 못한 탓에 피곤이 쌓였던 것이다. 세활은 부하들이 눈을 감고 잠든 사이 주변을 살폈다.

4. 수노당

세활은 각지에서 올라와 동부대인의 가노가 된 아이들에게
는 한 가지 공통점이 있다는 사실을 깨달았다. 바로 살수대첩에
서 잡힌 수나라 포로를 아버지로 뒀다는 것이다. 세활의 고향인
수림촌은 포로로 잡힌 수나라 포로들을 모아놓은 마을이었다.
그래서 그곳에서 자란 아이들은 주변 마을 사람들에게 수나라
놈이라는 손가락질을 받았다. 그러면서 자연스럽게 수림촌과
비슷한 처지의 다른 마을에서 온 약 삼백 명의 아이들에게는 수
나라 노예들의 무리라는 뜻의 '수노당'이라는 이름이 붙었다.
　세활과 아이들은 그 명칭을 자랑스러워했다. 수노당의 목적은
단 하나, 동부대인 연태조와 그의 후계자인 연개소문을 위해 싸
우는 것이다. 비록 수나라 포로의 자식에 노비 신분이었지만 칼
을 차고 다니도록 허락되었고, 푸른색 저고리와 붉은색 바지 차
림을 할 수 있었다.

들떠 있던 아이들은 차츰 그런 상황에 적응했다. 할 수 있는 건 오직 그것뿐이었기 때문이다. 찬노가 여전히 곁에 있다는 점도 연씨 가문을 향한 충성심을 높이는 데 한몫했다.

그렇게 몇 년이 지나고, 작은 대인이라고 불리는 연개소문이 동부와 다른 부의 부병을 이끌고 출정한다는 소문이 돌자 모두 흥분했다. 동부대인 연태조가 이제 막 스무 살이 된 후계자 연개소문에게 전공을 세워주기 위해 전쟁을 일으킨다는 것이었다. 세활과 동료들은 말로만 듣던 전쟁터에 드디어 나갈 수 있었다.

그해 봄, 평양성을 끼고 흐르는 패수의 모래톱에서 화려한 출병식을 하고 출정을 하게 되었다. 목표는 남쪽 칠중하 건너에 있는 신라의 칠중성이었다. 만여 명에 달하는 출정군의 대열은 끝없이 이어졌고, 바람에 흩날리는 깃발 역시 위세를 더했다. 세활은 고구려군의 승리를 믿어 의심치 않았지만 찬노는 불안하다는 얘기를 입에 달고 다녔다. 덕분에 옆에 있던 세활은 물론 오랜만에 소집된 동부의 부병들도 모두 긴장을 늦추지 못했다. 다른 부병들과 장군들은 모두 신라 놈들 따위는 상대로 안 된다는 말을 하고 다녔지만 찬노는 엄한 목소리로 반박했다.

"창이나 칼에는 눈이 없다. 먼저 보고 찌르는 놈이 사는 거고, 늦게 보는 놈이 죽는 거지."

사실 연개소문은 싸움터에 나왔다는 사실만으로도 충분히

흥분한 것 같아 보였다. 동부를 맡은 연씨 집안의 유일한 후계자임을 증명할 기회를 얻었기 때문이다. 그는 병사들 사이를 활기차게 돌아다니고 있었다.

찬노는 걱정스러움을 잊어버리려는 듯 행군하는 중간중간에 병사들을 훈련시켰다. 남쪽으로 내려갈수록 따뜻해졌지만 긴장감은 더해갔다. 겁쟁이 신라인과 싸울 때는 칼까지도 필요 없고, 돌멩이와 맨주먹만 있으면 충분하다고 큰소리를 쳤던 다른 부의 당주들조차 입을 다물고 긴장하는 모습이 역력했다.

남쪽으로 내려가자 계곡과 벌판 사이에 자리 잡은 마을들과 높다란 산에 세워진 봉수대, 작은 보루들이 시야에 들어왔다. 국경선이 가까워졌다는 뜻으로 다들 바짝 긴장했다. 전투대형으로 포진을 변경한 군대는 200여 년 전 장수태왕이 백제를 치기 위해 내려갔다는 그 길을 따라 남쪽으로 이동했다. 한겨울임에도 땀이 날 정도의 긴장감이 세활과 병사들을 지배했다. 텅 빈 벌판과 인적이 끊긴 계곡을 지나자 강이 보였다.

"저기 칠중하다. 우리 고구려와 신라의 경계선이지."

"왜 칠중하라고 부릅니까?"

세활의 물음에 찬노가 대답했다.

"두 가지 설이 있는데, 하나는 강이 일곱 번 심하게 굽이져서 그런 것이랑 성 근처에 움직일 수 없는 커다란 바위 일곱 개가 있어서라는 얘기가 있다."

찬노의 말대로 칠중하는 위아래, 좌우로 심하게 굽어져서 흘렀다. 그리고 칠중하 너머 언덕 위에 칠중성이 보였다. 강 주변의 벌판 곳곳에는 신라군이 지른 불길이 검은 연기를 토해내는 중이었다.

고구려군은 칠중하 앞의 벌판에 진을 쳤다. 세활은 곧 싸움이 벌어질 것이라는 생각에 흥분을 감추지 못했다. 하지만 전투 대신 진영을 목책으로 두르고, 공성무기를 만들기 위해 나무와 돌을 모으는 일이 계속되었다. 신라군이 벌판에 불을 질렀기 때문에 나무를 구하기 위해서는 멀리까지 가야만 했다. 바짝 긴장했던 병사들도 차라리 한판 시원하게 붙는 게 더 좋겠다며 노골적으로 불만을 드러냈다. 그러던 어느 날 찬노가 세활을 불렀다.

"내일 아침 동이 트기 전까지 너와 검모잠, 그리고 수노당 병사 열 명을 뽑아 정문 앞에서 대기해라."

"무슨 일이십니까?"

"작은 어르신이 정탐을 나가실 거다."

"알겠습니다."

다음 날 새벽, 세활과 검모잠 그리고 열 명의 수노당 병사들은 완전무장을 하고 말을 탄 채 정문 앞에서 대기했다. 첫닭이 울 무렵, 갑옷을 입고 말을 탄 연개소문과 찬노가 모습을 드러냈다. 앞장선 찬노가 칠중성 방향으로 말을 몰자 연개소문이 뒤를 따랐다. 세활과 검모잠을 비롯한 수노당이 그 뒤를 따랐다.

일렬로 달려간 말들은 곧바로 강을 건넜다. 잔잔하게 흐르던 강이 말발굽에 짓밟혀 잘게 부서져 나갔다. 세활 일행이 강을 건너는 동안, 그리고 목책과 물 없는 해자를 지날 때도 칠중성은 조용했다. 칠중성 우측의 작은 계곡을 가로지르자 약간 높아 보이는 언덕이 눈에 들어왔다. 연개소문과 찬노는 약속이라도 한 것처럼 말을 몰아 언덕을 향해 달려갔다. 그들을 호위할 임무를 맡은 세활 역시 속도를 높여 두 사람을 앞질러 먼저 언덕에 올라섰다.

언덕에 도착한 세활은 뒤따라온 검모잠을 보며 오른쪽의 덤불숲을 가리켰다. 말에 내린 검모잠이 창을 들고 숲을 헤치며 살폈다. 그러자 아래에 웅크리고 있던 토끼가 후다닥 뛰쳐나오더니 이내 사라졌다.

세활과 수노당 병사들이 주변을 이 잡듯이 뒤지는 가운데 말을 타고 언덕에 올라온 연개소문과 찬노가 주변을 살피면서 이런저런 얘기를 하는 게 보였다. 숲속 어디선가에서 새소리가 마치 찌르는 것처럼 들려왔다. 찬노가 앞쪽의 벌판을 손가락으로 가리키면서 연개소문에게 말했다.

"칠중성의 구원군이 온다면 저쪽 산을 넘어 벌판을 가로지를 것입니다."

"병법에 이르기를 군대의 이동은 은밀해야 한다고 하던데."

"수십이나 수백이 아니라 수천 명의 군대가 이동할 때 자취를 감추는 건 결코 쉽지 않습니다. 어차피 군대의 이동을 숨길 필요가 없다면 최대한 편하게 오는 것이 중요합니다."

찬노의 말에 연개소문이 물었다.

"그럼 구원군이 접근해 오면 어찌해야 하지? 성에 합류하는 걸 보고 나서 공격해야 하는가? 아니면 합류하기 전에 각개격파를 해야 하나?"

"성안에 갇혀 있으면 아무리 성벽이 높고 식량이 많다 해도 불안해지기 마련입니다. 바깥이 어떻게 돌아가는지 모르고, 성밖의 적은 물러서지 않는다면 용기 있는 무사도 마음속 깊이 두려움을 품게 되지요. 그럴 때 구원군이 온다면 성안 사람들은 기운을 내서 싸우게 될 것이고, 죽기 살기로 버티는 성을 함락시키기란 어려운 일입니다. 성 내 병사들이 구원군을 눈치채기 전에 격멸시키는 게 가장 좋은 방법입니다."

얘기를 들은 연개소문이 고개를 끄덕였다. 다시 입을 열려는 찬노의 눈이 벌판 한쪽 끝에 고정되었다. 세활은 자연스럽게 찬노가 쳐다보는 곳으로 눈길을 주었지만 그곳에는 아무것도 없었다. 갑자기 얘기가 중단되자 연개소문이 물었다.

"무슨 일인가?"

찬노는 아무 대답도 하지 않고 벌판을 쏘아봤다. 그리고 세활의 눈에도 무언가 보이기 시작했다.

"뭐가 보여요? 형?"

옆에 있던 검모잠의 물음에 세활은 땅을 가리켰다.

"진동이 느껴져?"

"무슨……."

검모잠은 말을 잇지 못했다. 그 역시 땅의 울림을 느꼈기 때문이다. 수천, 수만의 인간들이 움직이면서 내는 거대한 울림은 차츰 높아져갔다. 말 위에 올라탄 수노당 병사들이 두려운 눈빛으로 벌판과 언덕 주변의 숲을 빠르게 살피며 침을 삼켰다. 마침내 누군가의 입에서 신라군이라는 고함이 터져 나왔다.

이제 벌판의 그림자는 완전히 그 몸통을 드러냈다. 이질적이고 낯선 덩어리들은 벌판 한가운데를 차지한 채 무겁게 움직이고 있었다. 바람에 실려 오는 말 울음소리와 북소리가 세활의 귀를 간지럽혔다. 온몸의 털이 남김없이 곤두서는 느낌에 세활은 말고삐를 세게 움켜잡았다. 오랜 기간 이런 상황을 대비해서 훈련을 받았지만 원초적인 두려움조차 잠재워주지는 못했던 것이다.

말없이 적진을 응시하던 찬노가 손을 들어 퇴각신호를 내렸다. 모두들 속으로 안도의 한숨을 쉬면서 말 머리를 돌렸다. 찬노가 말을 재촉하려는 연개소문을 만류했다.

"천천히 가십시오."

"빨리 본대로 가서 이 사실을 알리고 준비를 해야지."

"급할수록 돌아가라는 말이 있습니다."

찬노가 단호하게 말하며 뒤따르던 세활을 보며 소리쳤다.

"뭣들 하느냐!"

세활과 수노당 병사들은 말을 몰아 연개소문을 완전히 둘러싼 채로 천천히 내려갔다. 긴장한 검모잠이 딸꾹질을 하자 세활이 쏘아봤다. 그때 뭔가에 놀랐는지 새들이 갑자기 숲을 박차고 날아올랐다. 이것이 어떤 상황인지 훈련받았던 세활이 외쳤다.

"매복이다!"

그 말이 채 끝나기도 전에 새가 날아간 숲에서 화살이 날아들었다. 세활이 치켜든 방패에 화살이 부딪혀 둔탁한 소리와 함께 부러졌다. 칼을 뽑아 든 찬노가 외쳤다.

"작은 어르신을 지켜라!"

그 명령에 세활과 수노당 병사들은 방패로 자신의 몸 대신 연개소문을 가렸다. 그리고 오솔길을 서둘러 내려갔다. 따로 지시를 내리지 않았지만 선두에 선 찬노와 그 뒤의 연개소문을 중심으로 화살촉 모양의 대형을 짰다. 세활의 뒤에 있던 검모잠이 외쳤다.

"오른쪽 숲에 놈들이 보입니다!"

와 하는 함성과 함께 숲이 들썩거렸다. 백여 명은 되어 보이는 신라군을 본 세활이 외쳤다.

"전속력으로 전진한다!"

쏟아지는 화살 비를 뚫고 칠중하 쪽으로 달렸다. 화살에 맞은 수노당 병사의 애처로운 비명이 등 뒤에서 들렸지만 아무도 뒤돌아보지 않았다. 숲속 오솔길이 끝나는 지점에 방패와 창을 든 신라군이 길을 막아서고 있었다. 그 모습을 본 찬노가 소리쳤다.

"멈추지 마라!"

귓가로 신라군이 쏜 화살이 바람 소리를 내며 스쳐 지나가는 가운데 세활 일행은 그대로 신라군의 방패 대형과 충돌했다. 충돌 직전 방패 뒤의 신라군들의 얼굴이 보였다. 자신과 똑같이 생긴 얼굴은 두려움으로 인해 일그러져 있었다. 우당탕 하는 소리와 함께 신라군의 대열이 무너졌다. 세활 일행은 대열을 무너뜨린 그 순간을 놓치지 않고 칼과 도끼를 휘둘렀다. 악을 써대는 신라군의 모습이 길게 꼬리를 그으며 스쳐 지나갔다. 세활은 어깨에 걸치고 있던 긴 칼을 신라군을 향해 휘둘렀다. 황급히 몸을 숙인 신라군의 머리를 아슬아슬하게 스쳐 날아간 칼날이 뒤에 있던 다른 병사의 팔을 베어버렸다. 선홍색 피에 젖은 잘린 팔이 허공에 날아올랐다. 도끼로 신라군의 머리를 내려친 검모잠이 도끼 끝에 달린 뾰족한 창으로 허우적대는 상대의 얼굴을 찔러댔다. 우지직거리는 소리와 함께 뒤로 넘어진 신라군의 몸통 위로 말이 밟고 서자 그의 몸통은 땅속 깊이 박혀버렸다.

앞을 가로막은 신라군을 무너뜨린 세활 일행은 곧장 칠중하를 향해 달렸다. 숲속에서 나타난 신라군 기병대가 우측으로 따라붙었다.

거리가 바짝 가까워지자 그들이 활을 겨누는 것이 보였다. 그중 한 명이 대열 중간에 있는 연개소문을 겨누는 것을 본 세활은 말을 달려 사이를 가로막고는 칼을 머리 위로 들었다. 칼날에 반사된 햇볕에 방해받은 신라군 기병의 화살이 형편없이 엉뚱한 곳으로 날아갔다. 거리가 가까워지자 신라군 기병들은 활을 놓고 칼을 뽑아 들었다. 세활은 아까 연개소문을 노린 신라군 기병의 무릎을 칼로 베었다. 칼을 놓친 신라군 기병이 말 위에서 균형을 잃고 비틀거렸다. 말의 목을 껴안은 채 어떻게든 버티려고 했다. 하지만 세활의 칼에 엉덩이를 찔린 말이 앞다리를 치켜드는 바람에 그는 안장 아래로 사라졌다.

칠중하가 보이는 언덕에 올라설 무렵 화살들이 날아왔다. 화살에 맞은 말과 수노당 병사가 한 덩어리가 되어 강으로 굴러 떨어졌다. 그들의 곁을 스쳐 지나간 세활 일행은 곧바로 칠중하를 건넜다. 말과 함께 강물을 뒤집어쓴 세활은 숨을 헐떡거리면서 간신히 강 건너 언덕에 올라섰다. 앞장섰던 검모잠이 세활의 어깨를 가리키면서 외쳤다.

"어깨에 화살이 박혔어!"

"정말?"

그때서야 세활은 어깨에 박힌 화살을 보았다. 갑옷 철편 사이를 비집고 박힌 화살 주변으로 마치 샘물처럼 피가 솟아났다. 그걸 본 세활은 어지러움을 느꼈다. 그리고 동시에 죽음을 실감했다. 비명만 남기고 따라오지 못한 동료들, 그리고 어깨에 박힌 이 화살이 조금만 위로 날아왔다면 어땠을까 하는 생각이 든 것이다. 다 필요 없으니 제발 살려달라는 외침이 입안에 맴돌았다.

그때 누군가가 세활의 세차게 움켜잡았다. 그러더니 단숨에 화살을 뽑아버렸다. 화살이 뽑힌 빈 공간으로 통증이 스며드는 것 같았다. 피 묻은 화살을 던져버리며 찬노가 말했다.

"힘들어도 참아! 지금 쓰러지면 개죽음이야."

찬노는 안타까운 눈빛으로 세활을 응시하며 어깨를 툭툭 치고는 연개소문에게 달려갔다. 허리에 묶여 있던 천으로 어깨를 감싼 세활은 고삐를 움켜잡았다. 칠중하를 건넜으니 더 이상 추격이 없을 거라고 생각했지만 신라군 기병은 진흙탕으로 변해버린 칠중하를 건너는 중이었다. 그 광경을 지켜본 세활과 수노당 동료들의 얼굴에는 곤혹스러움이 그대로 드러났다. 찬노가 칼을 머리 위로 휘두르면서 외쳤다.

"정신들 차려! 작은 어르신을 어떻게든 진영까지 모시고 가야 한다."

그 외침에 세활과 수노당 병사들은 일사불란하게 움직였다. 화살이 날아올 수 있기 때문에 느슨하게 펼쳐진 대형을 재정비하고 다시 말을 몰았다. 강을 건넌 신라군 기병들이 마치 잡아먹을 기세로 접근해 왔다. 거리가 있기 때문에 괜찮을 것이라는 생각에 다소 안심하던 세활은 앞을 가로막는 한 무리의 신라군 기병을 보고는 가슴이 철렁 내려앉았다.

"대체 어찌된 일이야!"

성난 세활의 외침에 영문을 모르겠다는 듯 고개를 저은 검모잠이 안장에 꽂혀 있는 활과 화살을 집어 들었다. 칠중하의 강변에서 신라군 기병과 수노당이 충돌했다. 세활은 날아오는 화살을 피해 몸을 바짝 숙인 채 다가가 신라군 기병의 목을 칼로 내리쳤다. 서걱하는 소리와 함께 투구와 갑옷 사이를 파고든 칼날이 상대방의 목을 깊이 베었다. 양쪽이 서로 뒤엉키면서 말과 사람이 지르는 비명이 메아리쳤다. 세활은 단숨에 두 명의 적을 베어 넘겼지만 상대의 숫자가 너무 많았다. 포위당한 수노당 병사가 창에 찔려 말 아래로 사라지는 게 보였다. 세활은 짐승처럼 울부짖으며 칼을 휘둘러댔다. 그런 세활에게 벼락같은 호통이 내리꽂혔다.

"이 바보 같은 놈아! 작은 어르신을 지켜!"

말에 밟힌 신라군의 가슴이 쪼개지면서 튀어나온 피에 말이 놀라 펄쩍 뛰어올랐다. 간신히 말을 진정시킨 세활은 찬노에게 소리쳤다.

"이러다 다 죽겠습니다!"

"무사에게 죽음이란 봄바람 같은 것이다. 무사로서 죽는 것은 추모성왕의 곁으로 가는 영광스러운 일이지."

굳은 표정의 찬노가 입을 열었다. 그 얘기를 듣고 진정한 세활은 가로막고 있는 신라 기병을 단숨에 베어 넘겼다. 허리가 거의 잘려나간 기병은 말 아래로 떨어졌다. 그 모습을 본 찬노가 웃으면서 피 묻은 칼로 연개소문을 가리켰다.

"작은 어르신이 위험하다. 나를 따라와라!"

세활은 찬노의 외침에 말 머리를 돌렸다. 칼을 휘두르며 싸우는 연개소문의 곁으로 한 무리의 신라군 기병들이 접근하는 게 보였다. 다른 수노당 병사들은 눈앞의 적에 맞서 싸우느라 여념이 없었다. 세활은 신라군 기병들의 앞을 가로막았다. 세활이 피묻은 큰 칼을 휘두르며 막아서는 사이 찬노가 연개소문을 구해 냈다.

그렇게 포위망을 뚫은 세활 일행은 온통 상처투성이였다. 힘을 내라는 찬노의 외침에 다들 겨우 기운을 차려 움직였다. 격전 끝에 신라군 기병을 모두 물리쳤지만 그사이 추격해 온 다른 기병들이 코앞까지 따라붙었다. 그들을 본 찬노가 말 머리를 돌렸다. 놀란 세활이 외쳤다.

"아저씨! 위험해요."

"나 대신 작은 어르신을 지켜다오."

흐린 웃음을 남긴 찬노는 곧장 신라군 기병들을 향해 돌진했다. 그렇게 돌아가는 찬노를 본 연개소문이 말 머리를 돌렸다. 세활은 그런 연개소문의 앞을 가로막았다.

"비켜!"

연개소문이 성난 표정으로 외쳤지만 세활은 꿈쩍도 하지 않고 버텼다. 그러고는 차가운 목소리로 말했다.

"어서 진영으로 돌아가셔야 합니다."

"찬노를 버려두고 갈 수는 없어."

세활은 대답 대신 연개소문의 말고삐를 낚아채고는 앞으로 달렸다. 그러는 사이 찬노가 고함을 지르면서 신라군 기병대와 싸우는 소리가 들려왔다. 그리고 그 소리는 차츰 잦아들다가 마침내 사라졌다.

간신히 진영으로 돌아온 수노당 병사들은 넋이 나간 얼굴로
울었다. 서라벌에서 보낸 대규모 구원군이 도착하면서 고구려
군은 제대로 싸워보지도 못하고 퇴각해야만 했다. 그리고 평양
성으로 돌아왔을 때 동부대인 연태조가 위중하다는 소식이 들
렸다.

5. 어둠 속에 스며들다

시간이 얼마쯤 흘렀을까? 잠이 든 부하들이 하나둘씩 눈을 떴다. 그리고 세활의 결정을 기다리는 눈빛을 보냈다. 세활도 내내 같은 고민을 했다. 짙은 안개 탓에 계곡 안쪽이 얼마나 깊은지, 그리고 그 안에 무엇이 있는지 도통 가늠할 수가 없었다. 하지만 말갈족이 이 계곡의 위치를 알아낸 이상 밖으로 나갈 수도 없었다. 그리고 무엇보다 양만춘 장군을 찾는 일이 가장 중요했다. 일단 추격해 오던 말갈족에게 무슨 일이 벌어졌는지를 알아보기로 했다. 세활이 벌떡 일어나서 계곡 입구 쪽으로 가자 놀란 부하들이 다급하게 물었다.

"어디 가십니까?"

호치의 물음에 세활은 조용히 하라는 손짓을 하고는 앞으로 걸어갔다. 안개가 여전히 깔려 있었지만 눈에 익자 어느 정도 방향을 가늠할 수 있었다. 안개 속에서 말갈족들의 처참한 시신이 보였다. 시신과 흩뿌려진 피를 본 호치가 손으로 입을 가린 채 중얼거렸다.

"젠장, 대체 누구 짓일까요?"

세활은 아무 말도 하지 않은 채 말갈족들의 시신을 지나 아까 올라간 절벽 쪽으로 향했다. 안개 너머로 계곡 입구가 흐릿하게 보였다. 그 너머 벌판에는 물러난 말갈족들이 피운 모닥불의 불빛이 흐릿하게 보였다. 그걸 본 세활은 맥이 탁 풀렸다. 그들이 행동은 두 가지를 의미했기 때문이다. 하나는 당장은 계곡 안으로 밀고 들어올 생각이 없다는 것, 그리고 또 하나는 후속부대가 올 때까지 계곡 입구를 틀어막을 생각이라는 것이다.

세활은 고개를 돌려 계곡 안쪽을 쳐다보았다. 저녁 무렵인데도 어스름한 안개가 고여 있는 계곡은 온통 암흑을 닮은 검은색뿐이었다. 앞으로 나아갈 수도 없고, 그렇다고 뒤로 물러날 수도 없는 진퇴양난의 상황이었다. 어느새 뒤따라왔는지 긴 콧수염을 쓰다듬으며 서수가 물었다.

"어찌하실 겁니까?"

고민하던 세활은 고개를 돌려 계곡 안쪽을 바라봤다. 뒤따라온 부하들이 옆으로 물러나 그의 시선에서 비켜났다. 완만하게 경사진 계곡 안쪽은 안개에 가려져서 얼마나 깊고, 어디로 이어졌는지 도무지 짐작할 수 없었다. 이렇게 된 이상 갈 곳은 하나밖에 없다는 생각에 세활이 대답했다.

"계곡 안으로 들어간다."

세활의 말에 다들 말없이 고개를 끄덕거렸다. 호치가 마른침을 삼키며 물었다.

"우리가 움직이면 놈들이 쫓아오지 않을까요?"

"아까 당한 게 있어서 증원부대가 올 때까지는 섣불리 계곡 안으로 들어오진 않을 거야. 빨리 장군님을 찾은 다음에 여길 빠져나갈 방도를 찾는 게 좋겠어."

계곡을 덮은 안개와 불길한 기운들이 마음에 걸렸지만 다른 방도가 없었다. 호치가 알겠다는 듯 가볍게 고개를 끄덕거렸다.

"저녁인데도 안개가 걷히지 않는데요."

호치의 중얼거림에 응답이라도 하듯 안개가 한 번 꿈틀거렸다. 이마의 땀을 닦던 세활은 안개가 미치지 못한 절벽 끝에서 뭔가를 발견했다.

처음에는 바위인 줄 알았는데 조금씩 움직였다. 짐승인가 싶어 자세히 보았더니 사람처럼 보였다. 온몸은 검은색이었고 어깨가 심하게 튀어나왔고, 팔도 사람보다 긴 편이었다. 머리는 입만 두드러져 보일 뿐 눈과 코가 없는 괴이한 모습이었다. 마치 새처럼 바위 끝에 걸터앉아서 세활을 내려다보던 그것은 어깨 뒤에 있던 날개를 펼쳤다. 얇은 막 같은 날개를 펼친 그것을 본 세활이 중얼거렸다.

"내가 뭘 본 거지?"

"뭐라고 하셨습니까?"

옆에서 걷던 서수의 물음에 세활은 퍼뜩 정신을 차렸다.

"아무것도 아니다. 주변 경계를 철저히 하면서 이동한다."

부하들에게 지시를 내린 세활은 아까 괴이한 것이 날개를 펼치며 앉아 있던 바위를 다시 바라봤다. 하지만 아무것도 보이지 않았다. 세활은 작게 중얼거렸다.

"두려워서 헛것을 본 건가?"

그나마 부하들이 보지 않았다는 사실에 안도했다. 만약 그랬다면 임무고 뭐고 도망치려고 했을지도 몰랐기 때문이다. 제일 앞에서 이동하던 호치가 걸음을 멈추고 돌아섰다.

"안개가 짙게 껴서 앞이 안 보입니다."

세활은 안개를 뚫어지게 바라봤다. 마치 생물처럼 꿈틀거리는 안개를 바라보며 그가 말했다.

"들어가자."

각자의 무기를 움켜쥔 부하들이 바짝 긴장한 채 움직였다. 절벽 같은 바깥쪽과는 달리 계곡 안쪽의 경사는 완만했다. 잠시 물러났던 안개가 다시 몰려오면서 세활과 부하들은 그 속으로 들어섰다. 비릿하면서도 짜디짠 냄새 사이로 뭔가 썩는 것 같은 악취가 느껴졌다. 바닥의 흙도 검은색으로 바뀌었다. 검은 흙이 깔린 계곡이 안개 속으로 끝없이 펼쳐졌다. 조금 더 걷자 물이 흐르는 소리가 들렸다. 선두에 선 호치가 낮게 속삭였다.

"개울입니다. 안쪽으로 있습니다."

"계속 전진한다."

계곡 한가운데를 흐르는 작은 개울을 따라 안으로 들어가자 점점 더 넓은 평지가 나타났다. 하지만 안개는 여전했고, 기분 나쁜 냄새와 작은 소리들 때문에 세활과 부하들의 긴장감은 커져갔다.

"그 눈먼 점쟁이가 이곳에 은을 캐는 광산이 있었고, 주로 죄수로 구성된 일꾼들이 은을 캐냈다고 하지 않았습니까?"

마치주의 물음에 세활이 고개를 끄덕거렸다.

"맞아. 물이 있다면 사람이 살았을 가능성이 커."

그 말대로 계곡 안으로 들어갈수록 사람이 살았던 흔적들이 보였다. 개울 옆에 파놓은 물골 옆에는 물을 길 때 쓰던 두레박과 나무로 만든 물통의 잔해가 썩어가고 있었다. 세활이 한쪽 무릎을 굽혀 물통을 집어 들자 그 잔해가 마른 흙처럼 부서졌다.

"저길 보십시오!"

마치주가 손가락으로 가리킨 절벽에 거대한 구멍이 보였다. 주변에 나무들이 포개져 쓰러져 있었고, 손수레 같은 것들이 뒹굴었다.

"저기가 그 광산인 모양입니다."

세월을 짐작할 수 없을 만큼 폐허가 된 광산을 지나자 사람의 흔적들이 연이어 보였다. 사람이 머물렀던 건 맞지만 아주 오래전에 떠난 후 인적이 끊긴 것 같았다. 지금 계곡 안에 아무도 없을 수 있다는 생각이 들자 다시금 절망이 찾아왔다. 설상가상으로 아까보다 더 짙은 안개가 서서히 계곡을 채웠다.

안개 속에서 처참하게 당한 말갈족들을 본 세활과 부하들은 서둘러 움직였다.

점점 더 짙어지는 안개를 헤치고 나아가자 주저앉아버린 귀
틀집과 움막들이 보였다. 전쟁을 피해 급하게 도망친 것처럼 일
상생활에 쓰는 도구들이 집 안팎에 널려 있었다. 그곳까지 밀
어닥친 안개 탓에 주변이 제대로 보이지 않자 부하들은 세활의
주변으로 모여들었다. 어깨가 닿을 정도로 바짝 붙은 채 서서
히 전진하던 세활과 부하들은 거의 동시에 인기척을 느꼈다. 그
들의 시선이 짙은 안개의 한 점에 모이자 두터운 안개 벽 너머로
희미한 그림자가 흘러가는 것이 보였다.

"누구냐!"

허리띠에 꽂혀 있던 작은 도끼를 꺼내 들며 호치가 소리쳤다.
대답 대신 기괴한 웃음소리가 들렸다. 호치가 그 웃음소리를 향
해 힘껏 도끼를 던졌다. 그러나 이십 보 안이라면 절대 빗나가지
않는 호치의 도끼는 안개 속으로 사라져버렸다. 어디에 맞거나
혹은 땅에 떨어지는 소리조차 들리지 않았다. 다른 도끼를 뽑
아낸 호치가 도끼날에 침을 바르며 안개를 노려보았다. 더 짙어
진 안개 탓에 방향조차 짐작할 수 없게 된 세활은 곁에 모여든
부하들에게 속삭였다.

"안개가 걷힐 때까지 여기서 기다린다."

그 순간 거대한 울부짖음이 터져 나왔다. 마치 안개 전체가
울부짖는 것처럼 광포하게 내지르는 울음소리에 세활은 두 손
으로 귀를 막고 말았다. 포효는 메아리처럼 안개 속을 뒤흔들며

세활과 부하들의 주변을 맴돌았다. 고통에 못 이긴 부하들이 무기를 떨어뜨리고 두 손으로 귀를 막았다. 정신을 차리기 위해 안간힘을 쓰던 세활은 안개 속에서 날개가 펄럭거리는 소리를 들었다.

"다들 정신 차려!"

세활이 절규하는 순간, 안개를 뚫고 나타난 그것이 세활의 부하들 중 한 명을 낚아챘다. 세활이 손을 뻗어 바지 끝을 움켜잡았지만 그것의 엄청난 힘에 함께 끌려갔다. 있는 힘을 다해 버텨보려고 했지만 바지가 그대로 찢어지고 말았다. 부하가 살려달라고 외쳤다. 하지만 허공으로 날아오른 그것에게 잡힌 부하를 구할 방법은 없었다. 그것이 안개 속으로 날아가면서 붙잡힌 부하의 비명도 사라졌다.

그 광경을 멍하니 바라보던 세활은 바로 뒤에서 기분 나쁜 숨소리를 느꼈다. 재빨리 몸을 돌린 세활은 들고 있던 칼로 찔렀다. 그리고 칼날이 사람의 몸통을 꿰뚫고 들어갔을 때의 묵직하고 차가운 느낌을 받자마자 옆으로 비틀었다. 우두둑거리는 소리와 함께 뼈가 칼날에 긁히고 살이 찢기는 소리가 들렸다. 하지만 칼날이 그렇게 깊숙이 들어갔는데도 피가 단 한 방울도 튀지 않았다.

당혹스러워하는 세활에게 그것이 얼굴을 들이밀었다. 미끈거리는 점액질의 피부를 한 그것은 눈이 있어야 할 곳에 작은 구멍이 나 있었다. 대신 입은 엄청나게 컸는데 호랑이처럼 날카로운 이빨이 두 줄로 박혀 있었다. 팔과 다리는 사람 같았지만 조금 더 컸고, 손톱과 발톱도 엄청나게 길었다. 그것은 고통이라는 걸 알지 못하는 듯 가슴에 깊숙이 박힌 칼날을 무시한 채 조금씩 세활에게 다가왔다.

세활이 박힌 칼을 뽑으려고 안간힘을 썼지만 그것은 꿈쩍도 하지 않았다. 그것이 이빨을 드러내면서 와락 달려들자 세활은 가까스로 고개를 옆으로 피해 발로 힘껏 걷어차면서 칼날을 뽑 았다. 하지만 서두르다가 그만 균형을 잃고 바닥에 나뒹굴고 말 았다. 쓰러진 세활은 자신의 머리를 노리는 그것의 손톱을 아슬 아슬하게 피하면서 몸을 일으켰다. 몸을 잔뜩 낮춘 세활은 그것 을 노려봤다. 어린 시절 수노당에 들어간 후 수십 년간 전쟁터를 전전했지만 이런 일은 처음이었다. 가슴이 터져나갈 정도로 요 동쳤다.

"대체 정체가 뭐야!"

하지만 상대는 대답이 없었다. 짐승도 사람도 아닌 것 같은 그 것은 으르렁거리면서 다가왔다. 세활은 주춤거리면서 뒤로 물러 났다. 주변에서 부하들의 비명과 아우성이 들렸지만 손을 쓸 수 가 없었다.

"이게 꿈이야! 생시야!"

주춤주춤 뒤로 물러나면서 중얼거린 세활은 자신의 뺨을 세 차게 때리고는 현실임을 깨달았다. 부하들에게 위기에 처할수 록 침착해야 한다고 수없이 말해왔지만 이런 상황에서는 어찌해야 할지 도무지 알 길이 없었다. 허리띠에 꽂아둔 단검을 뽑아 들었지만 상대가 다가오자 물러날 수밖에 없었다. 온몸의 털이 곤두설 정도로 두려웠지만 피할 방법도 없었다. 그러는 사이에도 그것은 으르렁거리는 소리를 내면서 다가왔다. 안개가 묻어 번들거리는 그것의 피부를 본 세활은 비명이 터져 나오는 것을 억지로 참았다.

마지막이라고 생각한 순간, 안개 속에서 마치 잔잔한 파도 소리처럼 희미하게 북소리가 들려왔다. 그 순간 그것은 천천히 뒤로 물러나더니 안개 속으로 사라져버렸다. 숨을 헐떡거리던 세활은 그것이 사라지자 마치 악몽에서 깨어난 것처럼 몸을 흠칫 떨었다.

안개 속에서 흩어졌던 부하들이 세활의 주변으로 모여들었다. 그의 곁으로 다가온 호치가 중얼거렸다.

"서, 서수가 끌려간 것 같습니다."

"망할."

"대체 그것의 정체가 뭐였습니까? 제가 분명히 도끼로 이마를 맞췄는데도 그냥 도망가버렸습니다. 피도 안 흘리고요."

"나도 모르겠어."

두렵다는 말을 덧붙이고 싶었지만 차마 그럴 수는 없었다. 그런 세활의 속마음을 눈치챘는지 호치가 나섰다.

"처음부터 이 계곡이 마음에 들지 않았습니다. 밤이 깊어지면 여기서 나갑시다."

다른 부하들 역시 같은 생각이라는 표정을 지었다. 천천히 숨을 몰아쉬던 세활은 고개를 저었다.

"그럴 수 없어."

"이 계곡 안에는 빌어먹을 뭔가가 있단 말입니다!"

호치의 절규에 세활이 물러서지 않고 외쳤다.

"우리가 여기 온 이유를 잊지 마! 그 많은 동료들이 여길 오기 위해서 목숨을 바쳤다!"

"사람인지 뭔지 알 수 없는 것들과 맞서 싸울 수는 없습니다."

"그럼 계곡 밖은? 말갈족이 진을 치고 있어."

"밤이 되면 빠져나갈 수 있습니다. 동료들을 모아서 다시 옵시다. 남은 우리로는 할 수 있는 게 없단 말입니다."

말다툼이 길어지는 사이, 계곡 안쪽을 바라보던 배금이 외쳤다.

"저기 불빛이 보입니다!"

논쟁을 벌이던 세활과 호치, 그리고 남은 부하들이 배금이 가리키는 곳을 바라봤다. 계곡 안쪽 안개 너머로 흐릿한 불빛이 일렁거렸다. 숨을 몰아쉰 세활이 부하들에게 말했다.

"계곡 안에 누군가 살고 있다는 얘기야."

"괴물 같은 것들이 득실거리는 이곳에 말입니까?"

호치의 반문에 세활이 불빛을 바라보면서 대답했다.

"잘 생각해봐. 도끼를 맞아도 죽지 않는 것들이다. 그런 그것들이 마음만 먹었으면 우리를 진즉 죽이고도 남았어. 하지만 추격해 온 말갈족은 몰살당했지만 우린 한 명만 끌고 갔잖아."

"더 깊은 곳으로 유인해서 죽일 의도일지도 모릅니다."

세활은 손가락으로 관자놀이를 꾹 누르면서 대답했다.

"그것들이 뭔지는 몰라. 사람인지 짐승인지 알 수가 없잖아."

"그러니까 더 위험한 거 아닙니까?"

호치의 대꾸에 세활은 부하들을 한 명씩 바라봤다. 그리고 그들의 눈에 섞인 체념과 공포를 읽어내고는 담담하게 말했다.

"돌아가고 싶으면 돌아가. 난 이곳에서 양만춘 장군을 찾을 것이다."

"정녕 부하들을 다 죽일 생각이십니까?"

비아냥인지 조롱인지 모를 호치의 말에 세활은 조용히 고개를 저었다.

"난 저 불빛이 있는 곳으로 갈 것이다. 계곡을 나가고 싶으면 가도 좋다."

긴 침묵이 이어지고 머뭇거리던 호치가 입을 열었다.

"우리가 왜 여기 왔는지 잠시 잊어버렸습니다. 죄송합니다."

"아니야. 고마워."

눈물을 글썽거린 세활이 호치와 부하들을 차례차례 끌어안았다. 가슴이 뭉클해진 그는 안개 너머로 희미하게 보이는 불빛을 바라보면서 말했다.

"저쪽으로 간다. 다들 정신 바짝 차려."

기운을 낸 부하들이 무기를 손에 쥔 채 조심스럽게 안개를 헤쳐 나갔다. 아까 봤던 괴물 같은 것들이 다시 나타날까 두려웠지만 멀리 보이는 불빛을 의지해서 가보기로 했다. 스물거리는 안개가 발목을 휘어 감았지만 다들 두려움을 떨쳐내고 앞으로 걸었다. 중간중간 통나무로 만든 집과 창고 같은 것들이 보였지만 사람의 흔적은 느껴지지 않았다. 뒤따라오던 서수가 중얼거렸다.

"계곡이 끝도 없이 깊습니다."

"안개 때문일 거야."

"낮인지 밤인지도 모르겠습니다."

"조금만 더 가보자."

세활은 두려움을 억누른 채 한 발 한 발 앞으로 나아갔다. 다행히 안개가 약간씩 열어지면서 불빛들이 더 명확하게 보였다. 앞장서 걷던 세활이 갑자기 걸음을 멈췄다. 그리고 부하들에게 조용히 하라는 손짓을 하고는 귀에 손을 갖다 댔다.

"이상한 소리가 들리는군."

세활의 속삭임에 부하들이 바짝 긴장한 채 무기를 움켜잡았다. 아까 그 괴물들이 내던 소리와 비슷하다는 생각에 세활은 마른침을 삼켰다. 한 줌밖에 안 된 지친 부하들을 데리고 칼에 찔려도 꿈쩍하지 않고 하늘을 날아다니는 괴물을 도저히 이길 수 있을 것 같지 않았다.

그뿐만이 아니었다. 아까 들렸던 북소리가 다시 울렸다. 돌아가기에는 너무 깊이 들어온 계곡 안에서 이상한 상황과 맞닥뜨린 세활은 부하들이 곁에 있음에도 불구하고 어찌할 바를 몰랐다. 가까스로 정신을 차린 세활이 부하들에게 속삭였다.

"최대한 소리를 죽인 채 앞으로 간다. 저 불이 있는 곳까지 가면 살길이 있을 거다."

그의 말에 다들 고개를 끄덕거렸지만 울상이 된 호치가 말했다.

"괴물들이 득실거리는 곳이면 어찌합니까?"

"그때는 좀 더 편하게 죽겠지."

마음을 정한 세활이 발걸음을 뗐다. 그리고 몇 걸음 더 나아가자 거짓말처럼 안개가 걷히면서 공포의 대상이었던 불빛과 마주쳤다.

안개 너머에서 비치던 불은 거대한 모닥불이었다. 그리고 그 모닥불 주위에는 수십 명의 사람들이 옹기종기 모여서 밥을 먹고 있었다. 갑작스러운 상황에 멍해진 호치가 물었다.

"대체 누굴까요?"

"남자아이들이 새 깃이 꽂힌 조우관을 쓰고 주름치마를 입은 여자들로 봐서는 고구려 사람인 것 같아."

어처구니가 없어진 세활이 멍한 눈길로 바라보자 붉은색 주름치마를 입은 계집아이 하나가 일어났다. 그러자 옆으로 밀어놓은 북에서 가볍게 튕기는 소리가 났다. 아까부터 계속 신경을 곤두서게 만들었던 불빛과 북소리의 정체를 깨달은 세활은 허탈함을 이기지 못했다. 그런 세활에게 계집아이가 다가와 물었다.

"괜찮아요?"

세활은 기가 막힌 눈길로 계집아이를 쳐다보았다. 열두 살쯤
되어 보이는 계집아이는 입고 있는 저고리와 주름치마가 낡았
다는 것을 제외하고는 이상한 점이 전혀 없었다. 얼떨떨해하던
세활은 겨우 정신을 차리고 물었다.

"너, 여기 사느냐?"

"네."

"이 계곡에 이상한 괴물이 있다."

"알아요. 하지만 여기까지 들어오지는 않아요."

천연덕스러운 계집아이의 대답에 세활은 할 말을 잊었다. 그
때 뒤에 있던 호치가 다가와 속삭였다.

"아이들이랑 노인뿐입니다."

그 얘기를 듣고 나서야 모닥불 주위에 모인 사람들 중 젊은 남
자가 없다는 걸 알아차렸다. 세활은 계집아이에게 물었다.

"어른들은 어디 있느냐?"

"없어요."

"너흰 여기 언제부터 살았지?"

"몇 년 전부터요. 아저씨들은 계곡 입구로 들어온 건가요?"

세활이 고개를 끄덕거리자 계집아이가 안개를 바라보면서 말
했다.

"따라오세요."

"왜?"

"이 계곡에 오면 아저씨를 만나야 하거든요."

"그 사람이 누군데?"

"사당에 사는 아저씨요."

너무나 태연하게 말하는 계집아이와 평온하기 짝이 없는 사람들의 모습에 세활은 점점 더 혼란스러웠다. 방금 전까지 안개로 뒤덮인 계곡에서 정체불명의 괴물과 싸웠다는 사실이 마치 꿈처럼 느껴질 정도로 평온했기 때문이다. 싸울 수 있는 건장한 어른은 없고, 그나마 무기로 쓸 몽둥이조차 보이지 않았다.

세활이 꼼짝도 하지 않고 서 있자 걸음을 멈춘 계집아이가 재촉하는 눈길을 던졌다. 다른 사람들은 여전히 밥을 먹거나 떠드는 중이었다. 호치가 옆에서 속삭였다.

"무기도 안 보입니다. 설마 절벽 하나만 믿고 이렇게 태평하진 않을 텐데요."

세활은 호치에게 속삭였다.

"일단 따라가보자. 어른들이 있으면 어떻게 된 일인지 알 수 있겠지."

계집아이를 따라가는 사이 안개가 차츰 물러나면서 계곡의 전경이 눈에 들어왔다. 계곡은 생각보다 깊고 장엄했다. 점점 굵어진 개울물이 흐르는 자갈투성이 벌판 너머에 우뚝 솟은 산이 보였다. 그 산 중턱에 이 층짜리 전각이 자리 잡고 있었다. 낡기는 했어도 사당의 지붕에 올리는 녹색 기와를 본 세활이 믿을 수 없다는 듯 중얼거렸다.

"이런 계곡 안에 사당이라니."

"주변에 사람들도 보이는데요. 어떻게 이런 곳에 사람이 살수 있는 거죠?"

뒤따르던 호치의 말에 앞장선 계집아이가 휙 돌아서며 말했다.

"안근생 아저씨 덕분이에요."

"사당에 있는 사람 말이냐?"

세활의 물음에 계집아이가 고개를 끄덕거렸다.

"그 아저씨가 아니었으면 우리 모두 살아남지 못했을 거예요. 오늘 아저씨들이 오는 것도 미리 알았고요."

"미리 알았다고?"

"그래서 불을 크게 피우고, 중간중간 북도 쳤어요."

들을수록 정체가 궁금해진 세활이 물었다.

"그 안근생이라는 사람은 무당인가?"

"아뇨. 그냥 아저씨예요."

알 수 없는 얘기뿐이었지만 계집아이가 더 이상 입을 열지 않자 물을 수 없게 되었다. 산 중턱 사당에 도착하자 계집아이가 대문을 열었다. 뜰에는 잡초가 무성했지만 생각보다 넓었다. 치미의 양식이나 기둥에 남은 단청의 흔적으로 봐서 사당은 최소한 100년은 넘긴 것 같았다. 주변을 천천히 살피던 세활은 사당 입구에 걸린 깃발을 보고는 걸음을 멈추었다.

"저건 안시성 깃발이야."

비바람에 시달린 깃발은 원래의 색깔을 잃어버렸고, 끝자락역시 너덜너덜했지만 깃발에 새겨진 글씨는 분명 안(安)자였다.뒤따라오던 호치가 조심스럽게 물었다.

"저 아이가 얘기한 사람이 혹시 양만춘 장군님이 아닐까요?"

"아니, 양만춘 장군은 나이가 굉장히 많아."

"행방이라도 알고 있으면 좋겠습니다."

"사람들이 보입니다. 그런데 여기도 어린애와 늙은이들뿐이네요."

뒤따라오던 배금이 끼어들었다. 배금의 말대로 사당의 뜰 여기저기에 숨어 있던 사람들이 보였다.

"어른들은 다 어디 갔느냐?"

세활은 계집아이에게 물었다. 뒤도 돌아보지 않고 걸어가던계집아이는 사당의 문을 열고는 고개를 돌렸다.

"싸움터에 나가서 죽거나 돌아오지 못했어요."

"그럼 여기 피난 온 사람들 중에는 장정은 없는 것이냐?"

미세하게 머뭇거리던 계집아이는 아무 말 없이 사당 안으로들어섰다. 세활은 호치의 어깨에 한 손을 올려놓으며 말했다.

"나 혼자 들어간다. 주변을 살펴봐."

호치가 허리에 꽂아두었던 도끼를 뽑기 쉽게 잡아 당겨놓으며 고개를 끄덕거렸다.

널빤지로 만든 계단을 밟고 올라선 세활은 심호흡을 깊게 하고는 안으로 들어섰다. 서까래 바로 아래 달린 광창으로 흘러들어오는 빛이 어렴풋하게 사당 안을 밝혔다. 벽과 기둥, 그리고 기둥 사이에 위층과 연결된 계단이 보였다. 세활은 앞장선 계집아이에게 물었다.

"뭘 모시는 사당이었지?"

"잘 모르겠어요. 우리들이 처음 왔을 때도 이랬거든요."

"안근생이라는 사람은 어디 있느냐?"

"아저씨는 이 층에 계세요."

낡은 나무 계단에 올라선 계집아이의 늘어진 그림자가 세활의 발밑까지 닿았다. 당장에라도 내려앉을 것처럼 삐걱대는 계단을 조심스럽게 올라선 세활은 긴 복도를 따라 사라지는 여자아이를 따라갔다. 방들은 큰 미닫이문으로 드나들 수 있게 되어 있었다. 문이 없거나 열려 있는 방 안을 살펴보았지만 사당에 있는 제단이나 신상 같은 것들은 보이지 않았다.

"여기에요. 아저씨는 빛을 싫어하셔서 항상 어두운 곳에서 지내세요."

복도 제일 끝 방 앞에 멈춰 선 계집아이는 반쯤 연 미닫이문 안쪽의 어둠을 흘끔거리며 말했다. 미닫이문이 만들어낸 안과 밖의 경계선을 넘어선 세활은 안쪽 어둠이 만들어낸 짙은 질감과 두께 앞에서 계곡에서 겪었던 기이한 일들이 떠올랐다.

"어서 오십시오. 기다리고 있었습니다."

어둠 속에서 울려 퍼지는 목소리는 나이나 방향을 짐작하기

어려웠다. 주위를 두리번거리던 세활에게 다시 목소리가 들려왔다.

"앞에 의자가 있으니 앉으십시오. 어둠은 눈에 익으면 괜찮아질 겁니다."

조심스럽게 앞으로 뻗은 손끝에 의자의 등받이가 닿았다. 의자에 앉은 세활은 깊게 심호흡을 하면서 앞쪽을 쳐다보았다. 어둠이 약간 걷히자 다른 곳보다 약간 높게 지어놓은 제단 비슷한 것과 그 위에 한쪽 무릎을 세우고 앉아 있는 사람이 보였다. 비쩍 마른 몸에 앙상한 팔과 다리, 그리고 초췌한 중년의 얼굴을 본 세활이 조심스럽게 물었다.

"이 계곡 안에 양만춘 장군이 계신다고 들었다."

"그분을 찾아오셨습니까?"

세활이 고개를 끄덕이면서 주변을 살폈다. 퀴퀴한 곰팡이 냄새가 코를 찔러서 도저히 사람이 머물 곳처럼 여겨지지는 않았다. 세활의 시선을 따라가던 안근생이 기침을 콜록거렸다.

"죄송하지만 저도 그분에 대해서는 아는 바가 없습니다."

"소문을 들은 것은 없었는가?"

"안시성은 함락되면서 돌아가셨다고 들었습니다만……."

"함락된 건 사실이지만 그분이 돌아가신 걸 본 사람은 없네. 그 후에도 살아 계신다는 소문이 계속 돌았고 말이야."

세활의 말에 안근생이 고개를 기울여 키득거렸다. 어둠을 닮은 기분 나쁜 웃음소리에 신경이 쓰인 세활이 눈살을 찌푸리면서 바라보자 안근생이 벽에 머리를 기댄 채 말했다.

"나라를 잃고 절망에 빠진 고구려 백성들이 퍼트린 헛된 희망이지요. 양만춘 장군님은 성을 잃고도 목숨을 부지하실 분이 아니십니다."

"양만춘 장군께서 은밀한 곳에 몸을 숨기고 세력들을 규합하고 있다는 소문이 돌고 있네."

세활의 말에 안근생이 쓴웃음을 지었다.

"평양성이 함락되고 태왕께서 잡혀가신 이후로 요동에는 온갖 소문들이 떠돌았습니다. 사실 잡혀간 건 가짜고 진짜 태왕께서 책성으로 몸을 피하셨다는 말부터 태대대로께서 무덤에서 살아나셔서 당나라 놈들을 응징하기 위해 깃발을 세웠다는 소문까지 말이죠. 심지어는 양만춘 장군조차 그런 소문들을 입에 올렸습니다. 하지만 부질없는 희망이 만들어낸 가혹한 거짓말들이지요."

담담하게 얘기한 그에게 세활이 물었다.

"그렇다면 혹 요동에 당나라 놈들에게 대항하는 고구려인이 있다는 얘기는 들었나?"

"옛 북부여의 동쪽인 천문령 너머에 고구려인이 모여든다고도 하고, 돌궐 쪽에도 고구려인이 넘어갔다는 소문은 들었습니다. 하지만 요동에서는 이제 당과 대적하는 고구려의 성은 없습니다. 안시성조차도 나중에는 당나라군과 암묵적으로 타협해서 유지가 되었으니까 말입니다."

"암묵적인 타협이라니?"

"안시성의 고구려군이 공격하지 않으면 그들도 공격하지 않는 걸로 말입니다. 마지막에는 그게 틀어져서 비극이 벌어졌지요."

당 태종을 물리친 영웅 양만춘 장군이 적과 타협했다는 얘기는 믿고 싶지 않았지만 사실일 가능성이 컸다. 전쟁이 길어지고 죽음들이 이어지자 사람들은 고구려인이라는 긍지를 차츰 잊어버렸다. 오직 내 가족만 무사하고 먹고살 수만 있다면 당이든 고구려든 개의치 않겠다는 생각들이 결국은 고구려를 안에서부터 무너뜨렸다. 눈을 감은 세활은 지나온 세월이 떠오르자 주먹이 부르르 떨렸다. 그런 세활에게 안근생이 물었다.

"양만춘 장군님을 찾으셔서 뭘 하실 생각이셨습니까?"

"그분을 모시고 당나라에 저항하는 세력을 모을 생각이야."

"그러기에는 양만춘 장군의 나이가 너무 많으십니다."

"살아 계시기만 한다면 방법이 있겠지. 그래서 죽을 고생을 하고 여기까지 왔다네."

세활의 얘기를 들은 안근생이 물었다.

"왜 포기하지 않으시는 겁니까?"

마치 속마음을 들여다본 것 같은 안근생의 물음에 세활은 멈칫거렸다. 그러자 안근생이 재차 물었다.

"울타리가 무너지면 다들 자기 살기에 급급합니다. 평양성이 함락되고 태왕이 당나라로 끌려간 이래 많은 사람들이 희망을

버렸죠. 다들 자기 목숨을 부지하기 바쁜데 당신은 확실하지도 않은 소문만 믿고 이곳까지 왔습니다. 이렇게까지 하는 연유가 무엇입니까?"

"내 팔뚝에 새겨진 글씨 때문이지."

세활은 오른쪽 팔뚝을 걷었다. 어린 시절 먹물 묻힌 바늘로 깊게 새겨 넣었던 글자가 팔뚝 한가운데 자리 잡고 있었다. 그걸 들여다본 안근생이 중얼거렸다.

"수나라 수(隋)자군요. 죽은 태대대로가 수나라 포로의 자식으로 이루어진 가병을 거느렸다는 말을 들은 적이 있습니다."

소매를 내리며 세활이 말했다.

"잘 알고 있군."

"시장을 관리하는 직책을 맡다보니까 멀리서 온 상인들의 얘기를 듣곤 했지요."

"처음에는 다른 마을 아이들까지 모두 삼백 명이 넘었지. 그러다가 태대대로가 돌아가실 때는 불과 서른 명만 남았네. 죽은 동료들을 생각해서라도 절대 포기할 수 없는 일이야."

세활의 얘기를 들은 안근생은 긴 침묵을 이어갔다. 그러다가 고개를 들고 말했다.

"안타깝지만 제가 도와드릴 수 있는 건 없을 것 같습니다. 며칠 쉬시고 양만춘 장군을 찾아 떠나시지요. 어차피 그분을 찾기 전까지는 결코 멈추지 않을 테니까 말입니다."

세활은 부하들의 목숨을 바쳐가면서 찾아온 계곡에서 양만춘 장군의 흔적을 찾을 수 없다는 사실에 낙담했다. 그런 세활에게 안근생의 말이 이어졌다.

"밖에 기다리고 있는 영월이가 쉴 곳을 안내해줄 겁니다. 부디 편히 쉬시기를 바랍니다."

알겠다고 대답하고 밖으로 나가려던 세활이 발걸음을 멈췄다.

"계곡 밖에 말갈족들이 진을 치고 있네. 그들이 밀고 들어오면 대처할 방도가 있는가?"

"이 계곡은 짙은 안개 때문에 누구든 들어오면 길을 잃습니다. 그 전에도 몇 번 당나라 병사들이 들어왔지만 살아서 나간 사람은 없습니다."

"그럼 살아서 들어온 건 우리가 처음인가?"

"고구려 사람들은 들어올 수 있었습니다. 저도 그렇고 뒤에 들어온 피난민들도 그렇고요."

세활은 고작 안개만 믿고 자신만만해하는 그의 말에 의구심을 느꼈다. 게다가 그는 계곡 안에서 마주쳤던 정체불명의 괴물들도 전혀 두려워하는 것 같지 않았다.

"말갈족들과 내 부하 한 명이 이상한 짐승에게 당했네."

"짐승이요?"

"박쥐처럼 날개가 달렸고, 늑대 같은 이빨을 지니고 있었네. 도끼로 찍고 칼로 쑤셔도 멀쩡한 걸 보면 고통을 느끼지 않는 것 같았지."

"영월이가 이상한 새를 본 적이 있다고 했는데 그건가보군요. 하지만 그건 사람을 물거나 해칠 정도로 크지는 않습니다."

"그럼 말갈족과 내 부하를 죽인 건 뭐란 말인가?"

성난 세활의 물음에 안근생은 어둠을 잠시 응시하다가 대답했다.

"안개 때문입니다."

"그게 사람을 해쳤다고?"

"이 계곡의 안개는 땅에서 나옵니다. 들어오다가 보셨지만 여기는 한때 은을 캐던 광산이었지요. 그런데 갑자기 사람들이 모든 걸 버리고 떠났습니다."

"안개 때문이란 얘긴가?"

"이 계곡의 안개는 사람을 홀리는 것 같습니다. 어쩌면 독성이 있는지도 모르겠습니다. 그래서 친구들끼리 칼부림을 하거나 스스로 절벽에서 뛰어내려 자살하기도 하죠."

"그렇다면 자네와 먼저 온 일행은 어째서 멀쩡한 건가?"

"그건 잘 모르겠습니다. 사실 여러분도 큰 피해 없이 이곳에 들어온 것이 아닌가요?"

틀린 얘기는 아니었기 때문에 세활은 수긍했지만 여전히 미심쩍은 구석이 많았다.

"아까 보니 아이와 노인들만 있던데 장정은 다 어디 간 건가?"

"원래부터 없었습니다. 전쟁 통에 죽거나 포로로 끌려갔죠."

"그럼 여기 사람들은 뭘 먹고 사느냐?"

"개울에 물고기가 많습니다. 그리고 계곡 안쪽에 조와 수수가 자라는 넓은 평지가 있습니다."

"그렇다고 해도 위험하지 않는가? 당나라 군대나 말갈족이 언제 쳐들어올지 모르고, 그 괴물도 있는데 말이야."

"제가 겪어본 바로는 세상에서 가장 무서운 짐승은 바로 사람입니다."

안근생의 말에 동의하기에 세활은 딱히 반박은 하지 못했다.

"저랑 피난민들도 그 걱정 때문에 밤새 잠을 이루지 못하곤 했습니다."

"그나저나 나와 부하들이 계곡 안으로 들어온 건 어찌 눈치챘나?"

"안개의 흐름을 보고 알았습니다. 누군가 계곡으로 들어오면 안개가 급격히 늘어납니다."

대답을 들은 세활은 밖으로 나왔다. 문 옆에서 기다리고 있던 영월이 말없이 앞장서 걸었다.

계단을 내려와 사당 밖으로 빠져나온 영월이 뒤뜰 쪽으로 세활을 이끌고 갔다. 뒤뜰에는 거적과 짚으로 만든 허름한 움막들이 자리 잡고 있었다. 그중 한 움막 앞에 선 영월이 세활에게 말했다.

"여기 머무시면 돼요. 식사는 하루에 두 번씩, 저기서 다 같이 먹어요. 북을 치면 식사를 시작한다는 뜻이니까 알고 계세요."

"어른들 없이 할아버지와 너희들만 안시성을 빠져나와 여기까지 온 것이냐?"

"네."

짧게 대답한 영월이 곧장 사당 쪽으로 사라졌다. 움막 앞에
선 세활은 천천히 주변을 둘러보았다. 갓난아이를 등에 업은 젊
은 아낙이 돌을 괴어 올린 아궁이에 불을 놓는 중이었고, 짚을
엮어서 만든 공을 따라 뛰는 아이들이 주변을 맴돌았다.

"온통 아이와 여자뿐이군."

홀로 중얼거린 세활은 사당을 끼고 나타난 호치와 부하들을
보았다. 곁으로 다가온 호치가 바닥에 침을 뱉으며 얘기했다.

"주변을 샅샅이 뒤져봤지만 어른은 보이지 않았습니다. 어디
잠깐 사라진 게 아니라 아예 처음부터 없었던 것처럼 보이는데
요. 그런데 사당 안에는 누가 있습니까?"

"안근생이라는 남자가 있지만 칼도 제대로 못 잡을 것 같은
모양새야."

"그럼 양만춘 장군님은 여기 없는 겁니까?"

대놓고 실망한 표정을 지은 호치에게 세활이 말했다.

"아니면 우리 정체를 못 믿고 숨어 있을 수도 있지. 그나저나
안시성에서 여기까지는 백 리가 넘어. 아이들과 노인들만으로는
이런 난리판을 뚫고 올 수 있을 것 같지는 않은데?"

세활의 말에 호치가 맞장구를 쳤다.

"별다른 무장도 갖추지 않은 것 같습니다. 아이들과 여인들에
게 사내들에 대해서 물어봤는데 다들 입을 굳게 다물고 피하기

만 합니다."

"안근생이란 남자는 뭐라고 합니까?"

배금의 물음에 세활은 고개를 끄덕거렸다.

"안시성에서 온 건 확실한데 장군님의 행방에 대해서는 얘길
하지 않아."

"여기까지 어떻게 왔는데 이렇게 포기할 수는 없습니다. 순순
히 대하니까 다들 입을 다물고 있는 것 같습니다."

"말도 안 되는 소리 하지 마! 우린 이들을 지키기 위해 칼을
든 거야."

세활이 버럭 화를 냈지만 먼저 입을 연 호치도 지지 않았다.

"압록강을 넘어올 때 길잡이 역할을 자처했던 자가 우릴 당나
라군이 매복하는 곳으로 끌고 갔었던 걸 벌써 잊으셨습니까?
고마움을 모르는 자들을 위해 싸우는 건 이제 지쳤습니다."

세활은 흥분한 호치를 다독거렸다.

"다들 진정해. 어차피 여기까지 올 각오를 했을 때 이 정도 난
관은 다들 각오했잖아. 일단 피난민들을 조금 더 살펴본다."

"다들 이상할 정도로 태평합니다. 계곡 바깥에 말갈족들이
와 있다고 했는데도 무관심해하더군요. 체념했든지 아니면 뭔
가 단단히 믿는 것 같습니다."

배금의 말에 호치가 같은 생각이라는 듯 고개를 끄덕거렸다.

"며칠 동안 동태를 살펴보고 다음 일을 결정하겠다. 일단 안
시성에서 온 피난민이라는 건 맞으니까 말이야."

세활의 얘기를 들은 부하들의 얼굴에는 제각각의 감정이 꿈틀거리다가 가라앉았다.

"알겠습니다."

하나둘씩 고개를 끄덕인 부하들의 어깨를 차례로 두드려준 세활은 배금에게 말했다.

"다들 고마워. 결국 여기까지 왔잖아."

"죽은 동료들 덕분이죠. 우린 한 게 아무것도 없습니다."

배금의 말에 다들 씁쓸한 미소를 지으며 고개를 끄덕거렸다. 겨우 한숨을 돌린 세활은 계곡 너머로 사라져가는 해가 뿌려놓은 핏빛 여운을 바라보았다.

식사를 알리는 징 소리가 들리자 사당 뒤뜰 여기저기에 흩어져 있던 사람들이 하나둘씩 모여드는 것이 보였다. 사람들 틈에 끼어서 식사를 마친 세활과 부하들은 움막으로 돌아왔다. 괴물들이 언제 나타날지 몰라 바짝 경계했지만 너무도 태연한 사람들을 보면서 차츰 긴장이 풀어졌다. 세활과 부하들은 한 명씩 돌아가면서 움막 문 앞에서 번을 서기로 했다. 움막 안으로 들어온 세활은 눈을 붙였고 꿈속에서 과거로 돌아갔다.

6. 어둠 속의 안시성

어둠 속의 세상은 열기로 후끈거렸다. 하루 종일 돌과 화살이 날아다니고, 삶과 죽음이 교차하던 안시성은 침묵에 잠겼다. 낮에 당나라군은 작정한 것처럼 공격에 나섰다. 안시성을 포위한 모든 방향에서 공격을 감행했다. 포차에서 날아간 돌이 성벽을 두들기는 소리는 수십 리 밖 안촌수에 머물고 있던 구원군 본대에서도 들렸다. 해가 떨어지기만을 기다리던 세활은 초조한 표정으로 안시성 쪽을 바라봤다. 함성은 그쳤지만 전투가 완전히 끝난 것인지는 몰랐다. 당나라 군대는 수적 우위를 앞세워서 전투가 끝난 직후 들이닥치곤 했기 때문이다.

"이러다 함락되는 거 아닙니까?"

천막 기둥에 서서 안시성 쪽을 바라본 검모잠의 걱정스러운 목소리로 물었다. 세활 역시 같은 생각이었지만 불길함은 애써 떨쳐버렸다.

"한 달이나 잘 버텨왔잖아. 오늘도 버틴 것 같고 말이야."

"천하의 요동성도 보름도 못 버텼는데 저 작은 안시성이 이렇게 오래 버틸 줄은 몰랐습니다."

검모잠이 감탄하는 눈빛으로 저물어가는 석양 속의 안시성을 바라봤다.

당나라 황제가 이끄는 원정군이 요하를 건너와 파죽지세로 진격해 오면서 평양성은 위기감에 빠졌다. 수나라 양제의 백만 대군을 끄떡없이 물리쳤던 요동성은 물론이고 난공불락이라 여겼던 비사성도 함락되었다. 거기다 백암성 성주인 손대음은 싸워보지도 않고 성문을 열어 함락당했다. 신성과 안시성에서 당나라군의 진격을 저지하긴 했지만 여전히 전세는 불리했다. 더군다나 당나라군이 신성이나 건안성 대신 안시성으로 진격하면서 분위기가 묘해졌다. 안시성은 태왕과 귀족들을 죽이고 대대로의 자리에 오른 연개소문에게 끝까지 저항했던 성들 중 하나였기 때문이다. 격분한 연개소문은 군대를 보내 안시성을 포위했다. 숨 막히는 대치 끝에 결국 양만춘의 아들을 인질로 보내고, 군대는 철수했다.

그런 껄끄러운 상황을 겪었기 때문에 안시성을 구원해야 할지 포기해야 할지 갈등이 생겨났다. 전쟁이 일어나고 대막리지의 자리에 오른 연개소문은 대대로 고정의에게 십오만 대군을 보내 안시성을 구원하는 것으로 결론을 내렸다. 북부욕살 고연수와 남부욕살 고혜진이 이끄는 선봉부대는 안시성의 코앞인

주영산까지 진격한 상태였다. 그러는 사이 안시성에서는 매일 치열한 전투가 벌어졌다. 당나라군은 구원군이 도착하기 전에 어떻게든 함락시키기 위해서 필사적인 공격을 반복했다. 하지만 안시성은 끈질기게 버텼다.

"해가 저물고 있어."

검모잠의 말에 세활은 고개를 들어 하늘을 바라봤다. 핏빛 석양이 거의 사라져가고 있었고, 벌판 너머에서 어둠이 밀려오는 중이었다. 세활이 천막 안으로 들어가면서 말했다.

"갔다 올게."

"차라리 내가 갔다 올게. 형."

검모잠의 말에 세활이 피식 웃었다.

"천막이나 잘 지켜."

죽은 당나라 군사에게서 벗겨낸 갑옷과 두건을 차려입은 세활이 칼을 허리춤에 꽂고 밖으로 나갔다. 그에게 주어진 임무는 당나라군으로 변장해서 포위망을 뚫고 안시성으로 들어가는 것이다. 중국어를 할 줄 아는 수노당 중에서 누군가 가야 했기 때문에 세활이 자원했다.

검모잠과 작별을 하고 어둠이 깔린 벌판을 조심스럽게 가로질러간 세활은 당나라군 진영에 접근했다. 밤이 되었지만 사방에 햇불을 켜놓은 당나라군 진영은 시끌벅적했다. 공성무기를 손보면서 내일 공격 준비를 하는 듯했다.

목책으로 둘러친 당나라군 진영을 살펴보던 세활은 때마침

돌을 가지고 진영 안으로 들어가는 당나라군 대열을 발견했다. 수풀에 엎드려 있던 그는 적당한 크기의 돌을 들고 잽싸게 대열의 끝에 따라붙었다. 밤에 이뤄지는 작업을 마치고 지친 병사들의 집중력이 떨어지기 때문에 잠입하기 쉬운 기회였다.

목책의 출입문 앞에서 대열이 잠시 멈췄다. 수문장이 군호를 확인하고는 문을 열어줬다. 세활은 양쪽이 나눈 군호를 속을 되뇌었다. 문이 열리자 무거운 돌을 짊어진 병사들은 끙끙거리면서 안으로 들어갔다. 깃대 아래 돌을 모아두는 장소에 도착한 병사들이 돌을 던지면서 손을 털었다. 세활도 그들 틈에 끼어 돌을 던진 다음에 잽싸게 천막 사이로 몸을 감췄다. 천막 옆에 놓인 물통을 집어 들고 천천히 걸어갔다. 진영 안으로는 들어왔지만 여기서 안시성까지 가는 것이 문제였다.

세활은 최대한 태연하게 안시성 방향으로 향했다. 그쪽은 목책이 두 줄이나 처져 있고, 망루도 곳곳에 있어서 들어가기가 쉽지 않았다. 빈틈을 찾기 위해 몇 차례나 주변을 서성거리던 세활의 눈에 흙을 실은 수레가 보였다. 그 뒤로는 웃통을 벗은 당나라 병사들이 줄줄이 따랐다. 물통을 내려놓은 세활은 재빨리 갑옷과 저고리를 벗고 대열이 끼어들었다. 그리고 의심을 피하기 위해 일부러 피곤한 척 하품을 하면서 앞서가는 당나라 병사에게 물었다.

"어디로 가는 거래?"

"얘기 못 들었어?"

심드렁한 표정의 상대방에게 세활이 어깨를 툭툭 치면서 대답했다.

"자다가 끌려 나왔지 뭐야."

"재수 억세게도 없군. 저쪽."

　상대방이 턱으로 가리킨 곳은 안시성 동쪽이었다. 수레와 병사들이 쉴 새 없이 오가면서 땅에 흙을 붓는 중이었다. 그 광경을 본 세활은 저도 모르게 중얼거렸다.

"저게 대체 뭐 하는 짓거리야?"

　그 얘기를 들은 상대방이 피식 코웃음을 쳤다.

"아무것도 못 들었어? 황제 폐하의 명으로 토산을 쌓는 거잖아."

"토산?"

"그래, 고구려 놈들이 쥐새끼처럼 숨어 있는 안시성보다 높게 쌓는다던데, 못 들었어?"

　자칫하다가는 의심을 살 것 같아서 세활은 얼른 둘러댔다.

"개모성에 주둔했다가 며칠 전에 와서 말이야."

　앞쪽에 있던 군관이 조용히 하라고 소리를 지르자 두 사람의 대화는 끊겼다. 세활은 뜻하지 않게 중요한 정보를 입수했다. 흙이 실린 수레는 안시성 동쪽 성벽에서 약 백여 보 떨어진 곳에 멈췄다. 화살이 날아올 만한 거리지만 곳곳에 나무 다발로 만든 방패가 세워졌다. 흙을 가져다 부으면 먼저 와 있던 병사들이 그만큼의 물을 붓고 장대와 발로 다졌다. 이제 시작이었지만 병사들을 밤낮으로 동원하면 성벽 높이만큼 쌓는 건 금방이었다.

이 사실을 얼른 안시성에 알려야 한다는 생각을 했지만 빠져나갈 틈이 없었다. 그때 안시성 성벽 위에서 횃불이 몇 개 올라왔다. 그러고는 고함과 함께 화살이 날아들었다. 그러자 다들 익숙하다는 듯 나무 다발로 만든 방패 아래 몸을 숨겼다. 세활은 틈을 봐서 성벽 쪽으로 뛰었다. 뒤에서 멈추라는 소리가 들려왔지만 세활은 단숨에 성벽 앞까지 달려갔다. 안시성에서는 세활이 당나라 병사인 줄 알고 화살을 쏘아댔다. 바로 뒤에 화살들이 박히는 소리가 들렸다. 성벽에 바짝 붙은 세활이 위에 대고 소리쳤다.

"대막리지가 보낸 전령이오. 줄을 내려주시오!"

"뭐라고!"

믿기지 않는다는 물음이 성벽에서 들려오자 세활이 목청껏 외쳤다.

"군호는 낙랑이오!"

잠시 후 위쪽에서 목소리가 들려왔다.

"우측에 암문이 하나 있다. 그쪽으로 오너라."

세활은 허리를 잔뜩 숙인 채 암문이 있다는 방향으로 뛰었다. 지켜보던 당나라군의 웅성거림이 들려왔지만 안시성에서 쏘아대는 화살 덕분에 접근하지는 못했다. 성벽을 따라 한참을 달리자 거대한 성첩이 나왔고, 아래쪽에 작은 문이 보였다. 앞쪽에 성벽이 둘러져 있어서 멀리서는 제대로 보이지 않았다. 그곳에 도달한 세활은 문을 두드렸다. 쇠를 입힌 나무문이 삐걱거리며 열리더니 창날이 불쑥 튀어나왔다.

"두 손을 들고 천천히 들어와!"

세활은 시키는 대로 천천히 안으로 들어갔다. 등 뒤에서 서둘러 빗장을 치는 소리가 들렸다. 칼이 목덜미를 지그시 눌렀다.

"허튼수작을 벌이면 목이 날아갈 줄 알아라!"

세활은 아무 말 없이 고개를 끄덕거렸다. 그사이, 병사들이 그의 몸을 샅샅이 뒤져 숨겨둔 무기가 없는지 찾았다. 아무것도 없다는 말에 목덜미를 누르던 칼날이 떨어졌다. 그쪽으로 고개를 돌린 세활은 지칠 대로 지친 표정의 젊은 당주와 눈이 마주쳤다. 그가 물었다.

"평양에서 왔다고?"

"그렇소. 평양에서 보낸 구원군의 본대를 따라왔소이다."

"소속은?"

"수노당, 대막리지의 가병이외다."

"대막리지에게 딸이 몇 명 있느냐?"

그 얘기를 들은 세활이 피식 웃었다.

"딸은 없고 아들이 셋이오. 남생, 남건, 남산."

이름까지 정확하게 얘기하자 당주는 칼을 거뒀다.

"무슨 용무로 온 것이냐?"

"대대로께서 양만춘 장군에게 직접 전하라는 지시를 받았습니다."

"건네주면 전해드리겠다."

"당나라군으로 변복하고 적진을 돌파했소이다. 문서 같은 걸 가지고 올 상황이 아니라서 직접 만나야 하겠습니다."

세활의 단호한 말에 잠시 생각에 잠겼던 그가 고개를 끄덕거렸다.

"따르게."

밖으로 나온 세활은 안시성의 참상에 놀랄 수밖에 없었다. 계곡을 감싼 형태로 쌓인 성벽 안에 있는 집들은 모두 불타거나 부서진 상태였다. 바닥에는 이미 죽은 자와 죽어가는 자가 같이 누워 있었고, 가족을 잃은 아이들이 눈물과 콧물 범벅이 된 얼굴로 울고 있었다. 한 달 동안 포위당했기 때문에 어느 정도 짐작하긴 했지만 이 정도일 줄은 상상도 못 했던 세활은 할 말을 잊었다.

앞장선 당주는 그런 세활을 남서쪽 장대로 데리고 갔다. 장대 위에 있는 누각은 당나라군이 포차로 쏜 돌에 맞아 지붕이 절반 정도 날아가버린 흉물스러운 모습이었다. 문루로 향하는 돌계단에 멈춰 선 당주가 세활에게 말했다.

"고하고 올 것이니 여기서 기다리게."

잠시 후 그가 고개를 내밀고는 올라오라는 손짓을 했다. 세활이 올라가자 당주가 문루 쪽으로 데려갔다. 그곳에는 여러 사람이 있었지만 양만춘 장군을 알아보는 건 어렵지 않았다. 문루에 있는 사람들 중에 유일하게 의자에 앉아서 잠을 자고 있었기 때문이다. 당주가 미안한 표정을 지으며 말했다.

"며칠 동안 못 주무셨다네. 방금 전 깨웠는데 바로 다시 잠이 드신 모양이야."

고개를 끄덕거린 세활이 다가가서 양만춘 장군을 봤다. 사십 대의 피곤함에 지친 갸름한 얼굴은 제대로 씻지 못했고, 수염 역시 제멋대로 자란 상태였다. 지극히 평범해 보이는 양만춘 장군의 얼굴 어디에서도 당나라 대군을 상대로 한 달이나 맞서 버틸 만한 능력은 보이지 않았다.

그러는 사이 양만춘이 눈을 떴다. 한 발자국 물러난 세활이 무릎을 꿇고 고개를 숙였다. 눈을 깜빡거리면서 고개를 턴 양만춘이 물었다.

"네가 평양에서 온 전령이냐?"

"세활이라고 합니다. 수노당에 속해 대막리지 어른을 모시고 있습니다."

"수노당이라. 그래, 무슨 용건인가?"

"현재 대대로 고정의 대인이 이끄는 십오만 구원군이 안촌수에 진을 치고 있고, 선봉부대는 주영산까지 진출한 상태입니다."

일부러 힘주어 얘기한 세활의 말에 문루에 있는 당주들과 병사들이 기뻐했다. 잠시 반응을 살핀 세활은 양만춘이 앉아 있는 의자 뒤편 기둥에 박혀 있는 작고 하얀 것들을 봤다. 세활의 시선이 어디로 향했는지 눈치챈 양만춘이 쓴웃음을 지었다.

"아까 날아온 돌에 나를 지키던 호신병이 정통으로 맞았네.

107

기둥에 박힌 건 죽은 호신병의 이빨이야."

오랫동안 전쟁터를 누볐지만 이렇게 처참한 광경은 처음 본 세활은 눈살을 찌푸렸다. 그 모습에 양만춘이 말했다.

"몇 년 동안 알고 지내던 병사였지. 이곳에서는 삶과 죽음이 순식간에 갈린다네. 아주 짧은 순간에 말이야. 호신병은 나를 감싸다가 산산조각이 나고 말았지."

대수롭지 않게 얘기하는 양만춘의 태도에 충격을 받은 세활은 가까스로 말을 덧붙였다.

"그러니 당군의 공세가 이어져도 잠시만 버텨달라 하셨습니다."

"허면 당군과 결전을 벌이겠다는 말이냐?"

양만춘의 물음에 세활은 아무 대답도 하지 못했다. 사실 구원 군 내부에서도 장기전으로 갈 것인지 결전을 할 것인지에 대해 명확한 결론을 내리지 못하고 있기 때문이었다. 대대로 고정의 는 당군의 기세가 만만치 않다면서 대치를 계속하면서 틈을 봐 야 한다고 했지만 선봉부대를 이끄는 북부욕살 고연수와 남부 욕살 고혜진은 결전을 주장했다. 고정의는 당나라군에 속한 돌 궐족을 염려했지만 두 사람은 말갈족이 그들을 물리쳤다며 하 루빨리 결전에 나서야 한다고 목소리를 높이는 상태였다. 원래 대로라면 총사령관인 고정의가 낸 의견대로 가야 했지만 고연 수와 고혜진이 모두 대막리지의 측근이었기에 쉽게 통제할 수 없었다. 세활이 입을 열지 않자 양만춘이 혀를 찼다.

"지휘부의 의견이 갈리는 모양이군."

"조만간 결정이 날 겁니다. 그러니 조금만 기다려주십시오."

고개를 든 세활을 응시하던 양만춘이 두 손으로 허벅지를 내리쳤다.

"어차피 기다릴 수밖에 없으니 그리 하겠네."

의자에서 일어난 양만춘이 문루에 있는 당주들과 병사들을 둘러봤다.

"구원군이 오고 있다는 사실을 아무에게도 발설해서는 안 된다!"

그를 데리고 온 당주가 불만 섞인 말투로 물었다.

"어째서 그러십니까? 장군."

"아직 포위가 풀린 것이 아니니까, 긴장이 풀어져서는 절대로 안 된다!"

양만춘의 말을 들은 세활은 그것이 핑계에 불과하다는 사실을 눈치챘다. 적군을 앞에 두고도 지휘부가 의견 통일을 보지 못한 것이 패배로 이어지지 않을까 염려했던 것이다. 속으로 혀를 찬 세활은 다시 의자에 앉은 양만춘 장군에게 말했다.

"고할 것이 하나 더 있습니다."

"뭔가?"

"동쪽 성벽 밖으로 당나라군이 토산을 쌓고 있습니다."

"토산이라니?"

눈살을 찌푸린 양만춘의 물음에 세활이 아까 보고 들은 것들을 보고했다.

"동쪽 성벽으로 백여 보 밖으로 흙을 날라 쌓고 있습니다. 작업에 참여한 당나라 병사 말로는 안시성의 성벽보다 높게 토산을 지어 공격할 거라고 합니다."

분위기가 술렁거리자 양만춘이 손을 들어 조용히 하라고 지시하고는 세활에게 물었다.

"그게 사실이냐?"

"제가 직접 눈으로 확인했습니다. 이제 막 쌓기 시작했지만 병사들이 많아서 금방 올릴 수 있을 겁니다."

양만춘이 세활을 데려온 당주를 바라봤다. 바짝 긴장한 당주가 입을 열었다.

"아까 동문 밖에서 당나라군이 방패를 세워두고 뭔가를 하는 것 같아 화살을 쐈습니다."

벌떡 일어난 양만춘이 당주에게 말했다.

"그곳으로 가보자."

문루를 내려가려던 양만춘이 걸음을 멈추고 세활을 바라봤다. 그러고는 갑옷 안에서 뭔가를 꺼내 세활에게 던졌다. 그것은 반쯤 먹어치운 건량이었다. 씩 웃으며 양만춘이 말했다.

"여기서는 그걸로 이틀을 버티네."

돌계단을 내려간 양만춘이 부하들의 이름을 부르며 시끌벅적하게 동문으로 향했다. 세활은 양만춘을 둘러싼 횃불이 어둠 속으로 사라지는 걸 보면서 건네받은 건량을 한입 물어뜯었다.

7. 계곡의 비밀

과거라는 꿈이 멀어지면서 세활은 눈을 떴다. 아직 해가 뜨지 않았는지 어둠은 고스란히 남아 있었다. 피곤함에 지친 부하들은 코를 골아가며 잠들어 있었다. 가만히 누운 세활은 바깥에서 들려오는 소리에 귀를 기울였다. 징징대며 우는 벌레 소리 사이로, 바스락거리며 몸을 뒤척이는 소리가 들려왔다. 침묵의 묵직함 외에 별다른 걸 느끼지 못한 세활은 자신의 민감함에 한숨을 지으며 그대로 눈을 감았다. 무거운 눈꺼풀이 의식의 문을 막 닫아버리려는 순간 세활은 눈을 번쩍 떴다. 그가 머리맡에 놓아두었던 칼을 움켜쥐고 움막 밖으로 빠져나가자 부하들 역시 무기를 손에 쥐고 뒤를 따랐다.

움막을 나온 세활은 주변을 살펴보았다. 이른 새벽이었지만 창백한 빛들이 남아 있었다. 계곡은 빛조차 가둬버린 것 같았다. 세활은 부하들에게 소리쳤다.

"누가 번을 서고 있었지?"

도끼를 단단히 움켜쥔 호치가 대답했다.

"제가 아까 마치주와 교대를 했습니다."

그사이 부싯돌로 횃불에 불을 붙인 배금이 움막 주변을 한 바퀴 돌아보고는 말했다.

"보이지 않습니다."

배금에게서 횃불을 넘겨받은 세활은 허공을 향해 불을 들었다. 텅 비어 있었다. 먼발치에 떨어져 있는 다른 움막들과 사당에서도 인기척은 느껴지지 않았다.

"흩어져서 찾아볼까요?"

어둠이 무겁게 내려앉아 있는 사당을 노려보던 호치의 말에 세활은 고개를 저었다.

"날이 밝을 때까지 기다린다."

"하지만."

"주변을 봐. 싸운 흔적도 없고, 피를 흘리지도 않았어."

세활의 말에 호치가 반박했다.

"전 그 친구를 잘 압니다. 동료를 버리고 혼자 도망칠 놈이 아닙니다. 일단 사당 주변이라도 살펴볼 수 있도록 해주십시오."

세활은 감정을 애써 억누른 채 고개를 끄덕거렸다. 횃불을 나누어 든 부하들이 사방으로 흩어졌다. 곧 마치주를 부르는 소리가 여기저기서 들려왔다. 세활은 횃불을 든 채 움막 주변을 꼼꼼하게 살펴보았다. 잡초들이 바닥 돌의 틈새를 비집고 올라와

울퉁불퉁해진 바닥은 여기저기서 묻어온 흙이 넘쳐났다.

흙 위로 어지럽게 찍힌 발자국들을 천천히 들여다보던 세활은 낯선 발자국을 발견했다. 세활은 물론 부하들 역시 낡고 헤지기는 했지만 가죽신을 신고 있었다. 피난민들은 대부분 짚이나 천으로 만든 신을 신었고, 간혹 맨발로 다니는 아이들이 있기는 했지만 낯선 발자국은 아이의 것이 아니었다.

"짐승 발자국 같군."

발뒤꿈치 부분만 남은 발자국은 언뜻 보기에는 맨발로 보였다. 하지만 흙에 남은 발자국은 사람의 맨발처럼 매끈한 것이 아니라 좀 더 깊고 거칠게 파여 있었다. 불빛 아래 드러난 낯선 발자국을 뚫어지게 쳐다보던 세활의 귀에 영월의 말소리가 들렸다.

"안 주무시고 뭐 하세요?"

고개를 든 세활이 영월에게 말했다.

"동료 한 사람이 흔적도 없이 사라져버렸어. 혹시 못 봤느냐?"

"못 봤어요."

짤막하게 대답한 영월이 가볍게 하품을 하고는 사당 쪽으로 걸음을 옮겼다. 세활이 횃불을 들고 뒤를 쫓았다.

"사람들이 종종 없어지기도 하느냐?"

사당으로 통하는 돌계단에 한쪽 발을 걸친 영월이 말했다.

"배고픔이나 두려움 때문에 사라지는 사람들이 있긴 해요."

"어디로?"

영월은 대답 대신 고개를 저었다. 모르겠다는 것인지 알려줄 수 없다는 것인지 분간을 할 수 없었다.

"움막 앞에서 이상한 발자국을 봤다. 아마 우리가 여기 들어왔을 때 안개 속에서 습격해 온 그 괴물의 것 같다."

"그들은 우릴 해치지 않아요."

"같은 편이라는 뜻이냐?"

잠시 주저하던 영월이 대답했다.

"그들과 우리는 그냥 여기서 살 뿐이죠."

"그들은 제대로 무장한 병사들을 손쉽게 해치울 만큼 힘이 세고 잔혹하다. 그런데 그렇게 태평하게 구는 이유가 대체 뭐냐?"

영월은 사당의 이 층을 바라보면서 말했다.

"아저씨가 그렇게 말했어요. 그들은 여기 오지 못한다고요."

"왜?"

"오직 어둠과 안개 속에서만 지낼 수 있는 존재래요."

세활은 더 물어보려고 했지만 영월은 뒤도 돌아보지 않고 사당 안으로 들어가버렸다. 뒤쫓아 가려던 세활은 계곡 입구에서 들려오는 낮은 으르렁거림에 멈칫거렸다. 더 이상 나아가지 말라고 경고하는 것 같았다. 세활은 울음소리가 들려오는 계곡 입구를 바라봤다. 그곳은 여전히 짙은 안개가 장막처럼 쳐져 있었다. 더 이상 사라진 부하를 찾는 것을 포기한 세활은 움막으로 돌아갔다.

이제 막 도착한 것 같은 부하들이 심각한 표정으로 얘기를 나누는 중이었다. 그가 다가오는 발소리를 들은 호치가 말했다.

"다 둘러봤는데 근처에는 없습니다."

"흔적은?"

"없습니다. 끌려간다는 표식도 남겨놓지 않았습니다."

"그렇다면 죽거나 의식이 없는 상태로 끌려갔다는 얘긴데."

세활은 한 가지가 더 있다고 생각했지만 차마 말을 하지는 못했다. 다른 부하들도 같은 생각을 하고 있겠지만 역시 입 밖으로 꺼내지 않았다. 마른침을 삼키며 호치가 세활에게 말했다.

"계곡 입구에서 서수를 끌고 간 괴물의 소행인 거 같습니다."

"소리도 없이 말이야?"

"말도 안 되긴 하지만 이 안에서는 뭐든 벌어져도 이상하지 않을 것 같습니다."

"하긴, 괴물들을 전혀 겁내지 않았어."

세활이 영월과의 대화를 떠올리면서 대답하자 배금이 맞장구를 쳤다.

"마치 없는 존재처럼 취급합니다. 대체 어찌 돌아가는 영문인지 알 수가 없습니다."

"양만춘 장군은 자취도 찾을 수 없는데 말입니다."

호치의 말에 세활은 생각에 잠겼다. 일부러 그러는 것인지 아니면 말을 안 하는 것인지 모르겠지만 계곡은 불길한 곳이 분명

했다. 세활은 아직 해가 뜨지 않은 세상을 보면서 말했다.

"일단 날이 밝을 때까지 기다렸다가 둘씩 나눠 다시 주변을 찾아본다."

말없이 고개를 끄덕거린 부하들은 뜬눈으로 해가 뜨기를 기다렸다. 어둠이 물러나고 세상이 밝아오는 광경을 지켜보던 세활은 움막에 기댄 채 살짝 잠이 들었다. 잠들기 전 과거가 다시 꿈으로 찾아올까 두려웠지만 과거는 모습을 드러내지 않았다.

아침이 찾아오자 움막에서 하나둘씩 사람들이 나오기 시작했다. 유심히 살펴봤지만 역시 남자 어른은 보이지 않았다. 한 아낙이 길게 하품을 하면서 아궁이에 불을 지폈다. 벌거숭이 아이들이 까르르 웃는 소리까지 더해지면서 죽음 같던 적막은 흔적도 없이 사라져버렸다. 꽃망울처럼 완연하게 터진 삶의 모습을 지켜보던 세활은 그들의 태연함에 더없이 놀랐다.

호치가 곁으로 다가와서 말을 건넸다.

"대체 왜 이리 태평한 거죠? 계곡 밖에는 말갈족, 중간에는 뭔지도 모를 괴물들이 있는데 말입니다."

"안개가 자신들을 지켜준다고 믿는 것 같아."

"거기다 바깥출입을 전혀 못 하면서도 먹거리 걱정도 안 하고 있잖습니까? 아무리 둘러봐도 계곡 안에 따로 밭이 있는 것 같지는 않은데요. 농기구도 안 보이고 말입니다."

남은 부하들 중에서 가장 나이가 많은 호치는 은근슬쩍 그들의 두목 노릇을 했다. 아마 지금 얘기도 부하들의 의견을 호치가 전달한 것이 틀림없다고 생각한 세활이 슬쩍 말했다.

"일단 마치주를 찾는 대로 안근생이라는 자와 다시 만나보겠다. 정말로 여기에 양만춘 장군이 없거나 행방을 모른다고 하면 그땐 계곡을 빠져나가자."

"밖에 있는 말갈족은 어떻게 합니까?"

"저기를 봐."

세활은 으스스한 안개가 꿈틀거리는 계곡 입구를 가리켰다.

"안개가 짙고 계곡이 커서 빠져나갈 곳은 많을 거야."

"어떻게 돌아가는지 영문을 모르겠습니다."

"시간이 지나면 명확해지겠지. 다들 정신 바짝 차리라고 해."

식사 시간을 알리는 종이 울리자 사람들이 하나둘씩 나무를 파서 만든 그릇과 수저를 들고 아궁이 앞으로 모여들었다. 태연자약한 그들의 모습에서 전란의 그늘 따위는 찾아볼 수 없었다. 가슴속 깊이 파고드는 의구심을 애써 억누른 세활은 몸을 일으켰다.

"일단 배를 채운다. 무기를 놓지 말고 사람들 틈에 섞이지 마."

식사는 좁쌀을 쑤어서 만든 죽이었다. 산에서 캐 온 것 같은 이름 모를 나물들이 섞인 죽을 받아 들고 움막으로 돌아온 세활은 무기를 손을 뻗으면 바로 닿을 수 있는 곳에 놓아둔 채 죽을 먹었다. 식사를 마친 세활은 부하들을 불러 모았다. 어젯밤 사라진 마치주까지, 아홉이었던 부하들은 이제 네 명으로 줄어들었다. 배금이 조심스럽게 입을 열었다.

"차라리 피난민들을 족쳐보는 건 어떻겠습니까? 뭔가 숨기고 있는 게 분명합니다."

"지금 와서 저들과 충돌을 일으킬 수는 없어. 거기다 남자들이 숨어서 우릴 지켜보고 있다면 일이 더 커질 거야."

세활이 대답에 배금이 입을 다물었다.

"나와 호치는 산 아래 귀틀집들이 있는 곳부터 광산까지 찾아보겠다. 배금과 나머지 두 명은 사당 주변을 샅샅이 뒤져봐. 저들과는 되도록 마찰은 피하고 사당 안에도 들어가지 마."

"마치주를 찾은 다음에는 어찌하실 겁니까?"

"양만춘 장군의 행방을 확인하고 계곡을 빠져나간다. 찾든 못 찾든 해가 떨어지기 전에 돌아와, 다들 조심해라."

"가군사께서도 몸조심하십시오. 여긴 모든 게 불길합니다."

배금이 두 명의 부하들과 함께 사라지는 걸 물끄러미 바라보던 세활은 뒤에 서 있던 호치에게 말했다.

"우리도 움직이지."

산 중턱에 자리 잡은 광산에 도착한 두 사람은 썩은 나무와 시커먼 물이 고인 안쪽을 쳐다보았다. 차가운 습기가 바람처럼 밀려 나왔다.

"발길이 끊긴 지 오래된 것 같습니다."

"누가 숨거나 뭘 숨기기에는 더없이 적당하겠군."

세활의 얘기를 들은 호치가 말했다.

"제가 앞장서겠습니다."

횃불을 밝힌 호치가 다른 손에 도끼를 들고는 천천히 광산 안으로 들어갔다. 눅눅하고 시큼한 바람을 피해 코를 막은 세활도 칼자루에 손을 얹은 채 뒤를 따랐다. 갱도의 벽에는 곡괭이와 삽으로 내리찍은 자국이 고스란히 남아 있었는데 그곳을 따라 물이 흘러내렸다. 발목까지 잠긴 시린 물을 헤치며 안으로 들어가던 세활과 호치는 갱도를 타고 너울거리는 불빛을 따라갔다. 머뭇거리던 호치가 입을 열었다.

"가군사, 여쭈고 싶은 게 하나 있습니다."

깊은 한숨과 함께 세활이 말했다.

"우리 중 누가 남생의 간자인지 궁금한가?"

횃불에 비친 호치의 얼굴에 의구심이 가득한 걸 본 세활이 말했다.

"처음에는 소사구를 의심했었지. 그다음에는 마치주를 의심했고, 하지만 둘 다 죽었으니까 그들은 아니야."

세활의 얘기를 듣던 호치가 고개를 저었다.

"마치주는 죽은 게 아니라 사라져버렸습니다. 핏자국도 없고 아무 흔적도 없었으니까요. 그가 우리의 행방을 남생에게 알리러 간 게 아닐까요?"

호치의 말에 세활이 고개를 저었다.

"이곳에 양만춘 장군님이 계신다는 소문은 어차피 그자도 알고 있어. 굳이 우리를 시켜서 알아볼 이유가 없지. 우리가 안개와 괴물들을 뚫고 계곡 안으로 들어간다는 보장이 없었잖아."

세활의 얘기에 수긍한 호치가 다시 발걸음을 뗐다. 오른쪽으로 약간 굽어진 갱도를 따라 흘러들어간 불빛이 어둠과 뒤섞여 미지근한 회색빛으로 변해버렸다. 허리가 부러진 버팀목들이 시체처럼 쓰러져 있는 곳을 넘어가며 호치가 다시 물었다.

"양만춘 장군님께서 살아 계실까요?"

"죽었다는 걸 본 사람이 없잖아. 그분이 살아 계시면 흩어진 민심을 모을 수 있어. 그렇게만 된다면 요동에서 다시 놈들과 싸울 수 있고 말이야."

"그게 가능하겠습니까?"

의구심 가득한 호치의 물음에 세활이 쓴웃음을 지었다.

"이젠 군대끼리의 싸움으로는 당을 이길 수 없어. 신라는 우리를 이용하려고만 들고. 양만춘 장군을 내세워 민심을 모으고 그걸 토대로 적과 싸워야지."

"전 우리들이 꿈을 좇는 게 아닌가 하는 생각을 합니다."

"사람은 누구나 꿈을 꾸지. 그게 어리석은 것이냐?"

세활의 말에 아무 대답도 하지 못한 호치는 묵묵히 앞장서 걸어갔다. 갱도는 생각보다 깊었고, 들어갈수록 물이 점점 불어서 발목을 넘어 허벅지까지 차올랐다. 얼음같이 차가운 물속에서 호치가 뒤를 돌아보았다.

"어디까지 들어가실 겁니까?"

"일단 끝까지 가보도록 하지."

미심쩍은 눈길을 돌린 호치가 물을 헤치며 힘겹게 앞으로 나갔다. 두 사람에게서 뽑혀 나온 긴 그림자가 물 위에 드리워졌다. 허리까지 차오르던 물은 차츰 낮아졌다. 점점 차가워지는 두 사람의 호흡이 짙은 안개처럼 갱도 안을 떠돌았다. 중간중간 옆으로 파인 갱도들까지 차근차근 뒤져봤지만 아무것도 없었다. 어느 순간부터 아래로 기울어진 갱도 너머에서 우르릉거리는 소리가 들렸다.

세활은 앞선 호치의 뒷모습을 바라보면서 생각에 잠겼다. 부하들 중에 간자가 끼어 있는 것은 확실했다. 압록강을 넘어온 이후 계속되는 적의 추격은 분명 누군가가 흔적을 남겼기 때문에 가능했다. 부하들은 줄고 줄어서 이제 네 명밖에 안 남았지만 세활은 남은 자들 중 한 명이 간자임을 확신했다. 마치주가 사라진 것도 그것과 관련 있음이 틀림없었다. 그리고 그 간자는 호치가 분명했다.

"지금 저를 의심하시는 겁니까?"

어둠만큼이나 창백한 호치의 말에 세활은 퍼뜩 정신을 차렸다.

"왜 그렇게 생각하지?"

"광산에 들어온 이후 한 번도 저에게 등을 보이지 않으셨습니다. 항상 앞장서시던 분께서 말이죠."

"눈치가 빠르군. 그래, 난 자네가 간자라고 생각해."

"왜 그런 생각을 하신 겁니까?"

"도끼 구슬 장식 때문이지."

"뭐라고요?"

"원래 일곱 개의 구슬을 줄로 꿰어 도끼에 매달았지. 그런데 지금은 세 개뿐이야. 공교롭게도 네 개의 구슬이 하나씩 사라질 때마다 당나라군과 말갈족이 나타났지."

"우연의 일치입니다."

말도 안 된다는 표정을 지으며 대답한 호치에게 세활이 쐐기를 박았다.

"마지막에 구슬이 없어졌던 건 계곡의 입구였고 말이야."

세활의 얘기를 듣고 히죽 웃은 호치가 도끼가 꽂혀 있는 허리 띠에 손을 가져가는 것이 보였다.

"밤에 사라진 마치주도 한패거리였을 테고 말이야."

"다른 동료들 앞에서는 그런 말씀을 하지 않으셨잖습니까?"

"동요를 막기 위해서였다."

"거짓말."

짧게 내뱉은 호치가 도끼를 꺼내 들었다. 세활 역시 허리 뒤쪽에 돌려 차고 있던 칼을 뽑았지만 물웅덩이에서 빠져나온 호치가 유리한 위치를 차지하고 있었다. 정강이까지 차오른 물웅덩이에 갇힌 세활은 두 다리를 약간 벌리고 몸을 낮췄다.

"소용없습니다. 이 거리에서 제 도끼가 빗나간 적이 없다는 거잘 아시잖아요."

"석문 싸움 때는 빗나갔었지."

그 말에 자존심이 상한 호치가 이를 드러냈다.

"그땐 어깨에 화살을 맞아서였습니다!"

"자넨 두려움이 뭔지 아나?"

"가군사의 칼 솜씨는 잘 알지만 이 거리에서는 제 도끼보다 빠르지 못할 겁니다."

"두려움은 생각을 한다는 거지."

손가락으로 옆머리를 톡톡 두드린 세활이 말했다.

"자넨 내가 자네와 단둘이 광산에 들어왔기 때문에 정체가 탄로 났다고 지레짐작해서 스스로 정체를 드러냈어."

"수작 부리지 마시죠. 그래봤자 제 도끼가 더 빠릅니다!"

세활은 뽑아 든 칼끝을 물속으로 늘어뜨렸다. 물에 빠진 칼 끝이 낸 첨벙거리는 소리가 어둠 속으로 메아리쳤다.

"같이 배신한 자가 누군지 말한다면 목숨만은 살려주겠다."

"제가 더 유리하다는 거 모르십니까?"

"지금까지는 그랬지."

칼로 물을 긁어 올리며 세활은 바짝 몸을 낮췄다. 칼에 쪼개진 물살이 파도처럼 일어나서 호치에게 날아갔다. 호치가 횃불이 꺼져버리자 갱도 안을 채우고 있던 불빛이 사라져버렸다.

성난 고함을 지르며 호치가 도끼를 힘껏 집어 던졌다. 몸을 숙인 채 도끼를 피한 세활은 물에 젖은 칼로 호치의 옆구리를 힘껏 그었다. 두 번째 도끼를 뽑아 들던 호치는 옆구리가 찢어지는 고통에 못 이겨 풀썩 주저앉고 말았다. 물 묻은 칼날에 달라붙은 피를 털어낸 세활이 호치에게 물었다.

"이제 다른 간자의 이름을 털어놓고 싶은 생각이 드나?"

피가 솟구치는 옆구리를 움켜잡은 채 주저앉으며 호치가 대답했다.

"제가 누굴 의심하는 줄 아십니까? 바로 가군사입니다."

"날 의심한다고?"

"요동성 안에서 정체불명의 사내들한테 잡혀가는 걸 제 눈으로 똑똑히 봤습니다. 그런데 나중에 집결지로 멀쩡하게 돌아오셔서는 아무 말도 없으셨잖습니까."

호치의 얘기를 들은 세활이 코웃음을 쳤다.

"거짓말로 상황을 모면할 생각 마!"

"놈들은 언제부터인가 우릴 귀신처럼 따라다녔습니다. 당신 말고는 우리가 어딜 갈지 몰랐는데 말입니다."

잠자코 듣고 있던 세활은 호치의 허벅지를 찔렀다. 살을 파고든 칼날을 타고 피가 터졌다. 아랫입술을 깨물고 비명을 참은 호치가 옆으로 몸을 굴려 바닥에 떨어진 도끼를 집어 들었다. 어둠 속에서 흩어지는 어스름한 윤곽으로만 상대방의 움직임을 파악하던 세활은 비틀거리며 갱도 안으로 도망치는 호치에게 소리쳤다.

"그만 포기해! 거긴 아무것도 없어!"

어둠 속이었지만 호치가 내뱉은 고통스러운 헉헉거림은 불빛처럼 번쩍거렸다. 아무 말 없이 비틀거리며 걷던 호치의 발걸음이 멈춘 건 거대한 암흑 앞이었다. 아래로 향한 수직 갱도로 물이 폭포처럼 떨어져 내렸다.

서 있기 힘들 정도로 빠르게 쏟아지는 물 위에서 비틀거리던 호치가 힘겹게 몸을 돌렸다. 피 묻은 이를 드러내며 뭐라고 중얼 거리고는 호치는 수직 갱도 아래로 꺼져버렸다. 놀란 세활은 손을 뻗었지만 턱도 없었다. 물이 쏟아지는 무시무시한 소리가 세활의 발목을 붙잡았다. 미끄러운 갱도의 벽을 붙잡고 선 세활은 한없는 절망감에 빠져들었다.

8. 사수전투

성스러운 동명성왕 해와 물의 정기를 받으셔 이 땅에 나시고
용감무쌍 대무신왕 죄 많은 부여를 정벌하셨네.
지혜로운 명림답부 좌원에서 대승을 거두었고
충성스런 유유는 목숨을 걸고 적장을 참살했네.
아아! 우리는 고구려의 기둥! 고구려의 사내들!
어리석은 울지해 양맥곡에서 대패하고
으뜸 장군 염모는 모용선비 물리쳤네.
하늘의 정기받은 호태왕 호령하니
바다 건너 왜놈들 머리 없는 시체가 되었네.
아아! 우리는 무적의 군대! 거칠 것이 없어라!
늙으신 장수태왕 백잔주 목을 치고
매금왕이 항복하니 사방이 우리 땅 사해가 우리 바다.
죽음도 두렵지 않다! 눈보라도 꺼져라! 하늘의 자손이 나

가신다.

어머니의 눈물은 우리에겐 사치일 뿐. 깃발을 높이 들어라!

행군하는 병사들은 계속 노래를 불렀다. 질퍽해진 길이 진흙 수렁으로 변해 발목을 잡아당기면 당길수록 병사들은 쉴 새 없이 노래를 부르며 걸어갔다. 안시성에서 당나라군이 쌓은 토산이 무너지면서 기적적인 승리를 얻었다. 하지만 그 이후에도 당나라군의 공격은 멈추지 않았다.

큰 피해를 입은 당나라군은 일, 이만 명 규모의 병력을 보내 변경의 작은 성들을 기습적으로 공격하고 재빨리 후퇴하는 방식을 썼다. 남소성이 기습공격을 받아 함락 직전까지 가는 위기를 겪었고, 설인귀가 이끄는 당나라군은 적봉진을 함락시켰다. 그리고 압록강 하구의 중요한 요새였던 박작성은 성주인 소부손이 전사하는 피해를 입었다. 당 태종 이세민이 세상을 떠나면서 숨을 돌리나 싶었지만 침략은 멈추지 않았다.

연개소문이 태대대로의 자리에 오른 그 해, 신라가 당나라와 손잡고 남쪽의 백제를 멸망시켰다. 그리고 다음 해 8월, 소정방이 이끄는 당나라 수군의 전선이 서해에서 모습을 드러냈다. 바다를 가득 메운 당나라군의 전선을 본 고구려 수군은 싸워보지도 못하고 패수로 물러났다. 별다른 방해를 받지 않고 상륙한 당나라군은 평양성에서 가까운 마읍산을 점령한 채 포위에 나섰다. 북쪽에서도 계필하력이 이끄는 당나라군이 모습을 드러냈다.

전선은 평양성과 압록수로 나뉘었다. 세활이 속한 수노당은 평양성을 포위한 당나라군의 보급로를 끊기 위해 나섰다. 대부분 중국어를 할 줄 알았기 때문에 당나라군으로 변장을 하고 몰래 잠입하는 방식을 택한 것이다. 그러는 사이 여름과 가을이 지나가고 겨울이 찾아왔다. 유난히 혹독한 추위가 이어지던 어느 날, 태대대로가 부리는 간자 사부구가 눈을 흠뻑 맞은 채 나타났다.

사부구의 보고를 받고 난 이후 태대대로 연개소문의 표정이 한층 밝아졌다. 그러고는 평양성 밖으로 나가 적과 싸우겠다는 결정을 내렸다. 측근들은 물론 심지어 태왕조차 반대했지만 그의 고집을 꺾지는 못했다. 동부의 부병들을 중심으로 일만여 명의 병력을 차출했다. 병력 수도 적었지만 기병의 숫자가 적은 게 문제였다. 오랜 포위로 인해 말들에게 먹을 건초를 구할 수 없었기 때문이었다.

달이 뜨지 않은 깊은 밤을 이용해 북쪽의 다경문으로 나온 병력은 북쪽으로 행군했다. 그리고 첫날 저녁, 연개소문은 말객과 당주들은 물론 고참 병사들까지 모두 자신의 막사로 불러들였다. 그리고 잔뜩 긴장한 그들에게 놀랄 만한 얘기를 털어놨다.

"나의 잘못으로 인해 나라가 큰 위기에 처했다. 그대들의 도움이 절실히 필요하도다."

예전의 열정과 포용력을 다시 찾은 것 같은 말에 다들 놀랐다. 연개소문은 한발 더 나아가 놀란 표정을 짓는 그들에게 직접 술을 따라주면서 간곡하게 부탁했다.

"어렵겠지만 최선을 다해서 싸워주게. 싸움이 벌어지면 내가 선두에 설 걸세."

감격한 말객과 당주들이 목숨을 걸고 싸우겠다고 외치는 가운데, 연개소문은 돌아서서 어깨를 떨며 울었다. 삽십여 년을 곁에서 지켜보던 세활조차 처음 보는 눈물이었다. 그만큼 두렵고 외로웠을 것이다. 정변을 일으켜 태왕과 반대하는 귀족들을 죽이고 정권을 장악했지만 당나라의 길고 오랜 침략을 온몸으로 받아내야만 했다. 칼에 피를 묻힌 탓에 누구도 믿을 수 없는 상황 속에서 말이다. 그 외로움이 절박한 상황에 맞닥뜨리면서 강철 같던 연개소문은 눈물을 흘리게 된 것이다.

다음 날부터 연개소문은 갑옷을 입고 병사들과 함께 행군했다. 당주들은 지쳐 쓰러진 병사들에게 무거운 갑옷을 입고도 아무렇지도 않게 걷는 연개소문을 얘기했다. 진흙 수렁에 빠진 수레를 끌어주는 그의 모습을 보면서 병사들은 스스로를 부끄러워했다. 하지만 곁에서 지켜보던 세활은 짐작하고 있었다.

"병사들의 마음을 얻으려고 하는군."

세활의 말에 얼마 전에 대형의 자리에 오른 검모잠이 물었다.

"그걸 얻어서 뭘 하려고요?"

"목숨을 얻으려고 하겠지. 그걸 발판 삼아서 승리를 하려고 말이야."

평양성을 포위하고 있던 소정방의 당나라군을 크게 우회하기
위해 북쪽으로 방향을 잡은 군대는 험한 산길과 좁은 오솔길로
가면서 적의 눈길을 피했다. 행군 사흘 만에 책성에서 온 병력과
만났다. 삼만 명이 된 군대는 북쪽으로 계속 행군했다. 벌판은
아직 눈이 쌓여 있었지만 조금씩 날씨가 풀리고 있었다. 불타고
부서진 초가집의 잔해들이 보였다.

깊은 산속으로 숨어 있던 백성들이 고구려 병사의 발소리와
깃발을 보고는 길가로 내려와서 통곡했다. 울고 있는 백성들은
저마다 사연이 있었다. 백성들은 싸우러 가는 병사들에게 복수
를 해달라고 애원했다. 병사들은 부족한 식량을 쪼개서 굶주린
백성들에게 나누어주며 함께 울었다.

행군을 시작한지 사흘 째 되는 날, 생해가 이끄는 말갈족이
합류했다. 말갈족의 합류는 아무도 예상하지 못했고, 그래서 더
욱 기뻐했다. 깊은 새벽 진영에 도착한 말갈족은 생해의 지휘하
에 일사불란하게 자리를 잡았다. 말갈족들이 오면서 척후가 더
욱 길어지고 깊어졌다. 말을 타고 흩어진 말갈족이 눈 덮인 산과
들을 헤집으며 적을 찾아 나섰다. 말갈족이 가져온 소식을 들을
때마다 연개소문은 승리가 눈앞에 왔다고 말했다.

평양성을 출발하고 열흘이 넘는 오랜 행군 끝에 드디어 패수
의 상류인 사수에 도착했다. 강은 아직 얼어 있었지만 투명한

얼음 아래로 물이 흘러가는 것이 보였다. 행군을 멈춘 부대는 사수를 건너서 남쪽에 진을 쳤다.

지친 병사들이 숙영지 안에서 힘겹게 움직일 때 연개소문은 붉은 여명을 말없이 바라보고 있었다. 언덕을 치고 올라온 바람이 사정없이 불어왔지만 뒷짐을 진 연개소문은 언덕에 우뚝 서 있었다. 생해가 이끈 말갈족이 남쪽으로 내려갔다. 칠중하를 건너서 장새까지 올라온 신라군을 막으러 가는 것 같았다. 멀어져 간 말갈족을 바라보던 병사들은 착잡한 기분을 감추지 못했다. 고구려의 운명을 건 어려운 싸움이 임박했음을 직감했기 때문이다.

"우리가 알고 지낸 지 얼마나 되었지?"

석양에 물드는 세상을 바라보던 연개소문이 아무 말 없이 서 있던 세활에게 물었다.

"30년이 넘었습니다. 연못에 가실 때 처음 뵈었으니까요."

바위에서 내려온 연개소문이 세활의 곁을 지나면서 싱긋 웃었다.

"자네 같은 부하를 둘 수 있어서 기뻤네."

"그 얘긴 한 20년쯤 후에 하시죠. 지금은 너무 이릅니다."

고개를 숙이고 세활의 곁을 지나가던 연개소문이 씁쓸하게 웃었다.

"사람들은 나를 어떻게 기억할지 궁금하군."

"두려움을 모르는 사람이자 최선을 다한 사람으로 기억할 겁니다."

"어쨌든."

걸음을 멈춘 연개소문이 산 너머로 사라져가는 붉은 해를 바라보면서 쓸쓸하게 말했다.

"최선을 다하겠네. 날 도와주게."

고개를 숙은 세활이 굳은 목소리로 대답했다.

"등 뒤는 염려하지 마십시오."

연개소문은 온갖 복잡한 감정이 담긴 미소를 지어 보이며 진영으로 돌아갔다. 해가 저물어가는 진영에서 초병들이 지르는 군호 소리가 아스라이 들려왔다.

백주자사 방효태가 이끄는 당나라 군대는 이틀 후 사수에 나타났다. 최소한 칠만은 되어 보인다는 보고에 다들 사색이 되었지만 연개소문은 아무 감정도 드러내지 않았다.

연개소문은 당나라 군대를 직접 살펴보기 위해 병사 차림을 하고 물을 뜨는 척 강가로 갔다. 강 건너편에서는 나무 물통을 든 당나라 병사들이 얼음을 깨고 물을 긷고 있었다. 알아들을 수 없지만 위협적인 말투로 소리치던 당나라 병사들이 바지를 벗고 엉덩이를 드러낸 채 흔들어댔다.

요란하게 웃어대는 그들을 바라보던 연개소문은 어금니를 깨물고는 일어섰다. 당나라 병사 사이로 고구려인으로 보이는 사람들이 보였다. 배가 불러 있는 여인이 조심스럽게 물을 긷다가 앞으로 꼬꾸라졌다. 물속에 빠져 버둥거리던 여인이 흠뻑 젖은 채 물가로 간신히 기어 올라왔다. 그 광경을 보던 당나라 병사들이 배를 잡고 웃었다. 주먹을 불끈 쥔 병사들에게 연개소문이 나지막하게 말했다.

"참아라. 싸움이 멀지 않았다."

다음 날 방효태가 보낸 교위가 거드름을 피우며 항복하라고 요구했다. 격분한 말객과 당주들이 목을 치라고 했지만 연개소문은 짐짓 고민에 빠진 표정으로 사흘 후에 대답하겠다고 말했다. 그 이틀의 시간 동안, 연개소문은 지친 병사들을 쉬게 하면서 진영을 순찰했다.

그사이에 평양성이 위험하다는 전령의 보고를 받고 일부 병사들이 돌아가야만 했다. 가뜩이나 적은 숫자인데 거기서 병력을 더 차출한다는 것은 굉장히 위험한 일이었다. 하지만 연개소문의 지시에 다들 잠자코 따랐다.

그리고 사흘 후, 해가 뜨기 직전에 진격 명령이 떨어졌다. 갑옷을 입고 무기를 챙긴 병사들은 강가로 향했다. 이제 막 뜨기 시작한 태양 때문에 병사들은 제대로 눈을 뜨지 못했다. 그걸 본 세활은 며칠 동안 연개소문이 강가의 바위 위에서 석양을 바라봤던 이유를 깨달았다. 선수에 서서 천천히 강가를 따라 말을 타고 가던 연개소문은 반복해 소리쳤다.

"싸우자! 복수하자!"

병사들은 창대로 바닥을 두드리거나 방패를 흔들면서 호응했다. 잠시 후, 환하게 뜬 햇살이 먼지처럼 창날과 투구에 달라붙었다. 세활은 들키는 건 아닌지 걱정했지만 사수 너머에 진을 치고 있는 당나라군의 진영은 여전히 고요했다. 그러는 사이 고구려군은 조용히 공격대열로 진을 펼쳤다.

한동안 기묘하고 어색한 정적이 찾아왔다. 간혹 흥분한 병사들이 창대로 바닥을 치면서 지르는 소리를 빼고는 수만 명이 모인 강가에는 침묵이 무겁게 자리 잡았다. 똑같은 표정으로 서 있는 병사들을 바라보던 연개소문이 흡족한 얼굴로 세활을 쳐다보았다.

세활은 검모잠과 함께 수노당 병사들을 이끌고 왼쪽 날개로 갔다. 생해가 남겨두고 간 소수의 말갈족 기병들과 합세한 수노당 병사들은 고삐를 짧게 잡고 달릴 준비를 했다. 곧 엄청난 싸움이 벌어질 것을 예측하고 긴장한 말들이 귀를 세우며 말굽으로 바닥을 쳤다. 포진한 병사들 앞에 서 있던 연개소문이 칼을 뽑아 하늘 높이 들어 올렸다. 그리고 처절한 목소리로 외쳤다.

"복수!"

고구려군과 말갈족은 한목소리로 연개소문이 외친 복수를 절규했다. 전진하라는 신호를 받고 천여 기가 조금 못 되는 기병들이 약간 빠른 속보로 얼어붙은 강가로 들어섰다. 하지만 그때까지 당나라군은 제대로 싸울 준비를 하고 있지 않았다. 강을 거의 다 건널 즈음에야 야트막한 목책에 기대고 있던 당나라 병사들이 경계경보를 울리고 망루 위에 있던 초병들이 미친 듯이 깃발을 흔들어댔다. 화살을 쏘기 편하게 넓은 이 열 횡대를 이루고 전진하던 수노당과 말갈족 기병들은 강어귀에 도착하자 약속이나 한 듯 말을 멈췄다.

바람의 방향과 세기를 알기 위해 높이 치켜든 붉은 삼각기가 꼬리를 당나라 진영으로 향한 채 흔들거렸다. 말갈족들이 안장 뒤에 있던 활을 들어 올렸고, 수노당도 시위에 화살을 끼웠다. 위로 비스듬하게 들어 올린 화살들은 이제 막 뜨기 시작한 태양을 겨냥했다. 누가 뭐랄 것도 없이 말갈족과 수노당 모두 활의 시위를 놓았다. 소뿔로 깎지에서 벗어난 시위가 경쾌한 소리를 내며 태양을 향해 화살들을 던져 올렸다.

하늘 높이 사라져간 화살들이 천천히 고개를 숙여서 당나라 진영으로 떨어졌다. 우왕좌왕하던 당나라 병사들이 화살을 뒤집어쓰고 쓰러지는 것이 보였다. 마구간에 묶여 있던 말들이 화살을 피하기 위해 몸부림을 쳤다. 화살 세례를 몇 번 더 뒤집어쓰고 나서야 당나라군의 대응이 시작되었다. 수천 기의 당나라 기병들이 목책 사이에 난 문을 통해 달려 나온 것이다.

말갈족 지휘관과 눈빛을 나눈 세활은 머리 위로 들어 올린 손을 빙빙 돌리자 뒤에 있던 신호수가 나팔을 불었다. 말 머리를 돌린 수노당과 말갈족 기병들은 빠른 속도로 퇴각해서 진영으로 돌아왔다. 추격해 오던 당나라 기병들은 함정에 빠지는 것을 우려해서 얼어붙은 강 중간에서 멈췄다가 퇴각했다.

점점 달궈지기 시작한 햇살이 얼어붙은 강의 표면을 거울처럼 반짝거리게 했다. 기습의 목적은 적을 살상하는 것보다 유인하기 위함이었다. 잘될까 걱정했던 세활은 목책을 넘어선 당나라군이 전진해 오는 것을 보고 안도의 한숨을 쉬었다. 도적 떼처럼 약탈한 물건을 등에 짊어지거나 허리에 찬 병사들이 일정한 대오도 없이 강을 넘어오고 있었다. 후방에 위치한 궁수들이 화살을 날렸지만 그들은 두 배가 넘는 숫자를 믿어서인지 멈추지 않고 전진해 왔다.

그들이 다가오자 고구려군의 진영이 천천히 앞으로 움직였다. 앞으로 내민 창들이 창대의 무게에 못 이겨 흔들거렸다. 세활의 눈에 병사들이 전진하는 것이 보였다. 아직 부모와 함께 집에 있어야 할 어린아이부터 손자를 볼 나이의 노인까지 한 덩어리가 된 병사들이 응축된 분노를 뿜어내면서 앞으로 나아갔다. 고슴도치처럼 창을 앞세우고 전진한 고구려 병사들이 함성을 질렀다. 그것은 함성이 아니라 울분을 토해내는 것 같았다. 해를 넘긴 지독한 포위와 열흘이 넘는 기나긴 행군 속에서 보아왔던 수많은 죽음과 고통들이 병사들이 들고 있는 창끝에 맺혀 있는 것만 같았다.

무질서하게 접근해 온 당나라 병사들의 대오는 첫 번째 충돌에서 무너졌다. 창에 뚫린 살에서 피가 홍건하게 흘러나왔다. 고구려 병사들은 고통스러운 비명을 지르며 무너진 당나라 병사들을 밟으며 전진했다. 지치고 분노한 고구려 병사들이 토해내는 거센 분노와 울분 앞에서 당나라 병사들은 속절없이 무너져 내렸다. 전열이 무너진 그들이 뒤로 밀려났다. 두 배나 많은 숫자였지만 분노 앞에선 무용지물이었던 것이다.

병사들이 전진하는 사이, 수노당과 말갈족 기병들은 대열의 오른쪽 끝으로 이동했다. 첫 번째 돌격과 이동으로 지친 말이 땀으로 번들거리는 목을 뒤틀어댔다. 종자들이 말 사이를 다니면서 물을 떠주고 긴 창을 들어 올렸다. 준비가 끝나자 세활이 외쳤다.

"황색 깃발 올려!"

뒤에 서 있던 신호수가 황색 삼각기를 올렸다. 어서 명령을 내려달라는 신호였다. 정신없이 전진하는 병사들 틈에 서 있던 태대대로 연개소문이 생각에 잠겨 있는 것이 보였다. 너무 멀리 떨어져 있어서 잘 보이지 않았지만 세활은 단호한 표정으로 고개를 끄덕였다. 고민하던 연개소문이 공격 명령을 내리는 것이 보였다. 지친 말의 옆구리를 걷어찬 세활은 말이 속도를 내기 직전 고개를 돌려 그를 바라보았다. 눈부신 햇살에 둘러싸인 연개소문의 하얀 윤곽이 어렴풋이 보였다.

한 덩어리가 된 기병들이 다시 돌격하기 시작했다. 강어귀로 밀려난 당나라 군대의 배후를 공격해서 손발을 끊어버려야 했다. 강 상류로 우회해서 계속 앞으로 달려갔다. 강 너머에 낮고 허름하게 지은 당나라군 진영의 목책이 길게 이어져 있었다. 구릉 사이로 포진한 당나라 병사들의 모습이 보였다. 진격하는 당나라 군대의 왼쪽 측면을 엄호하는 보병 같아 보였다. 선두에 선 말갈족들이 일제히 활을 쏘았다. 하늘로 들어 올린 창날 사이로 떨어진 화살에 맞은 적병들이 앞으로 꼬꾸라졌다.

전진하는 고구려군을 막기 위해 살아남은 당나라 병사들이 일제히 창을 앞으로 내밀었다. 하지만 밀집한 보병 사이로 뛰어들 기병은 없었다. 약속이나 한 듯 양쪽으로 갈라진 말갈족과 수노당 기병들은 창으로 막지 못하는 양쪽 측면을 공격했다. 특히 방패로 가리지 못하는 오른쪽이 급격히 무너졌다. 아우성치는 당나라 보병들을 짓밟고 찔러대면서 전진하는 수노당과 말갈족 기병들을 막기 위해 본진에 남아 있던 당나라 기병들이 달려 나왔다. 그러자 활을 쏘고 뒤로 빠져 있던 말갈족들이 그들의 앞을 가로막았다.

그사이 수노당 병사들은 무너진 적군의 대열 사이로 뛰어들었다. 그리고 피에 젖은 창을 버리고 칼과 도끼를 꺼내 들었다. 도끼날에 어깨가 잘린 당나라 병사 하나가 울면서 주저앉았다가 달려든 말에 깔렸다. 말발굽의 쇠 편자에 조각난 시체가 붉은 핏덩어리가 되어 사방으로 흩어졌다.

당나라군의 대열이 무너지자 남은 건 시체와 피뿐이었다. 바닥에 깔린 눈가루가 먼지처럼 피어올랐고, 그 하얀 먼지 사이로 누군가를 죽이기 위해 내리치는 칼과 도끼에 비친 햇살이 잠깐이지만 눈부시게 빛났다.

살아남은 당나라 병사들이 뿔뿔이 흩어졌다. 도망치는 당나라 병사들이 사라져버린 벌판을 가로질러 허술한 강을 건너간 수노당 병사들은 목책을 돌파했다. 말은 물론 사람들까지 온통 피와 살점을 뒤집어쓴 수노당 병사들이 악을 쓰며 뛰어들자 당 나라군 진영은 아수라장이 되었다. 당나라군 진영을 가로지른 수노당 기병들이 배후를 차단하는 것을 본 당나라 병사들이 사 수의 하류 쪽으로 달아났다. 꼬리를 문 당나라 군대의 대열은 끝이 없이 길게 펼쳐졌다.

피범벅이 된 세활은 칼을 집어넣고 안장에 꽂아둔 활을 꺼내 들었다. 지치고 힘들었지만 한 명이라도 더 죽여야만 했다. 세활 이 추격하라는 명령을 내리자 수노당 기병들이 일제히 말 머리 를 돌려 강을 따라 도망치는 당나라 병사들의 측면에 화살을 쐈다. 도망치는 적병의 숫자가 너무 많아 눈을 감고 쏘아도 맞을 것만 같았다. 달리다가 넘어진 적병들은 뒤따라온 병사에게 깔 려 죽었다. 으깨진 시체에서 나온 내장이 부서진 파편처럼 보였 다. 퇴각하는 당나라 병사들의 뒤로 화살이 어지럽게 날았다.

추격 중지 신호가 내려질 무렵에는 세활이 이끄는 수노당은 물론 보병들조차 움직이지 못할 정도로 지쳐 있었다. 지친 보병 들이 칼을 지팡이처럼 짚은 채 멀어져가는 적병들을 바라보았 다. 더 지친 병사들은 얼음 위에 주저앉거나 바닥에 두 손을 짚 은 채 시체 틈으로 구토를 했다.

피투성이가 된 당주들과 말객들이 산 자와 죽은 자가 뒤엉켜 있는 틈을 뛰어다니며 살아남은 부하들을 찾아다녔다. 도와달라는 외침이 죽어가는 자의 신음 사이로 들려왔다.

콧구멍으로 피거품을 쏟아내는 말 위에서 내린 세활은 왼쪽 발에 화살이 박혀 있다는 것을 뒤늦게 깨달았다. 가까이서 쏘았는지 화살은 발목가리개를 완전히 관통해 발목 깊숙이 박혀 있었다.

조심스럽게 걸터앉아 뒤늦게 찾아온 고통을 견디던 세활은 본진에서 커다란 붉은 깃발이 오르는 걸 봤다. 거의 동시에 당나라 병사들이 도주하고 있는 사수 하류의 커다란 절벽 위에서도 호응하듯 검은색 깃발이 세워졌다.

"어제 평양성으로 갔다고 했던 병사들인가?"

지치고 졸린 말투로 중얼거리는데 말을 타고 온 검모잠이 헐레벌떡 뛰어내려 다가왔다.

"괜찮아?"

"좀 아플 뿐이야."

검모잠이 작은 칼로 세활의 가죽신을 조심스럽게 잘라냈다. 그러자 신발 바닥에 고인 피가 쏟아져 내렸다. 이를 악물며 세활이 말했다.

"시간 없으니까 집게로 뽑아."

"화살이 너무 깊이 박혔어. 잘못하면 다시는 못 걸을지도 몰라."

검모잠이 주저하자 세활은 한 손으로 발목에 꽂혀 있는 화살을 부러뜨렸다. 우두둑거리며 부러져나간 화살을 멀리 내던지며 세활이 재촉하는 눈빛을 던지자 검모잠은 한숨을 쉬면서 허리 뒤에 차고 있던 가죽 주머니에서 쇠 집게를 꺼내 들었다.

"어서 뽑아!"

세활이 외치는 순간, 등 뒤에서 쿵 하는 소리가 들렸다. 고개를 돌리자 절벽 위에서 날아온 커다란 돌들이 빙판 위를 굴러다니는 것이 보였다. 평양성으로 돌려보낸 병사들이 절벽 위에서 포차로 돌을 날리는 것 같았다. 돌에 깔린 당나라 병사들의 부서진 팔다리가 빙판 위에서 생선처럼 파닥거렸다.

"저걸 보면서 참으마."

세활이 또다시 재촉하는 눈빛을 보내자 검모잠이 한쪽 손으로 피에 젖은 발목을 움켜잡았다. 그리고 부러진 화살 끝을 쇠 집게로 단단히 잡고는 힘껏 잡아당겼다. 부들거리며 비명을 참던 세활은 거의 다 나왔다는 검모잠의 말을 들으며 필사적으로 버텼다.

뾰족한 화살촉이 발목에서 뽑혀 나올 무렵 고통을 이기지 못한 세활은 숨을 헐떡거렸다. 피와 살점이 달라붙은 화살촉을 집어 던진 검모잠이 횃불에 달군 단검을 조심스럽게 발목에 갖다 댔다. 살이 타는 매캐한 냄새와 자욱한 연기가 일자 핏발 선 눈으로 고통을 견뎌내던 세활은 땀에 젖은 몸을 이리저리 뒤틀었다. 한숨을 쉰 검모잠이 안장 뒤에서 꺼낸 소가죽으로 세활의 발목을 감쌌다. 그사이 수노당 병사들이 나뭇가지를 잘라 들것을 만들었다. 바위에 기대앉은 세활은 사수에서 펼쳐진 끔찍한 광경을 지켜봤다.

날아온 돌에 깨져나가는 빙판 사이로 검은 강물이 일렁거렸다. 빙판 위에서 물속으로 떨어진 당나라 병사들이 손을 흔들며 알아들을 수 없는 말로 비명을 질렀다. 온전한 빙판 위에는 살기 위해 달라붙은 병사들이 서로를 밀어냈다. 얼음이 갈라지면서 내는 음산한 파열음 사이로 죽어가는 당나라 병사들의 절규가 가라앉았다. 떨리는 손으로 떠다니던 얼음을 움켜잡는 적병들의 몸이 차가운 강물 아래로 사라졌다. 얼음 사이로 빠져드는 말이 앞다리로 얼음을 긁어대다가 물속으로 미끄러졌다.

믿을 수 없을 정도로 짧은 시간 동안 수많은 생명을 빨아들인 사수는 마치 아무 일이 없었다는 듯 입을 다물었다. 부서진 얼음 사이로 젖은 깃발과 망토들이 떠다니지 않았다면 처참한 살육의 장소라고는 아무도 믿지 않을 것 같았다. 복수심에 들떠 있던 고구려 병사들은 넋을 잃고 그 광경을 지켜보았다. 지친 병사들이 아무렇게나 주저앉은 채 찐 쌀과 말린 고기를 먹고 있을 무렵 시체들이 떠올랐다. 하얗게 얼어버린 시체들은 하나같이 모두 평온한 표정이었고 몸 또한 온전했지만 그걸 본 병사들은 먹고 있던 것들을 토해냈다.

포로로 잡힌 극소수의 당나라 병사들이 감시를 받으며 끌려왔다. 양쪽 강어귀에는 조각난 시체들이 눈과 진흙을 뒤집어쓴 채 누워 있었다. 내장이 다 빠져서 홀쭉해진 말이 네 다리를 길게 뻗은 채 옆으로 쓰러져 있었다. 너무 많은 죽음 앞에서 병사들은 울고 두려워하고 실성했다. 벌거벗은 어린 병사 하나가 시체 사이를 뛰어다니며 도끼질을 해댔다.

소가죽에 싸인 채 얼굴만 드러낸 세활은 말안장에 이어놓은 들것에 실렸다. 북쪽으로 달아난 적병을 추격하던 말갈족들이 잘린 머리통을 허리에 매단 채 돌아왔다. 피범벅이 된 말갈족 지휘관이 다가와서는 손가락으로 서쪽에 있는 작은 계곡을 가리켰다. 세활이 무슨 일이냐고 물었지만 그냥 가서 살펴보라는 말만 돌아왔다. 말을 마친 말갈족이 말을 타고 사라지자 호기심을 느낀 세활이 검모잠에게 말했다.

"계곡에 가보자."

"빨리 진영으로 돌아가서 치료를 해야죠."

세활은 괜찮으니까 가보자고 고집을 부렸다. 혀를 찬 검모잠이 말 머리를 틀었다.

눈이 쌓인 계곡 안에는 한 무리의 고구려 백성들이 숨어 있었다. 처음에는 피난민인 줄 알았는데 그런 것 치고는 입은 옷이나 상태가 나쁘지 않았다. 세활과 수노당 병사들을 본 그들은 겁에 질린 표정을 지었다. 그리고 눈 쌓인 바닥에 엎드린 채 떨고 있었다. 머리가 하얀 늙은이와 젊은 처자 그리고 어린아이가 대부분이었다. 그들을 살펴보던 검모잠이 돌아서서 세활에게 얘기했다.

"당나라 놈들을 따라다닌 백성 같습니다."

같은 수림촌 출신의 아달혜가 살려달라고 애원하는 그들을 바라보며 바닥에 침을 뱉고는 경멸하는 말투로 내뱉었다.

"배신자들."

"어떻게 할까요?"

검모잠이 세활에게 묻는데 아달혜가 끼어들었다.

"뭘 어찌합니까? 외적에게 붙은 반역자들은 당연히 죽여야지요."

세활은 칼을 뽑아 들려는 아달혜를 만류했다.

"경거망동하지 마라! 일단 본영으로 끌고 가서 태대대로 어르신의 처분을 기다린다."

못마땅한 표정을 지어 보인 아달혜가 칼을 집어넣고는 딴 곳으로 가버렸다.

세활은 울먹거리며 살려달라고 애원하는 그들을 말없이 내려다보았다. 여기저기 구멍이 뚫린 푸른색 저고리를 입고 있던 노인이 엉금엉금 세활의 앞으로 기어왔다.

"어르신! 저는 죽여도 좋습니다. 하지만 저기 제 며느리와 손자 녀석은 살려주십시오. 아들 녀석이 당나라 놈에게 죽은 후 며느리도 따라 죽으려고 했는데 제가 말렸습니다. 그러니 저를 죽이고 며느리와 아이만은 제발 살려주십시오."

죽은 동료들을 생각하고 있던 세활은 벌떡 일어나 흐느껴 우는 노인의 멱살을 잡아 일으켰다.

"지난 몇 달 동안 온 나라 백성이 당나라 놈들에게 죽임을 당했다. 많은 백성들이 나라를 지키기 위해 싸우다 죽었고, 적에게 도움을 주지 않기 위해 산속으로 도망친 사람들도 부지기수다. 그런데 노인은 이게 뭐요?"

울먹거리는 노인의 눈앞에서 세활은 분노와 노여움을 남김없이 토해냈다. 비록 승리하기는 했지만 선두에 서서 적진을 두 번이나 돌파한 수노당은 엄청난 피해를 입었다. 아달혜 역시 동생을 잃었다. 추상같은 세활의 분노 앞에 노인은 말없이 울고만 있었다. 그의 호통이 이어졌다.

"우리가 이겼으니 살려달라고? 아마 당나라 놈들이 이겼다면 그놈들의 승리를 축하해주고 죽은 우리 병사들의 시체를 뒤졌겠지."

세활은 엎드려 우는 노인의 뒤편에서 숨죽이고 있는 백성들을 향해 외쳤다.

"너희들은 모두 버러지야!"

어린 시절부터 연씨 집안과 고구려를 위해 싸워왔던 세활에게는 그들 모두가 배신자로 보였다.

그때 추위를 막기 위해 닥치는 대로 옷을 껴입은 젊은 아낙네가 벌떡 일어섰다.

"맞아요. 우리는 버러지 같은 놈들이에요. 그러는 당신들은 왜 우리를 이 지경으로 만들어버렸죠?"

엎드려 있던 노인이 손을 내저으며 젊은 아낙네를 만류했다.

"애야! 그러면 안 된다. 그러지 마!"

엎드려 있던 사람들을 헤치고 앞으로 걸어 나온 젊은 아낙네
는 애원하는 노인을 무시한 채 원망을 쏟아냈다.

"당나라 군대를 막는다고 매년 쉬지 않고 성을 수축한다면서
뼛골을 빼먹고, 허리가 빠질 정도로 농사를 지은 곡식을 세곡
을 걷어갔어요. 그러다 막상 적병이 나타났을 때는 다 어디로 숨
어버렸다가 이제 와서 우리한테 이러는 건가요? 여기 있는 사람
중에 좋아서 당나라 군대를 따라온 사람이 있을 것 같아요?"

사람들 틈에서 기어 나온 어린아이가 젊은 아낙네에게 매달
렸다. 배가 고픈지 아니면 두려워서인지 바짝 마른 아이는 계속
울어댔다.

젊은 아낙네의 얘기를 들은 세활이 코웃음을 쳤다.

"그럼 당나라 놈들에게 죽임을 당했던 사람들은 살고 싶지
않아서 그리된 것이란 말이더냐! 비겁한 변명하지 마!"

그의 호통에 머리를 감싸고 있던 천을 풀어버린 젊은 아낙네
가 악을 써댔다.

"그래, 나 살고 싶었다! 죽어가는 사람들을 눈앞에서 보면서
미치도록 살고 싶었어! 그래서 당나라 놈들에게 가랑이를 벌렸
고, 그놈들이 먹다 버린 음식을 먹었다. 놈들 앞에서 벌거벗고
춤을 추었고, 놈들 보는 앞에서 개처럼 그 짓을 했다. 네가 그런
고통을 알아? 네가 죽지 못하고 사는 고통을 아냐고!"

젊은 아낙네가 바닥에 주저앉아서 흐느껴 울자 세활이 칼을
뽑아서 치켜들었다. 곁에 있던 검모잠이 안타까운 표정을 지었

지만 차마 만류하지는 못했다. 엎드린 사람들 틈에서 가느다란 비명이 흘러나왔다. 하지만 주저앉은 여인은 미동도 하지 않았다. 죽음을 늪을 힘겹게 헤쳐 나온 여인에게 세활은 차마 칼을 내리치지 못했다. 그런 세활의 곁으로 다가온 검모잠이 한 손을 어깨에 올린 채 고개를 저었다.

"싸우다 죽은 동료들이 한둘이 아니야."

세활의 피맺힌 절규에 검모잠이 안타까운 표정으로 말했다.

"우린 칼로 싸웠고, 저들은 다른 걸로 싸웠습니다."

"이해가 가지 않아. 고구려의 피가 절반밖에 흐르지 않는 우리도 이렇게 싸우고 죽었는데 말이야."

"길이 달랐을 뿐입니다. 오랜만에 대승을 거둔 날에 같은 고구려 사람의 피를 칼에 묻히실 생각이십니까?"

검모잠의 만류에 세활은 어깨 위로 들어 올린 칼을 힘없이 내렸다. 그리고 엎드려 있는 그들에게 말했다.

"본영으로 가서 태대대로 어르신이 고할 것이다. 만일 그분께서 너희들을 남김없이 처단하라고 한다면 그대로 따를 것이다. 어리거나 늙은 것에 상관없이 말이다."

세활이 출발하라는 손짓을 하자 대열이 천천히 움직였다. 노인이 여전히 울고 있는 며느리와 아이를 끌어안았다.

본영은 부상자들로 난장판이었다. 의원들과 승려들이 이리 뛰고 저리 뛰는 가운데 세활은 부상당한 수노당 병사들이 있는 천막으로 옮겨졌다. 그 옆 공터에는 치료를 받다가 죽은 수노당 병사들이 나란히 눕혀졌다. 강기슭에 급하게 만들어진 천막이 바람에 날아가는 것을 막기 위해 부서진 수레와 방패들로 사방을 가렸다. 천막 안에서는 끙끙대는 신음과 엄마를 찾는 어린 병사의 울먹거림이 들렸다. 세활은 자신을 데리고 들어온 검모잠에게 말했다.

"앞으로 수노당은 네가 이끌어야 한다."

"무슨 소리를 하십니까? 얼른 털고 일어나십시오."

"발목이라 예전처럼 움직이지는 못할 거다. 수노당과 태대대로 어르신을 부탁하마."

세활의 말에 검모잠은 알겠다는 듯 고개를 끄덕거리고는 천막 밖으로 나갔다. 그때 눈이 내린다는 외침이 들려왔다. 고개를 돌려 천막 입구에서 보이는 회색 하늘을 올려다보자 눈송이가 떨어지고 있었다. 눈을 피해 손으로 얼굴을 가린 병사들이 시체들을 뛰어넘어갔다. 서서히 석양이 지는 가운데 숲에서 늑대의 울음이 들려왔다.

세활은 아까 붙잡은 백성들의 행방이 궁금했다. 연개소문의 성격이라면 모두 처형하라고 할 게 뻔했기 때문이다. 그때 백성들이 진영 밖으로 나가는 게 보였다. 힘없이 걸어 나가는 그들의 어깨와 머리로 눈이 쌓였다. 그들의 삶이 이어진다는 사실에 세활은 묘한 안도감을 느꼈다.

사수에서 벌어진 전투로 당나라의 좌효위 대장군 방효태가 이끄는 옥저도 행군이 전멸당했다. 방효태는 아들들과 함께 최후까지 싸우다가 전사했고, 살아서 도망친 것은 수천 명에 불과했다.

몇 년 동안의 지루한 싸움에 지쳐 있던 백성에게는 가뭄 끝의 단비처럼 시원함을 안겨주는 승리였다. 그것은 오롯이 결전을 주장한 연개소문의 공로였다. 방효태의 옥저도 행군이 전멸되면서 평양성을 포위하던 당나라군의 전력은 크게 약화되었고, 결국 신라군의 지원을 받아 겨우 퇴각했다. 그리고 사수전투 이후 연개소문이 시름시름 앓기 시작했다. 한 시대가 저물어가는 중이었다.

9. 말갈족 소년

비틀거리며 광산을 빠져나온 세활은 쏟아지는 어둠과 마주쳤다. 핏빛 석양이 먹물 같은 어둠 속으로 사라지면서 희미한 흔적만을 남겨놓았다. 어둠이 찾아오자 계곡에는 다시 안개가 차오르기 시작했다.

계곡이 두려워진 세활은 방향을 틀어서 입구로 향했다. 밖으로 도망쳐야겠다는 충동적인 생각에 이끌려 계곡 입구로 향한 세활의 눈에 들어온 것은 말갈족이 피워놓은 모닥불이었다. 모닥불 주변에는 말갈족들이 모여 있었다. 가죽을 뒤집어쓰고 작은 북을 든 자가 모닥불 주변을 돌면서 주문을 외웠다. 그들을 오랫동안 봐왔던 세활은 그것이 출정 전 의식이라는 것을 알아차렸다.

"빌어먹을!"

다시 계곡 안으로 들어오려는 것이 분명했다. 몸을 돌린 세활은 불편한 발을 이끌고 안개가 드리워지기 시작한 계곡 안으로 달렸다. 피난민들이 모여 사는 사당까지 달려온 세활은 대문을 열고 안으로 들어갔다. 뜰 여기저기 흩어져 있는 사람들이 세활을 바라봤다. 최대한 태연하게 그들 사이를 지나 부하들이 기다리고 있을 움막으로 향했다.

부하들을 데리고 빠져나갈 방법을 찾기로 했지만 아무도 돌아오지 않았다. 주변을 살펴봤지만 깨끗했다. 혹시나 하는 마음에 피난민 쪽을 흘끔거렸지만 느리게 움직이는 그들에게서는 아무것도 느껴지지 않았다.

그러는 사이 안개는 더 짙어지자 세활은 어찌할 바를 몰랐다. 비틀거리며 사당 쪽으로 걸어간 그는 장대석을 옆으로 눕혀서 만든 축대에 힘없이 걸터앉았다. 황량한 뜰 어디에도 부하들의 모습은 보이지 않았다.

"고등신이시여. 이제 어찌해야 합니까?"

나지막하게 중얼거린 세활은 사당 주변을 샅샅이 뒤져볼 생각으로 대문 쪽으로 걸어갔다. 경첩이 빠져서 반쯤 쓰러진 대문을 넘어선 세활은 눈 아래 펼쳐진 광경을 봤다. 계곡 입구를 빙둘러싸고 있던 모닥불에서 떨어져 나온 것 같은 작은 불똥들이 계곡 안으로 들어서는 중이었다. 의식을 끝낸 말갈족들이 움직이는 것이다.

"젠장."

세활은 피난민이 모여 있는 뒤뜰 쪽으로 뛰어갔다. 식사를 마치고 잠자리에 들려던 그들이 침묵으로 그를 맞이했다. 세활은 그중 나이 들어 보이는 아낙네를 붙잡고 말을 늘어놨다.

"촌주나 나이 든 어른 있습니까? 말갈족이 계곡 안으로 들어오는 중입니다."

노란색 점이 찍힌 풍성한 저고리를 입은 아낙네는 세활의 팔을 뿌리칠 뿐 아무 대꾸도 하지 않았다. 당황한 세활은 주변을 두리번거리다 턱수염이 긴 노인을 발견하고는 그쪽으로 발걸음을 옮겼다. 하지만 노인 역시 모여든 피난민 사이로 숨어버렸다. 세활은 둥그렇게 모여서 호기심 어린 시선만을 던지는 그들을 향해 발을 동동 구르며 소리쳤다.

"말갈족들이 계곡 안으로 들어온다니까요. 이렇게 손가락만 빨고 있으면 어떡합니까!"

세활이 호소에도 불구하고 그들은 여전히 미동도 하지 않았다. 그런 그들을 조용히 헤치고 나온 영월이 세활 앞에 섰다.

"걱정하지 말고 들어가서 주무세요."

영월의 말에 어이가 없어진 세활이 반문했다.

"내가 한 얘기 못 들었어?"

"전에도 계곡 안으로 들어오려던 사람들은 많았어요. 하지만 아무도 들어오지 못했어요."

"그럼 우리는?"

"아저씨들은……."

잠깐 말을 끊은 영월은 세활의 어깨너머 사당을 흘끔거리고는 덧붙였다.

"그들이 받아들였기 때문에 들어올 수 있었던 거예요."

영문 모를 말에 맥이 풀린 세활이 쏘아붙였다.

"안개 속에 사는 정체 모를 괴물 때문이냐? 아무리 그들이 힘이 세다고 해도 수백 명이 한꺼번에 몰려오면 얘기가 달라진다."

"아저씨는 아무것도 몰라요. 시간이 지나면 알게 될 거예요."

"뭘 안 단 말이야!"

세활은 거칠게 숨을 몰아쉬면서 영월과 피난민들을 쳐다보았다. 똑같은 얼굴들. 당나라와의 전쟁이 오래되면서 백성이 보여주었던 그 얼굴이었다. 외면이라는 두 글자가 머릿속에 떠오른 세활은 도망치듯 그들 사이를 빠져나갔다.

부하들이 모두 사라진 텅 빈 움막 안을 뒤진 세활은 창대를 부러뜨려서 투창처럼 던질 수 있게 만든 창 두 자루와 도끼 한 자루를 찾았다. 도낏자루에 호치라는 글씨를 본 세활은 잠시 주저했지만 결국 도끼를 집어 들고 허리띠 뒤에 꽂았다. 피난민들의 방관하는 태도에 실망한 세활은 양만춘 장군을 찾는 임무만을 생각하기로 했다.

필요한 것들을 챙긴 세활은 움막 밖으로 나왔다. 어떻게 빠져나갈지 고민하던 세활은 계곡 입구로 향했다. 계곡을 막고 있던 말갈족들이 모두 들어온다면 그 틈을 노려서 빠져나갈 기회를 만들 수 있을 것이다.

때 이른 달이 떠오르면서 어둠이 조금 창백해졌다. 투창을 양쪽 겨드랑이에 낀 세활은 언덕을 뛰어 내려갔다. 단숨에 오두막들이 있는 곳까지 내려간 그는 낯선 북소리에 고개를 갸웃거렸다.

돌궐족이나 말갈족 모두 전투 직전에 북을 치긴 했지만 두꺼운 가죽으로 만든 북을 쳐서 묵직한 소리가 난다. 하지만 그의 귀에 들리는 북소리는 한없이 얇고 가벼웠다. 이곳에 들어온 첫날 영월이 냈다고 하는 북소리와도 달랐다.

북소리와 함께 땅에서 솟아난 것 같은 안개가 꿈틀대며 거대한 장벽을 만들었다. 어둠 끝까지 치솟은 안개가 북소리를 가로막았다. 안개는 눈에 보이는 모든 세상을 휘감았지만 신경질적인 북소리는 점점 커져갔다. 그리고 북소리 사이로 낮고 카랑카랑한 노랫소리가 들려왔다. 분명하지는 않지만 말갈족의 언어가 틀림없었다.

반쯤 불탄 채 주저앉은 기둥 아래쪽에 몸을 숨긴 세활은 안개를 뚫고 다가오는 북소리와 이상한 노랫소리에 귀를 기울였다. 눈보라 같은 안개 너머로 어스름한 형체가 눈에 들어오기 시작했다. 갑옷과 투구를 차려입고 무장을 갖춘 말갈족과 마주칠 것이라고 예상했던 세활은 한 그루 나무 같은 것들을 보고는 적잖게 당황하고 말았다. 말갈족들과 적지 않은 세월을 보냈던 그에게도 거의 처음 보는 낯선 풍경이었다.

안개가 약간 걷히면서 그들의 모습이 자세히 보이기 시작했다. 말의 피를 얼굴에 잔뜩 바른 선두의 말갈족은 갓 벗겨낸 말 가죽을 뒤집어쓴 채 횃불을 들고 있었다. 알 수 없는 주문을 외 우며 천천히 움직이는 선두 뒤로 횃불과 창을 든 다른 말갈족의 윤곽이 어스름하게 보였다. 전투 직전의 팽팽한 긴장감보다는 신성한 의식을 치를 때 느껴지는 조심스러움이 묻어나왔다. 투 창을 손에 닿는 곳에 놓고 허리 뒤춤에 꽂아두었던 도끼도 뽑 아 옆에 놓은 세활은 점점 다가오는 기묘한 행렬을 노려보다가 낯선 느낌에 흠칫했다.

"뭐지?"

땅의 울부짖음이었다. 쇠 편자를 한 말의 발굽이나 수백, 수 천 명의 발걸음이 땅을 짓누르면서 생기는 그런 것과는 다른 종 류의 진동이었다. 땅 위가 아니라 땅 아래, 깊숙이 뿌리를 내린 무언가가 꿈틀대는 중이었다. 흙이 찢어지는 소리가 들렸다.

이상한 냄새를 풍기는 향구를 흔들며 다가오던 선두의 말갈 족도 뭔가를 느꼈는지 걸음을 멈췄다. 창과 횃불을 들고 뒤따르 던 말갈족들이 우르르 몰려나와서는 선두를 둘러쌌다. 길고 묵 직해 보이는 삼지창들이 어둠 속에 섞여버린 안개를 겨누었다. 바깥쪽을 향해 창을 겨눈 채 둥그렇게 모여든 말갈족이 떠드는 소리가 들려왔다. 말소리로 봐서는 백두산 인근에서 사는 백산 말갈이 아니라 옛 부여 땅에 사는 흑수말갈족 같았다.

보이지 않는 미지의 존재를 향한 말갈족들의 시선을 따라가 던 세활은 어느 틈엔가 절벽 위에 나타난 괴물들의 그림자를 보고는 숨을 죽였다. 시체가 썩는 것 같은 냄새를 풍기는 괴물의 어깨에 불길함이 가득 서려 있었다. 뼈를 갉아 먹는 것 같은 기괴한 소리가 안개 속에서 춤을 췄다. 말가죽을 뒤집어쓴 자의 외침에 횃불을 발 앞에 내려놓은 다른 말갈족들이 삼지창을 사방으로 겨눴다.

세활은 절벽 꼭대기에서 사뿐히 계곡으로 내려앉아 말갈족들을 향해 다가가는 괴물들의 그림자를 말없이 지켜봤다. 덩치는 사람보다 큰 편이었지만 발소리는 더없이 가벼웠다. 괴물들이 내는 낮고 신경질적인 울음소리가 점차 말갈족들에게 향했다. 창을 든 채 주춤거리는 말갈족들에게 말가죽을 뒤집어쓴 자가 뭐라고 소리쳤다. 흔들리던 그들이 다시 창을 고쳐 잡았다. 마치 고슴도치처럼 사방으로 창을 겨눈 그들에게 괴물들이 다가갔다. 일부는 걸어갔고, 몇몇은 날개를 펄럭거리면서 하늘을 배회했다.

세활은 그들이 비슷해 보이지만 똑같지 않다는 사실을 눈치챘다. 그들은 검고 미끈한 피부에 긴 손톱과 앞으로 튀어나온 이빨을 지니고 있었지만 어떤 괴물은 사람의 두 배 크기에 날개가 있거나, 체구가 작고 날개가 없는 괴물들도 있었다.

마치 살아 있는 것처럼 꿈틀대는 안개를 헤치고 그들이 다가오자 말갈족들이 고함을 치면서 전의를 북돋웠다. 말갈족 한 명이 고함을 지르며 다가오는 괴물의 가슴에 삼지창을 찔러 넣었다. 하지만 괴물은 뾰족한 창끝이 안개를 뚫고 다가오는 것을 보면서도 피하지 않았다.

세활은 창끝이 살을 파고드는 섬뜩한 소리를 똑똑히 들었다. 언제 들어도 소름 돋는 소리였지만 괴물은 꿈쩍도 하지 않았다. 오히려 가슴을 파고든 창을 두 손으로 꽉 움켜잡았다. 괴물을 찌른 말갈족이 창을 흔들며 뭐라고 소리쳤지만 다른 동료들 역시 쇄도하는 괴물들에게 시선이 붙잡혀 있었다. 두 손으로 가슴을 꿰뚫은 창대를 꽉 움켜쥔 괴물 뒤로 수많은 괴물들이 더 나타났다.

"어마어마하군."

세활은 괴물들의 숫자가 생각보다 많다는 사실에 저도 모르게 중얼거렸다. 포위된 말갈족들은 다급한 비명을 질렀다.

말가죽을 뒤집어쓴 자가 두 손을 하늘로 뻗은 채 뭐라고 소리를 지른 건 그들의 비명이 한창 높아졌을 때였다. 사람의 말 같지 않은 짐승의 외침 같은 것을 내뱉은 그가 향구를 흔들면서 주문을 외우자 주춤거리던 말갈족들은 다시 기운을 냈다. 삼지창을 짧게 잡은 말갈족들이 다가오는 괴물들을 찌르고 밀어냈다. 그러자 괴물들도 좀처럼 다가가지 못했다. 빈틈을 노리지 못하게 원형으로 진을 쳤고, 삼지창을 사방으로 겨눴기 때문이다. 당장에라도 덤벼들 것 같던 괴물들이 제대로 싸우지 못하고 물러나자 땀으로 범벅이 된 말갈족들의 얼굴에 안도감이 번져나갔다.

그들을 바라보던 세활은 무심코 고개를 들어 허공에 뜬 괴물을 봤다. 긴 그림자를 드리운 괴물은 날개를 펄럭거리며 말가죽을 뒤집어쓴 자의 바로 뒤로 떨어졌다. 그러고는 착지의 진동이 채 사라지기도 전에 목을 비틀어 뽑아버렸다.

말가죽을 쓴 자가 그렇게 쓰러지자 그때까지 잘 버티던 말갈족들의 대열은 일시에 무너져버렸다. 우르르 몰려든 그림자들이 말갈족을 집어삼켰다. 손으로 말갈족들을 잡아 뜯고, 갈가리 찢어버렸다.

말갈족들은 길고 거추장스러운 삼지창을 버리고 돌을 뾰족하게 갈아 만든 도끼와 당나라군이 쓰는 횡도를 들고 괴물들을 후려치고 베었다. 하지만 그림자들은 돌도끼에 맞아 머리가 절반 넘게 날아가거나 횡도로 팔이 끊어져도 개의치 않았다. 그때마다 몸에서 뭔가가 튀어 피인 줄 알았는데 물방울이었다. 괴물에게 목덜미와 팔을 물린 말갈족들이 주저앉으면 더 많은 그림자들이 몰려들었다. 허리가 끊어진 괴물이 어지럽게 엉킨 발들 가운데 하나를 무는 것이 보였다. 말갈족의 저항은 점점 약해져 갔다.

말갈족들이 쏟아내는 비명 대신 괴물들의 으르렁거림이 점점 더 커져갔다. 결국 마지막까지 서로 등을 지고 저항하던 두 말갈족들이 쓰러졌다. 안개가 쓰러진 자와 일어서 있는 자들을 모두 감쌌다. 세활이 처참한 광경을 보면서 입을 다물지 못하는 사이, 안개가 걷히자 놀라운 일이 일어났다.

"맙소사!"

괴물들에게 당해 쓰러진 자들 중 몇 명이 몸을 일으킨 것이다. 처음에는 혼절해 있다가 정신을 차리고 다시 싸우기 위해 일어서는 줄 알았다. 하지만 일어선 말갈족들은 묘하게 움직이며 흐느적거렸다. 그때까지 말가죽을 쓴 말갈족의 머리를 들고 있던 괴물이 하늘을 올려다보고 길게 포효했다. 그러자 괴물들이 일제히 계곡의 입구 쪽으로 발걸음을 옮겼다.

저벅거리는 발소리가 멀어지고 안개조차 물러난 자리는 끔찍한 유혈만이 남았다. 숨어 있던 곳을 빠져나온 세활은 조심스럽게 주변을 살펴보면서 시체들이 누워 있는 곳으로 다가갔다. 원래는 시체 주변에서 쓸 만한 무기나 식량을 구하려고 했었지만 처참하고 격렬한 죽음을 보고는 아무것도 할 수 없었다.

겨우 정신을 차린 세활은 시신들 한복판, 맨 처음 죽은 말가죽을 둘러쓴 자의 시체 앞에 섰다. 머리와 함께 등뼈 일부분이 뽑혀 나간 시체는 갈라진 틈으로 진홍색의 피를 쏟아냈다. 바닥에 널브러진 말가죽이라도 챙기기 위해 손을 뻗은 그는 말가죽이 꿈틀거리자 한발 뒤로 물러났다.

"누구냐!"

도끼를 움켜잡은 세활의 외침에 뭔가 기어가는 것처럼 불룩해진 말가죽 끝으로 작은 손이 드러났다. 놀란 세활은 말가죽을 확 벗겨냈다. 그러고는 까만 두 눈동자와 마주쳤다. 가죽에서 나온 것은 기껏해야 열 대여섯 살 정도 된 말갈족 소년이었다. 저고리나 바지 대신 왜인처럼 거칠게 짠 베에 머리에 구멍을 뚫어서 뒤집어쓰고 있었다. 허리띠와 머리는 말총으로 꼬아 만든 끈으로 묶었다. 말총으로 만든 허리띠 중간중간에는 자그마한 주머니들이 대롱거렸다.

예전에 말갈족 마을에서 흔하게 볼 수 있었던 아이들의 모습 그대로였다. 다만 눈 밑과 이마에 작은 글씨들이 보였다. 말갈족에게는 죄인의 이마에 문신을 새기는 자자형의 풍습이 없었다. 더군다나 아직 어린 소년이었다.

"대체 뭐지?"

세활은 무표정한 말갈족 소년의 얼굴을 뚫어지게 쳐다보았지만 아무것도 알아내지 못했다. 끔찍한 살육의 한복판에 있었던 충격 탓인지 반응이 일체 없었다. 세활은 처음 겪은 전쟁의 끔찍함에 모든 것을 닫아버리는 어린 병사들을 떠올렸다. 삶이 죽음과 밀접해지는 걸 받아들이지 못한 병사들은 물을 못 먹은 꽃처럼 시들거리다가 쓰러졌다. 안타까운 마음으로 바라보던 세활은 말갈족 소년을 끌어안았다. 반항할 줄 알았지만 의외로 순순히 그의 품에 안겼다.

잠시 후 아이를 데리고 사당이 있는 언덕 쪽으로 향하던 세활은 슬쩍 남자아이의 팔뚝을 쳐다봤다. 모서리가 매끈한 녹색 돌들을 가죽 끈으로 엮은 팔찌였다. 요동성의 신녀에게서 들었던 얘기를 떠올린 세활은 말갈족 소년에게 물었다.

"너, 무당이지?"

소년은 아무 대답도 없었다. 세활이 나지막하게 말했다.

"동료들을 모두 잃어서 충격을 받았느냐? 이름이 무엇이냐?"

말갈족 소년은 여전히 대답하지 않았다.

밤이 엷어지면서 안개가 물러났다. 계곡의 산자락들 틈을 비집고 올라오는 붉은 태양이 온 세상을 살육의 색깔로 물들였다. 햇살을 등진 사당의 낡은 대문 앞에는 영월이 팔짱을 낀 채 그를 기다리고 있었다. 눈을 내리깐 영월이 두 팔을 벌려서 대문을 가로막았다.

"아저씨는 상관없지만 그 아이는 여기 들어오면 안 돼요."

"왜 안 된다는 거지?"

"말갈족이잖아요. 거기다 그 아이에게서는 안 좋은 기운이 느껴져요."

"아직 어린아이다."

"아무튼 그 아이는 여기 들어올 수 없어요."

영월의 말에 세활은 뭔가 이상한 걸 느꼈다.

"왜? 이 아이가 여기 이 계곡의 비밀을 캐낼 것 같아서 그런 거니?"

세활의 말에 영월의 얼굴이 짧게 꿈틀거렸다.

"당나라 군대가 안시성을 포위했을 때 서문을 지키던 수문장에게 독이 든 술을 먹였던 게 어린 말갈족 계집이었어요. 말갈족은 크나 작으나 다 똑같아요."

"난 고구려를 배반한 귀족들을 한 열 명, 아니 백 명쯤 알고 있단다. 거기다 이미 성안에서는 말객(末客, 고구려의 무관직으로 천 명을 지휘하는 직책)과 가라달(可邏達, 고구려의 무관직으로 작은 성의 성주나 큰 성의 막료 역할을 했음)들이 당나라군에게 항복하기로 약조를 했었다고 들었다."

영월은 잔뜩 찡그린 얼굴을 한 채 세활을 올려다보았다.

"어쨌든 그 말갈족 아이는 안 돼요."

"내가 억지로 데리고 들어가겠다면? 날 막을 만한 어른이 있느냐? 아니면 아까 그 괴물들을 불러올 것이냐?"

세활은 영월을 노려봤다. 전쟁은 아이건 어른이건 속마음을 감춰버리게 만들었다. 전쟁이 없었다면 지금쯤 산속에서 나물을 캐거나 어머니에게서 베틀 쓰는 법을 배웠을 영월은 어른처럼 의심과 고집의 껍질을 뒤집어썼다.

옆구리에 낀 투창을 고쳐 잡은 세활은 계집아이를 뚫어지게 쳐다보았다. 팽팽한 기 싸움을 벌이던 세활은 어린 말갈족 소년이 그런 끔찍한 일을 겪었는데도 너무 태연한 걸 보고 의구심이 들었다.

세활은 영월과 피난민들을 쏘아보다가 돌아섰다. 그리고 말없이 계곡 입구까지 아이를 데리고 갔다. 계곡 밖에는 숫자가 많이 줄기는 했지만 여전히 말갈족의 모닥불이 보였다. 세활은 아이에게 그쪽을 가리키며 말했다.

"네 동족이 저기 있다. 뒤돌아보지 말고 최대한 빨리 뛰어가거라."

세활은 어리둥절해하는 말갈족 소년의 등을 떠밀고 어서 가라고 손짓을 했다. 몇 발자국 앞으로 걸어간 소년은 뒤를 돌아봤다. 그리고 세활을 지나쳐 계곡 안쪽으로 향했다. 소년의 갑작스러운 행동에 놀란 세활이 뒤따라갔다.

소년은 동족들이 처참하게 살해당했던 그 현장으로 걸어갔다. 한쪽 무릎을 꿇고 주변을 살펴보던 소년이 말했다.

"몇 명의 시신이 없어요. 괴물들이 끌고 갔습니까?"

아이답지 않은 어른스러운 말투, 그것도 고구려 말을 할 줄 안다는 사실에 놀란 세활은 정신을 가다듬었다.

"우리말을 할 줄 아느냐?"

"저희 부족에 사는 고구려 사람에게 배웠습니다. 그들이 끌고 갔습니까?"

소년의 질문에 세활은 고개를 저었다.

"스스로 괴물과 함께 안개 속으로 사라졌다."

"죽었다가 다시 살아난 것이군요. 역시 대주술사님 말씀이 맞았어요."

세활은 소년에게 다가가 물었다.

"정체가 무엇이냐?"

"저보다 중요한 건 이 계곡에 있는 괴물의 정체입니다."

소년의 대답에 세활은 흠칫 놀랐다.

"그것들에 대해서 알고 있다는 말이냐?"

"정확히는 모릅니다. 우리 흑수말갈족 중에서는 본 사람이 없으니까요. 단지 위험한 존재라는 건 확실합니다."

"그렇겠지. 칼이나 창이 통하지 않고, 심지어 날아다니기까지 하니까 말이야."

"본 적이 있으신가요?"

"계곡에 들어왔을 때 마주쳤다. 내 부하 하나를 잡아갔고, 나머지가 사라진 것도 그것들 소행인 것 같다."

"괴물과 만나고도 살아남으셨다니 정말 운이 좋으셨군요."

"그것들에 대해 아는 것이 있구나."

소년이 세활의 물음에 쓴웃음을 지었다.

"걸음마를 떼고 주술사가 된 이후부터 계속 들어왔어요. 실제로 본 건 처음입니다."

"아는 대로 말해다오. 뭐라고 부르는지, 언제부터 저들의 존재를 알고 있었는지 말이다."

"저주받은 존재라서 이름이 없습니다. 원래는 사람이었는데 저주를 받아 괴물로 변했다고 전해집니다. 안개 속에 살면서 모습을 드러내지 않는데 만약 그것이 세상 밖으로 나오면 우리 부족은 물론 말갈족 전체가 멸족될 것이라는 전승이 내려왔습니다."

"칼로 찔렀는데 고통스러워하지 않았다."

"고통 같은 감정이 사라졌으니까요. 온몸이 검고, 마치 맹수가 서서 다니는 것처럼 보인답니다."

"맞아. 그것들의 약점이 있느냐?"

세활의 물음에 소년이 대답했다.

"고통을 모르기 때문에 팔과 다리를 완전히 자르거나 온몸을 부숴야 한다고 들었습니다. 유일한 약점은 달이 부서질 때 힘을 쓰지 못한다고 했습니다."

"달이 부서질 때? 대체 달이 어떻게 부서진단 말이냐?"

"그건 저도 모르겠습니다."

"그것들은 나와 부하들을 모두 죽일 수 있었지만 그대로 물러났다. 피난민 계집아이의 말로는 고구려 사람들은 해치지 않는다고 하더구나."

소년은 세활의 얘기를 듣고는 고개를 갸우뚱거렸다.

"괴물들이 마구잡이로 사람을 해치지는 않는다는 말씀이군요. 누군가의 지시로 움직인다는 뜻입니다."

"혹시 조종하는 자를 찾는다면 괴물들을 제압하거나 물러나게 할 수 있을까?"

"그렇긴 하지만 조종하는 자가 누구인지 알아내는 게 우선일 것 같습니다."

세활은 소년의 대답을 듣고는 생각에 잠겼다. 그런 세활에게 소년이 물었다.

"아까 피난민들을 보니까 아이와 노인뿐이더군요. 젊거나 혹은 우두머리처럼 보이는 사람들이 있었습니까?"

"안근생이라는 젊은 관리가 있다."

"어디에요?"

"아까 갔던 사당 안."

"만난 적 있습니까?"

소년의 물음에 세활이 고개를 끄덕거렸다. 그러다가 문득 어떤 생각이 들었다.

"그자가 괴물들을 조종하는 자일 수도 있겠다."

"왜 그렇게 생각하십니까?"

"피난민을 이끄는 존재니까. 거기다 괴물에 대해서 대수롭지 않게 얘기했어. 수십 년 동안 전쟁을 겪은 나조차 겁을 먹은 존재인데 말이다."

세활의 얘기를 들은 소년이 말했다.

"저를 그자에게 데려가주십시오."

"그자에게?"

세활의 반문에 소년이 말했다.

"대주술사 말씀이 괴물을 정신적으로 조종하는 자가 있다고 했습니다."

"그게 안근생일 수도 있다고?"

"가서 직접 확인해봐야지요."

"만약 그자가 괴물을 조종하는 자라면 우리 둘만 가기에는 너무 위험해."

소년은 세활의 말에 고개를 저었다.

"지금은 괜찮습니다."

"왜?"

"안개가 없으니까요."

세활은 비로소 계곡 안에 안개가 많이 옅어졌다는 것을 깨닫고는 중얼거렸다.

"괴물은 항상 안개와 함께 나타났었지."

"그러니까 지금은 괴물이 없거나 힘을 못 쓸 때입니다. 서둘러야 해요."

잠시 고민하던 세활은 고개를 끄덕거리고는 사당 쪽으로 향했다. 양만춘 장군의 행방을 찾는 것만큼이나 중요한 것이 사라진 부하들을 찾는 일이었기 때문이다. 만약 말갈족 소년이 말한 괴물들에게 부하들의 희생된 것이라면 그나마 다행이었다. 적어도 배신자가 더는 없다는 뜻이기 때문이다. 복잡한 생각에 저도 모르게 얼굴을 찡그린 세활이 소년에게 말했다.

"피난민들이 보면 무슨 짓을 할지 모르니까 내 뒤에 바짝 따라와."

녹색 이끼가 이불처럼 덮여 있는 계단 위에는 낡은 사당이 자리 잡고 있었다. 조심스럽게 문을 연 세활은 안에 갇혀 있던 짙은 어둠을 보고는 얼굴을 찡그렸다.

"지독하게 어둡군."

먹물에 담긴 것 같은 순수한 어둠이 사당 안을 빈틈없이 채웠다. 세활은 어둠을 뚫어지게 쳐다봤다. 먼지가 잔뜩 내려앉은 바닥 널빤지가 마른 비명을 토해냈다. 가만히 서서 어둠이 눈에 익기를 기다리던 세활은 이 층을 지탱하는 길게 늘어선 기둥들과 서까래 아래 뚫린 광창들을 발견했다. 이 층으로 통하는 계단을 본 세활은 소년에게 따라오라는 손짓을 했다. 둘은 어둠을 헤치고 계단 쪽으로 다가갔다. 계단 위쪽에서 내리쬐는 약한 빛이 계단 앞에 발자국처럼 찍혔다.

계단에 한 발을 걸친 세활은 등 뒤에서 흐르는 낯선 기운에 고개를 돌렸다. 아무것도 없었지만 빛을 들이기 위해 살짝 열어 두었던 문이 닫혀 있었다. 문을 열 때 들렸던 삐걱거림이 어둠 속에서 감쪽같이 사라진 것도 마음에 걸렸다. 그는 스스로에게 다짐하듯 중얼거렸다.

"올라가야 해."

기둥밖에 없는 일 층과는 달리 이 층은 미닫이문이 달린 방과 좁은 복도 때문에 한층 더 어두웠다. 처음 왔을 때의 기억을 더듬으며 세활은 오른쪽 어둠을 쳐다봤다.

"이쪽 끝일 거야."

둘이 나란히 걷기 힘들 정도로 복도는 좁았다. 소년은 아까부터 계속 뒤를 돌아봤다. 방금 지나쳐 온 복도에서 먼지와 거미줄이 들썩거리면서 바람이 불어왔다. 복도가 깊어질수록 불안감 역시 깊어져갔다. 직선으로 뻗은 복도는 왠지 끝없이 이어지는 것 같았고, 막다른 곳에 도달하면 또 다른 복도로 이어졌다.

"여기가 분명한데?"

이제 정말 도착했다고 생각했지만 막다른 벽이 그를 맞이했다. 얇게 회칠한 벽을 따라 그어진 무수한 잔금들이 거대한 나무뿌리처럼 길게 뻗어 나갔다. 영문을 몰라 하는 세활의 팔을 소년이 잡아당겼다.

"위험해요!"

그때 세활은 머리 위에서 들려오는 쿵 소리에 움찔했다. 고개를 들어 위쪽을 쳐다봤지만 아무것도 없었다. 서까래와 기둥들이 보이지 않았다. 오직 휘몰아치는 어둠뿐이었다. 겨우 정신을 차린 세활은 소년과 함께 복도를 내달렸다. 두 사람의 발길에 밟힌 널빤지가 부서질 것처럼 삐걱거렸다. 바람이 어둠을 뚫고 뒤에서 다가왔다.

일 층으로 내려가는 계단의 난간을 발견한 세활은 앞장서 뛰던 아이를 끌어안고는 던지듯 몸을 날렸다. 어둠의 차가운 손길이 세활의 목덜미를 스윽 스치고 지나갔다. 부서질 것 같이 삐걱대는 계단을 타고 내려온 세활은 문을 향해 내달렸다. 문 앞에서 아이를 내려놓은 세활은 문고리를 힘껏 잡아당겼다. 문은 열리지 않았다. 당황한 세활은 다시 문을 잡아당겨봤지만 꿈쩍도 하지 않았다.

쏴아 하는 바람 소리에 고개를 돌린 그는 계단을 타고 내려오는 진한 어둠을 봤다. 물에 풀어놓은 먹물처럼 서서히 번져오는 어둠을 바라보며 세활은 마지막이라고 생각했다. 그 순간 난간을 더듬던 어둠이 주저하는 듯 보였다. 그러고는 어둠은 꿈틀대며 위층으로 사라져버렸다. 순식간에 자취를 감춘 어둠을 바라보던 세활은 계단 쪽을 노려보던 소년에게 물었다.

"넌 뭐가 보이기라도 하니?"

"어둠이 다시 몰려와요."

소년의 말대로 이 층으로 사라졌던 어둠이 다시 모습을 드러냈다. 세활이 어쩔 줄 몰라 하는 사이 소년이 허리띠에 매달려 있던 주머니를 떼어냈다. 주머니 안에서 칼이나 도끼날을 세울 때 쓰는 둥근 숫돌을 꺼냈다. 두 손으로 숫돌을 받쳐 들고 뭔가를 중얼거린 소년은 세활이 옆구리에 끼고 있던 투창을 빼앗아 들었다. 창날에 숫돌을 갔다댄 말갈족 소년이 슥 긁었다. 푸른 불똥이 바닥에 쏟아졌다. 소년이 주문 같은 것을 중얼거리고는 좀 더 힘껏 숫돌을 긁었다.

세활은 숫돌에 긁힌 창날에 불이 붙자 깜짝 놀라고 말았다. 불붙은 창을 머리 위로 들어 올린 소년은 어둠을 겨누었다. 눈을 감고 알아들을 수 없는 말을 크게 외치자 창날의 불빛이 더욱 커지면서 어둠을 몰아냈다. 어둠은 뒤로 슬금슬금 물러나면서 소리를 냈다. 쇠끼리 긁히는 것 같은 소름 끼치는 소리와 함께 긴 꼬리 같은 것이 어둠 속에서 꿈틀대는 것이 보였다. 놀란 세활이 허리 뒤에 꽂아두었던 도끼에 손을 가져가려는 찰나 소년이 눈을 번쩍 떴다.

"명하노니, 어둠 속에서 숨죽이고 있는 자들이여. 모두 물러가라!"

우렁찬 소년의 말에 반응이라도 하듯 사당 안의 어둠이 비명을 지르면서 물러났다. 어둠이 사라지자 불빛도 차츰 약해지다가 사라져버렸다. 소년은 창을 떨어뜨리고는 혼절해버렸다.

한 손에는 아이를 안고 다른 한 손으로 창을 움켜쥔 세활은 있는 힘껏 문에 몸을 부딪쳤다. 꼼짝도 하지 않던 문은 힘없이 열려버렸고, 사당 밖으로 튕겨 나간 세활은 계단 아래로 굴러떨어졌다. 신음을 삼키며 몸을 일으킨 세활은 활짝 열린 문이 도로 닫히는 걸 보았다.

소년은 여전히 정신을 잃은 채 축 늘어져 있었다. 머리가 깨질 것 같은 통증이 엄습해왔지만 피난민이 몰려오기 전에 자리를 피해야만 했다. 세활은 소년을 안고 계곡 입구 쪽으로 뛰었다. 그리고 무너진 오두막 아래로 숨어들었다.

소년은 여전히 의식이 없었다. 기둥에 몸을 기댄 세활은 투창을 무릎 위에 올려놓고는 숨을 헐떡거렸다.

10. 반격

태대대로 연개소문의 죽음 이후 고구려는 허물어지고 말았다. 당나라의 계속된 침략 속에서 연개소문의 세 아들이 모략과 이간질로 서로 갈라선 것이다. 그 결과는 참혹한 내전이었다. 남건과 남산 두 동생에게 밀려 국내성으로 도망친 남생은 극단적인 선택을 했다. 바로 당나라에 항복한 것이다. 세활과 수노당은 남생을 잡기 위해 국내성으로 향했지만 한 발 늦고 말았다. 이후 당나라군의 선봉에는 남생과 그의 부하들이 있었다. 고구려에 대해 속속들이 알고 있는 남생 때문에 패배가 이어졌다. 결국 포위된 평양성은 신성이라는 승려에 의해 성문이 열리면서 함락되고 말았다. 당시 한성에서 신라군을 막던 수노당과 함께 있던 세활은 그 소식을 듣고 충격에 빠졌다.

　"평생 지켜왔던 고구려가 사라지다니, 믿을 수가 없어."

　그런 세활에게 검모잠이 위로의 말을 건넸다.

"그래도 아직 우리가 있잖습니까."

세활은 어깨에 놓인 검모잠의 손을 맞잡았다. 사수전투에서 입은 부상을 치료하는 동안 수노당을 이끈 건 검모잠이었다. 비록 평양성이 함락되었다고는 하지만 고구려인 모두가 항복한 것은 아니었다. 특히 남쪽의 한성은 태대형 고연무를 중심으로 저항군이 결성되었다. 거기에 당나라의 야심을 눈치챈 신라가 가세했다.

세활은 검모잠과 함께 한성에 온 신라 사신을 맞이하는 연회의 호위임무를 맡았다. 신라군과 싸우다 죽은 아달혜 생각을 하면 속이 뒤틀렸지만 참아야만 했다. 사신으로 온 사찬 수미산이 신라 임금의 조서를 읽었다.

신라왕은 고구려 후계자 안승에게 책봉의 명을 내리노라. 공의 태조 중모왕 덕을 북산에 쌓고 공을 남해에 세워, 위풍이 청구에 떨쳤고 어진 가르침이 현도를 덮었다. 자손이 서로 잇고 대대로 끊어지지 않았으며 땅은 천 리를 개척하였고 햇수는 장차 800년이나 되려 하였다. 남건과 남산 형제에 이르러 화가 집안에서 일어나고 형제간에 틈이 생겨 집안과 나라가 멸망하고 종묘사직이 없어지게 되었으며 백성들은 동요하여 마음 의탁할 곳이 없게 되었다. 공은 산과 들에서 위험과 곤란을 피해 다니다가 홀몸으로 이웃 나라에 의탁하였다. 떠돌아다닐 때의 괴로움은 그 자취가 진문공과 같고 망한 나라를 다시 일으킴은 그 사적이 위후와 같다. 무릇 백성에게는 임금이 없을 수 없고 하늘은 반드시 사람을 돌보아주심이 있는 것이다. 선왕의 정당한 후계자로는 오직 공이 있을 뿐이니, 제사를 주재함에 공이 아니면 누가 하겠는가? 삼가 사신 일길찬 김수미산 등을 보내 책명을 펼치고 공을 고구려왕으로 삼을지니, 공은 마땅히 유민들을 어루만져 모으고 옛 왕업을 잇고 일으켜 영원히 이웃 나라로서 형제처럼 친하게 지내야 할 것이다. 삼가고 삼갈지어다. 아울러 멥쌀 이천 섬과 갑옷 갖춘 말 한 필, 무늬비단 다섯 필과 명주와 가는 실로 곱게 짠 베 각 열 필, 목화솜 열다섯 칭(秤)을 보내니 왕은 그것을 받으라.

비단 방석 위에 무릎을 꿇은 채 고개를 숙이고 있던 안승이 두 손을 들어서 조서를 공손히 받들었다. 정전에 모인 신하들 사이에서 신경질적인 기침 소리가 났다. 고개를 돌린 세활은 흘러넘치는 분노를 억지로 참았다.

만족스러운 표정을 지은 사찬 수미산의 손을 잡은 안승이 정전 건너편의 연회장으로 데리고 갔다. 복잡한 표정을 지은 관리들과 장군들이 그들의 뒤를 따랐다. 연회장의 호위를 맡은 다른 무사들도 세활과 비슷한 생각을 하는지 복잡한 표정으로 주변을 서성거렸다. 연회장 안에서 들리는 흥겨운 음악 사이로 간간이 커다란 웃음이 터져 나왔다. 세활은 입술을 꼭 깨물었다. 연

회는 해시(亥時, 오후 9시부터 11시 사이)무렵에야 끝이 났다. 얼굴
이 벌게진 채 비틀거리며 나가는 사찬 수미산을 숙소로 배웅하
기 위해 밖으로 나온 태대형 고연무가 연회장으로 돌아와 세활
과 검모잠을 불렀다.

"태왕께서 부르시네."

연회장으로 들어가자 내관들이 잔치가 벌어진 흔적을 치우
는 중이었다. 고연무를 따라 연회장을 가로질러가자 침상에 앉
아 있는 안승의 모습이 보였다. 한성에 모인 저항세력들이 가장
먼저 한 것은 새로운 태왕을 추대하는 일이었다. 보장왕과 태자
를 비롯한 왕족들은 모두 당나라로 끌려간 상태였다. 남은 건
연개소문의 동생 연정토와 보장왕의 후궁이 낳은 공주 사이에
서 태어난 안승뿐이었다.

안승은 아버지 연정토가 신라로 투항했을 때 따르지 않았다.
고연무는 사야도라는 섬에 은거하던 안승을 한성으로 데리고
와서 태왕의 자리에 앉혔다. 안승은 즉위 직후 신라로 사신을
보내 도움을 요청했다. 당나라가 신라마저 집어삼키려는 움직
임을 보이자 신라는 지체 없이 도움의 손길을 내민 것이다.

두 다리를 벌린 채 침상에 걸터앉은 안승은 숙취 때문인지 연
신 헛구역질을 했다. 뒤따라온 내관이 방 한구석에 있는 작은
의자들을 가지고 왔다. 안승이 세 사람에게 앉으라는 손짓을
했다. 다른 내관이 들고 온 잔을 받아든 안승이 벌컥거리며 물
을 들이켰다.

"망할 신라 놈이 생각보다 술이 세더군."

얼굴을 찌푸린 채 입을 연 안승이 잔에 남은 물을 벌컥벌컥 마시고는 내관들을 내보냈다. 내관이 조심스럽게 문을 닫는 소리가 들리자 안승은 몸을 꼿꼿이 세우고 세 사람을 바라봤다.

"신라가 군대를 내서 백제에 있는 당나라군을 친다고 하였네. 지금처럼 찔끔거리는 게 아니고 거의 모든 전력을 동원해 일시에 진격해서 땅을 차지한다고 했어. 본격적으로 칼을 뽑는 셈이지."

안승의 얘기를 들은 고연무가 믿기지 않는다는 표정으로 물었다.

"백제와 신라는 6년 전 웅진 북쪽에 있는 취리산에서 맹약을 했습니다. 당이 아직 버티고 있는데 신라가 대놓고 그럴 수 있겠습니까?"

안승이 어깨를 으쓱거리며 답했다.

"지금 신라가 금성에 웅진도독부의 사절로 온 백제 관리들을 구금하고 있다고 하더군. 이 상황에서 신라의 대군이 밀고 들어가면 백제가 버틸 수 있을까?"

"웅진도독부의 군대라고 해봤자 웅진성에 있는 약간의 당나라군과 가림성에 주둔한 백제 장군 흑치상지의 병사들이 전부입니다. 신라군이 일시에 밀고 들어간다면 막을 수가 없을 겁니다. 하지만 당나라가 과연 신라의 움직임을 지켜보고만 있겠습니까?"

"맞아. 그게 문제인데 신라 쪽에서는 나름대로 대책을 세워둔 것 같네."

"그 대책 중에는 우리도 포함되어 있을 것이고 말입니다."

두 사람의 대화를 듣던 세활은 신라가 왜 안승에게 책봉조서를 내리고 막대한 예물을 선물했는지 짐작했다. 마른침을 삼킨 안승이 입을 열었다.

"안동도호 설인귀가 토번을 공격할 라사도 행군을 이끌고 4월에 장안을 출발했네. 웅진도독인 부여융이야 허수아비일 따름이고 말이야. 신라는 대군을 동원해 일단 점령하고 시간을 끌면 결국 자기 땅이 될 거라고 믿고 있네. 문제는 경의 얘기대로 당나라의 반격일세. 당나라군이 웅진에 군대를 보낼 수 있는 길은 요동 지역을 통과해 내려가는 것과 바다를 건너는 것이지."

"요동 땅을 거쳐 백제까지 군대를 보내는 건 시간이 너무 오래 걸리고 병사들이 지칠 수밖에 없습니다."

고연무의 대답에 안승도 같은 생각이라는 듯 고개를 끄덕거렸다.

"신라는 포구를 틀어막는다고 하더군. 어차피 대군이 상륙할 수 있는 곳은 손에 꼽을 정도니 포구만 막아버리면 아무리 많은 군대라고 해도 아무 소용이 없어질 테니까."

"그럼 신라가 우리에게 원하는 건 무엇이옵니까?"

그의 물음에 안승이 소매에서 종이를 한 장 꺼냈다. 서찰을 건네받은 고연무가 다 읽고는 세활에게 건넸다. 세활은 종이에

적힌 물품과 숫자들을 읽었다.

"쌀 일천 섬, 조 사천 섬, 덩이쇠 일천 오백 근, 베 육백 필, 말 사백 마리."

서찰을 검모잠에게 건넨 세활이 물었다.

"이게 다 무엇입니까?"

"우리가 한성에서 버티고 있는 대가지. 그 물건들을 싣고 오는 수레와 소들도 다 우리 것일세. 아마 닷새쯤 후면 한성에 올 거야. 이 정도면 모여들고 있는 백성을 먹이고 무장시킬 수 있겠지."

종이를 돌려받은 안승이 미묘한 얼굴로 세 사람을 바라봤다.

"내가 신라에 무릎을 꿇고 책봉을 받은 대가로 얻어낸 것일세. 문제는 요동일세. 그쪽 백성의 지지만 받을 수 있다면 나라를 되찾는 건 어렵지 않아."

"양만춘 장군과 연락을 해보는 건 어떻겠습니까?"

듣고 있던 세활이 불쑥 말하자 안승이 그를 바라봤다. 세활이 힘주어 덧붙였다.

"안시성은 아직 버티고 있고, 양만춘 장군은 당 태종의 대군을 상대로 안시성을 지킨 명장입니다. 사람을 보내 상황을 알린다면 분명 큰 도움이 될 겁니다."

세활의 얘기에 안승이 고개를 갸웃거렸다.

"일단 사람을 보내겠지만 거리가 너무 멀어서 도움이 될지 모르겠군."

"저를 보내주십시오."

세활이 나섰지만 안승이 고개를 저었다.

"자네랑 대형 검모잠은 따로 할 일이 있네."

세활이 답답한 표정을 짓자 고연무가 말머리를 돌렸다.

"당나라 쪽 움직임은 어떻다고 하는지요. 평양성이 함락되고 난 이후 중리가 만들어놓은 첩보망이 완전히 무너져서 요동 쪽 사정을 알 수가 없습니다."

"고간이라는 장수가 유주에서 동주도 행군이라는 군대를 편성 중이라고 하네. 부병이 모자라서 죄수와 유민을 모아다가 훈련시키는 중이라 최소한 내년은 되어야 움직일 것 같다고 하더군."

"그 틈을 노려야겠군요."

고연무의 말에 안승이 고개를 끄덕거렸다.

"일단 모여든 백성을 안정시키고 병사를 훈련시켜야 하네. 대형 검모잠과 가군사 세활, 두 사람이 그 일을 맡아주게. 고구려가 망했다고 떠드는 자들에게 우리가 있다는 걸 알려줘야지."

안승의 얘기를 들은 세활은 이제 싸울 때가 되었다는 사실에 흥분을 감추지 못했다.

11. 안개의 정체

세활이 정신을 차리자 걱정스러운 눈길로 내려다보던 말갈족 소년이 보였다. 눈을 뜬 세활은 바로 옆에 놓은 투창부터 집어 들었다. 소년이 피식 웃었다.

"마음만 먹었으면 아까 잠들었을때 손을 쓸 수도 있었습니다."

"……왜 그러지 않았느냐?"

"대주술사님께서 함부로 살생하는 것이 아니라 했습니다. 그리고 저와 목표가 같은 것 같기도 하고요."

"목표가 같다고?"

"괴물에 대해서 호기심이 많은 것 같더군요."

아이답지 않은 말투에 세활이 대답했다.

"내 부하들이 실종된 것과 관련이 있는 것 같아서 말이다."

정확하게는 부하들이 배신을 한 것인지 아니면 괴물에게 희생된 것인지를 알아내는 것이지만 짐짓 모른 척하며 세활이 조심스럽게 물었다.

"남생이 시킨 거였니?"

"네?"

세활은 영문을 몰라 하는 소년을 쏘아봤다.

"우리 뒤를 쫓은 거 말이야."

"우린 당신들의 뒤를 쫓은 게 아닙니다."

"그럼?"

"망월향 안에 있는 불길한 존재를 찾기 위해서 온 겁니다. 우린 당신들이 계곡을 지키고 있다고 생각했습니다."

"젠장."

짧게 욕설을 내뱉은 세활은 눈을 질끈 감았다. 어처구니없는 오해로 인해서 애꿎은 부하들이 죽은 것이다. 낙담한 세활의 귀에 아이의 말이 파고들었다.

"부족 사람들은 저를 라뉴라고 부릅니다."

"라뉴?"

"우리 흑수말갈족 주술사들은 모두 라뉴라는 이름을 대대로 물려받습니다. 제가 태어났을 때 하늘의 별이 움직여 주술사로 선택되었다고 했어요. 저와 함께 있던 남자는 미도였는데 제가 너무 어려서 사람들이 얕잡아볼까봐 대주술사님께서 붙여주신 호위무사였습니다."

세활의 궁금증을 읽어낸 것처럼 라뉴가 한발 빨리 의문을 풀어주었다.

"보통은 큰 말가죽을 몸에 두르고 제가 그 안에 들어가 주술을 시전합니다. 미도 역시 주술사 정도까지는 아니지만 신령스러운 힘이 있어서 제가 베푼 주술을 밖으로 밀어내주는 역할을 했습니다. 어젯밤에도 잘 했는데 마지막 순간에 흔들렸어요. 목이 뽑혀 나가기 직전에 저한테 꼼짝 말고 있으라고 했습니다."

세활은 고개를 흘끔 돌려서 사당을 쳐다보며 물었다.

"대체 무슨 일이 벌어지고 있는 것이냐?"

"올 초에 별이 움직였습니다. 우리들은 항상 별을 보고 살지만 너무 미세하게 움직여서 대주술사님만 알아차리셨죠. 대주술사님께서 불길한 존재들이 움직이고 있다고 하셨습니다."

"불길한 존재들? 괴물을 말하는 것이냐?"

고개를 끄덕거린 라뉴가 대답했다.

"차마 입에 담기조차 어려운 그런 존재들입니다. 삶과 죽음의 경계에 머물면서 죽음만 갈구하는 존재들, 몸은 있되 마음은 없고, 고통도 느끼지 못하는 그런 존재들요."

라뉴의 말에 세활은 계곡에 들어오면서 안개 속에서 마주쳤던 그들을 떠올렸다.

"그들은 육신이 움직이는 망자입니다. 빛을 두려워하고, 사람처럼 도구를 다루거나 말을 못 하기는 하지만 살아 있는 사람처럼 움직이는 존재들이에요."

"그들은 대체 어디서 온 거냐?"

"그건 아무도 모릅니다. 어쩌면 단군께서 하늘에서 내려오셨을 때부터 있었을지도 모른다고도 합니다. 그들에게 물리거나 피를 마시면 병처럼 전염이 되어 그들과 같이 변한다는 얘기를 들었습니다."

"내 눈으로 보지 않았다면 믿지 않았을 것이다. 그나저나 왜 그들을 막는 일에 말갈족이 나서는 거지? 여긴 말갈족 땅도 아니잖아."

"그들이 나타나면 말갈족도 큰 화를 입는다는 전승이 전해져 왔다고 말씀드리지 않았습니까."

"고작 전승 때문에 이 많은 피해를 감내했단 말이냐?"

라뉴는 세활의 물음에 성난 표정을 지었다.

"당신들이나 중원의 제국들은 숙신이나 읍루 같은 이름들을 제멋대로 붙였고, 지금도 말갈이라고 부르지만 우린 아주 오래 전부터 이 땅에서 살아왔습니다. 우리도 고구려처럼 세상의 모든 것들을 아는 딸의 후손이에요."

"세상의 모든 것들을 아는 딸?"

"환웅천왕께서 하늘에서 내려오시기 이전 우리들을 여기로 인도해주신 분이죠. 곰과 호랑이 일족 모두 그분을 따라서 이곳으로 온 거예요. 그들은 이미 그때부터 존재했었다고 대주술사님께서 말씀하셨습니다. 그리고 그들이 세상에 나타나서 해악을 끼치는 걸 막는 게 우리 라뉴들이 대대로 이어받은 신성한 의무입니다."

"그런데 하필 왜 이 계곡이지?"

"그건 저도 잘 모르겠어요. 별의 움직임을 살피신 대주술사님께서 신성한 전사들을 뽑아서 그들이 완전해지기 전에 없애야 한다고 하셨습니다. 별이 뜬 방향을 따라오니 여기 이 계곡까지 오게 된 거고요."

"어쨌든 실패한 셈이로군."

세활의 말에 라뉴는 얼굴을 찡그렸다.

"불로 정화시키는 의식을 좀 더 했었어야 했는데, 당나라군이 접근해 온다는 척후의 보고 때문에 어쩔 수 없었어요. 그래도 하늘에서 떨어진 그놈만 아니었다면 그렇게 몰살당하지는 않았을 거예요."

"당나라군이 접근하고 있었다고?"

"수천 명이 이동 중이라는 척후의 보고를 받았습니다."

"그들도 괴물 때문에 이곳에 오는 것이냐?"

질문을 받은 라뉴가 고개를 저었다.

"그들이 찾는 건 양만춘 장군입니다. 하지만 계곡 안으로 들어온다면 그들의 존재를 눈치챌 겁니다."

라뉴는 상상만 해도 끔찍하다는 듯 고개를 저었고, 짧은 한숨을 내쉰 세활은 지끈거리는 머리를 감싸 쥐었다. 저물어가는 세상을 올려다보던 세활이 중얼거렸다.

"그럼 없어진 내 부하들도 그들 손에 죽거나 잡혀간 걸까?"

라뉴는 잘 모르겠다는 듯 고개를 저었다. 그러고는 사당을 쳐다보면서 말했다.

"저 안은 사념과 악령들로 가득 차 있습니다. 보통 사람이라면 악령이 공격을 받고 단 한 시간도 견디지 못하고 미쳐버리고 말 겁니다."

"저기 있는 안근생도 너처럼 주술사나 무당이라는 것이냐?"

잠시 생각하던 라뉴가 고개를 저었다.

"영혼들은 우리와 공존하기는 하지만 경계를 넘어오지는 못해요. 그런데 사당 안에서도 경계가 느껴졌습니다. 그런데 아저씨가 이 층에 올라가면서 이상한 기운이 감지되었습니다. 아마 몇 발자국만 더 갔으면 덤벼들었을 겁니다. 거기다 문까지 못 열게 한 걸 보면 아저씨를 해칠 의도가 있었던 게 틀림없습니다. 저 안에 아무것도 없었나요? 돌이나 나무로 조각한 신상이나 제단 같은 거요."

"그런 건 없었다."

"특정한 장소에서만 악령이 출몰하는 건 두 가지 이유 때문입니다. 그곳에서만 사악함을 드러낼 수 있든지, 아니면 더 강력한 존재가 악령들로 하여금 거기를 지키게 하는 것이죠."

"사당 안에는 지킬 만한 게 안 보였어."

고개를 갸우뚱거리며 대꾸하려던 세활은 머릿속으로 한 가지 사실이 떠올랐다.

"안근생을 지키기 위해서 악령이 출몰하는 것일까? 전혀 그래 보이지 않았는데."

"강력한 힘을 가진 존재는 스스로 존재를 완전히 감출 수 있다고 들었습니다. 대주술사님보다 더 강력한 존재일지, 아니면 어떤 상징일지는 직접 봐야 알 수 있어요."

"그렇다면 저들을 움직이는 무언가가 있다는 것이냐?"

세활의 물음에 라뉴는 애매한 표정을 지었다.

"괴물을 조종할 정도라면 엄청난 힘을 가진 게 분명한데 기운이 전혀 느껴지지 않았습니다."

"사당에서도?"

"사당은 저 같은 주술사나 무당을 막는 일종의 결계 같았어요. 저도 사당 안에서는 바깥과 가까운 문 앞에서나 힘을 발휘할 수 있었잖아요. 문제는 그런 강력한 결계는 안에 있는 존재 역시 힘이 봉인해버린다는 거죠."

"안근생은 그냥 미끼인 셈인가?"

"괴물들을 찾으면 답을 알 수 있을 겁니다."

"그것들은 항상 안개와 함께 나타나서 살육을 저질렀다."

"그 안개가 사라지고 나면 어디론가 사라졌죠. 이 계곡 안 어딘가에 있을 겁니다."

"안개가 없으면 힘을 못 쓴다는 것이냐?"

세활의 물음에 라뉴가 고개를 끄덕거렸다.

"대주술사님께서 그것들이 햇빛에 약하다고 하셨습니다."

"그래서 그것들이 나타날 때 항상 안개가 드리워졌군."

세활은 벌떡 일어나 계곡을 바라보면서 말했다.

"그 얘기는 안개가 없거나 싸우기 전에는 계곡 어딘가에 숨어 있다는 뜻이지."

"여기 그럴 만한 곳이 있습니까?"

라뉴의 물음에 세활은 고개를 저었다.

"못 봤어. 사당과 주변에는 피난민뿐이었지."

고민하던 세활은 머리를 스쳐는 생각에 눈을 번쩍 떴다.

"광산!"

"네?"

세활은 어리둥절해하는 라뉴를 붙잡고 말했다.

"여기 버려진 광산이 있어! 그리고 물도 있었고 말이야."

"물이라뇨?"

"괴물들이 나타났을 때 항상 몸이 물기에 젖어서 미끈거렸어. 광산 깊숙한 곳에는 물이 고여 있지."

시커먼 어둠을 뿜어내는 광산의 입구로 들어서자 악취가 풍겨왔다. 천정에서 쉴 새 없이 떨어지는 물방울이 바닥에 고였다. 세활은 허리띠의 주머니에서 부싯돌을 꺼냈다. 그리고 부러진 기둥 조각에 소매를 찢은 천을 둘둘 두른 다음에 불을 붙였다. 다행스럽게도 바짝 마른 천이라 금방 불이 붙었다.

안으로 들어갈수록 물이 점점 깊어졌다. 그러다가 호치가 떨어진 곳 근처까지 도달했다. 마음이 불편해진 세활의 발걸음이 느려진 반면, 라뉴는 점점 앞서갔다. 뒤처진 세활을 기다리던 라뉴가 광산 안쪽을 바라보면서 말했다.

"생각보다 깊은데요."

"꽤 오랫동안 파 내려갔던 것 같다. 그나저나 괴물을 발견하면 어찌할 것이냐?"

"잠재우는 주술을 쓸 겁니다."

"효과가 있을까?"

"이 광산을 무너뜨리는 한이 있더라도 막을 겁니다."

단호하게 얘기한 라뉴가 지난번 세활에게 받은 창날을 보여줬다.

"여기에 주술을 걸어뒀습니다. 괴물을 조종하는 존재의 가슴팍에 박으면 없앨 수 있습니다."

얘기를 마친 라뉴가 다시 앞장서 걸었고, 세활은 조심스럽게 뒤를 따라갔다. 며칠 전 호치와 들어왔을 때보다 더 어둡고 음침해진 갱도 안의 눅눅함 사이로 다른 게 느껴졌다. 세활은 횃불로 갱도 안을 비춰가면서 조금씩 안으로 들어갔다.

앞장서 가던 라뉴가 발걸음을 멈춘 곳은 커다란 웅덩이 앞이었다. 천정에서 떨어지는 물이 오랜 세월 고여 만들어낸 웅덩이에는 물이 한 방울씩 떨어질 때마다 반지처럼 생긴 파문이 돋아났다가 사라졌다. 그 옆으로는 갱도가 무너져 생긴 작은 폭포가 보였다. 앞쪽은 버팀목 역할을 하는 기둥이 무너지면서 지나갈 수 없는 상태였다. 요란한 소리를 내며 떨어지는 폭포를 보면서 세활이 말했다.

"지 아래 있을까?"

폭포가 떨어지면서 연못 같은 공간을 만들었다. 뛰어내리기는 약간 애매한 높이라 고민하는 와중에 라뉴가 먼저 몸을 날렸다. 모래가 쌓인 가장자리에 뛰어내린 라뉴가 세활에게 말했다.

"얼른 내려⋯⋯."

라뉴가 말을 다 끝맺기도 전에 물속에서 그것이 튀어나왔다. 그리고 삽시간에 라뉴를 물속으로 끌고 들어갔다. 놀란 세활이 손을 뻗어 간신히 라뉴의 손을 잡았다.

"꽉 잡아!"

"이걸 받으세요."

붙잡힌 라뉴는 체념한 표정으로 허리에 차고 있던 창날을 던졌다. 그러고는 순식간에 물속으로 빨려 들어가고 말았다. 갑작스럽게 벌어진 일에 당황한 세활의 귀에 그것들이 내는 기분 나쁜 소리가 들렸다. 라뉴가 빠져든 연못의 물이 부글거리면서 끓어오르는 것을 본 세활은 왈칵 두려움을 느꼈다.

깊은 어둠 저편에서 키득거리는 웃음소리가 들려왔다. 호치의 웃음소리 같기도 했다. 두려움에 사로잡혀버린 세활은 라뉴가 던진 창날을 움켜잡고 허겁지겁 뛰기 시작했다.

12. 죽음 앞에서

나란히 선 병사들 앞으로 나간 세활은 허리를 굽혀 바닥의 흙을 한 줌 쥐었다가 놨다. 바람에 흩날린 흙이 세상 너머로 사라졌다. 신라의 지원을 받아 한때 평양성까지 진출했던 저항군은 당나라군의 반격에 한성까지 밀려났다. 그리고 반격을 감행하여 백수성에서 당나라군을 격파하고 석문까지 추격했다. 여기서 승리하면 다시 평양성까지 진격할 수 있었지만 손가락 사이로 빠져나간 흙처럼 기회는 사라져버리고 말았다.

손바닥을 털며 세활은 석문 계곡 쪽을 바라봤다. 투구를 벗어 옆구리에 낀 소사구가 보고했다.

"신라군이 퇴각 중입니다."

"바보 같은 놈들, 고작 전공을 세운다고 진을 나눴다가 각개 격파당하고 말았군."

생각할수록 분통이 터진 세활이 이를 갈았다. 각개격파당한 신라군이 퇴각하자 세활이 속한 저항군에게 당나라군의 진격을 막으라는 명령이 떨어졌다.

병사들은 낭주나 고참 병사들의 호통에도 불구하고 앞에 선 동료의 어깨 사이로 석문 계곡 쪽을 흘끔거렸다. 더위가 한풀 꺾인 8월이라고는 하지만 전투를 앞둔 숨 막히는 긴장감까지 식혀주지는 못했다. 빽빽하게 늘어선 병사의 대열 앞에 선 세활은 병사들의 불안감과 두려움을 흠뻑 맛봤다. 잠시 후 석문 계곡에서 쏟아져 나온 돌궐족 기병들은 거침없이 내달렸다. 군기도 버리고 사방팔방으로 도망치는 신라군 병사들을 짓밟으며 달려오는 돌궐족 기병들의 기세는 몹시 사나웠다. 그걸 지켜보는 병사들의 시선은 잔뜩 주눅 들어 있었다.

"가군사, 지금이라도 늦지 않았습니다. 숲으로 병사들을 물리시는 게 어떻겠습니까?"

옆에 선 소사구가 속삭였다. 갑옷도 제대로 갖춰 입지 못한 병사들의 어깨가 가늘게 떨리는 걸 보고 있던 세활은 순간 고개를 끄덕거릴 뻔했다. 마지막 순간 어금니로 아랫입술을 지그시 깨물고는 고개를 저었다.

"병사들을 봐. 다들 겁을 집어먹었다. 퇴각명령이 떨어지면 대열을 흩어버리고 도망치고 말 거야."

"하지만 이대로 격돌하면 어떤 결과가 나올지 알고 계시지 않습니까? 중과부적입니다."

"알아. 하지만 검모잠이 이끄는 본군이 퇴각할 때까지는 시간을 벌어야 한다. 그리고 우수정의 기병들이 뒤에서 받쳐줄 테니까 어떻게든 버틸 수는 있을 거야."

"아까 보니까 안장 뒤에 우의랑 활을 묶어두던데요. 싸우지 않고 도망칠 겁니다."

"설마, 우릴 엄호하라는 명령을 받은 걸 똑똑히 들었어."

세활은 애써 부정했지만 우수정의 제감 급휴의 밉살스러운 얼굴을 떠오르자 불안감이 가시지 않았다. 급휴는 13년 전 칠중성에서 현령 필부와 함께 용감하게 싸우다 죽은 상간 본숙이 자신의 아버지라고 얘기했다. 그러면서 당나라 놈들보다 고구려 놈들이 더 싫다는 말을 대놓고 할 정도였다. 하지만 신라군 지휘부로부터 받은 명령을 무시할 것이라고는 생각하지 않았다. 아니, 그렇게 믿고 싶은 세활은 아랫입술을 질끈 깨물었다.

병사들이 들고 있는 창들이 세찬 겨울바람을 맞은 나뭇가지처럼 흔들렸다. 도망치기를 포기하고 작은 사각형 대열을 만들고 저항하던 신라군 장창당 대열이 순식간에 붕괴되었다. 가시처럼 창날을 세운 대열 주변을 빙빙 돌던 돌궐족 기병들이 작은 활로 화살을 쏘아댔다. 엄호할 기병이나 궁수들이 없는 장창당 병사들은 쏟아지는 화살 세례를 고스란히 뒤집어쓰다가 결국은 무너지고 말았다. 대열을 버린 보병들이 말을 탄 기병과 대적할 수 있는 방법은 없었다. 죽어가는 신라군 장창당 병사들이 지르는 소름 끼치는 비명들이 그의 귀에 들려왔다.

장창당이 말갈족 기병 삼천 명을 생포한 것이 화근이었다. 전공에 눈이 어두워진 신라의 장군들은 고연무의 반대에도 불구하고 부대들을 분산 배치했다. 그리고 그 결과는 돌궐족과 말갈족 기병들에 의한 각개격파였다. 연결이 끊긴 부대들은 토막토막 난 채 포위되어버렸고, 끊긴 전선 사이로 뚫고 들어온 돌궐족 기병들은 안심하고 있던 후방의 신라군 부대들을 급습했다. 보장왕 시절 돌궐족 기병들과 싸운 경험이 있던 고구려 군대만이 목책을 세우고 말뚝을 박아서 기습을 막아낼 수 있었다.

어처구니없는 패배 이후 뒤늦게 재편된 신라군 부대의 퇴각을 책임진 것은 그나마 전력을 유지하고 있던 고구려군이었다. 그리고 그 얼토당토않은 임무에 투입된 탓에 지난 1년간 겨우 양성했던 한 줌밖에 안 되는 병사들을 제물로 바쳐야만 했다.

세활의 분노는 무자비할 정도로 잘 싸운 돌궐족이나 예전에 함께 싸웠던 말갈족에게 향하지 않았다. 신라군의 빈틈을 놀랍도록 잘 포착하고 공격을 지시한 고간이나 이근행에게도 뻗치지 않았다. 제대로 싸워보지도 못하고 무너진 신라군 수뇌부의 자신만만했던 얼굴들이 떠오르자 얼굴이 찡그려졌다.

"가군사! 놈들이 백 보 안으로 들어왔습니다."

곁에 선 소사구의 말에 세활은 정신을 차렸다. 하늘거리는 창날들 사이로 돌궐족의 모습이 손에 잡힐 듯 들어왔다. 돌궐족은 화살 세례를 맞기 전에 들이칠 속셈인지 속도를 올렸다. 땅을 찍어대는 말발굽의 진동이 고스란히 느껴졌다. 분노를 털어버린 세활은 거대한 파도가 되어버린 돌궐족 대열을 노려보며 외쳤다.

"앞에 창!"

그의 명령을 복창하는 당주들의 외침이 메아리처럼 울려 퍼지는 가운데 하늘을 향해 있던 창들이 다닥거리며 앞으로 기울어졌다. 다섯 열로 늘어선 병사들 중 제일 앞 열은 창날을 거의 수평으로 내렸고, 다음 열부터는 창날을 조금씩 위로 들어 올렸다. 창을 겨눈 병사들이 한쪽 발로 앞 열 병사들이 들고 있는 창의 물미를 꽉 밟는 것이 보였다.

대열의 양쪽 끝에는 경험 많은 고참 병사들이 붉은색으로 칠한 둥근 방패와 맥도를 든 채 숨을 고르는 중이었다. 빽빽한 장창 대열의 뒤편에는 궁수들이 시위를 당길 오른쪽 검지에 깍지를 끼웠다. 모든 것이 준비되었지만 가장 중요한 경험과 용기를 지닌 병사들은 없었다.

"빌어먹을, 이건 싸움이 아닙니다!"

소사구의 울분은 세활의 귀에 들어오지도 않았다. 검모잠이 무사히 퇴각할 때까지 최대한 버텨달라고 했던 말만 떠올랐다.

"오십 보 안으로 들어왔습니다. 놈들이 화살을 쏩니다!"

소사구의 다급한 보고에 세활은 반사적으로 외쳤다.

"발사!"

창을 든 병사들 뒤에 웅크리고 있던 궁수들이 일제히 허리를 펴면서 당겼던 시위를 놓았다. 소낙비처럼 날아간 화살들은 순식간에 돌궐족 기병들의 선두에 도달했다. 짧은 비명과 숨넘어가는 소리가 들렸다. 죽음은 짧고 간단명료했다. 망망대해에 흙한 줌을 뿌린 것처럼 이쪽에서 날아간 화살들은 작은 파장만을 만들어냈다. 돌궐족이 쏜 화살들도 거의 비슷하게 대열에 당도했다. 후드득거리는 소리와 함께 날아든 화살들이 투구와 갑옷을 제대로 챙겨 입지 못한 병사들을 후려쳤다. 창을 끌어안고 앞으로 쓰러진 병사들의 빈자리가 군데군데 보였다. 궁수들의 두 번째 화살 세례까지 견뎌낸 돌궐족 기병들이 들이닥쳤을 때까지 빈자리는 메워지지 못했다. 두 개의 거대한 파도가 맞부딪히자 말과 사람들은 튕겨 나가고 부서지고, 잘려나갔다.

"가군사! 우수정 놈들이! 우수정 놈들이 도망칩니다."

소사구의 절규가 귀를 울려댔을 때 세활은 탄식 대신 쓴웃음을 짓고 말았다. 고개를 돌려 우수정 기병들이 매복해 있던 숲속을 쳐다보았다. 소사구의 말대로 아무것도 없었다. 절망조차 할 힘이 없었던 세활은 소사구에게 창을 넘겨받고는 곧장 대열 속으로 뛰어들었다.

이미 무너진 대열은 적과 아군을 구분할 수 없을 정도로 엉켜 있었다. 피를 흠뻑 뒤집어쓴 세활은 필사적으로 창으로 찌르고 후려쳤다. 이천 명이 조금 넘는 병사들이 반의반도 안 되는 숫자로 줄어들기까지 불과 세 시간이 걸렸다. 남쪽으로 퇴각하는 병사들 틈에서 세활은 끊임없이 생각하고 또 생각했다. 과연 값어치 있는 죽음들이었을까?

석문에서 크게 패배한 신라군은 무이령을 지나 한산주로 퇴각했다. 무이령으로 통하는 좁은 산길에는 앞서 퇴각한 다른 부대의 흔적이 남아 있었다. 길가에는 죽은 사람과 말의 시체가 끝없이 이어져서 시체들만 따라가면 길을 잃을 염려는 없을 지경이었다. 버려진 채 뒤집힌 수레에는 시체들이 쌓여 있었다. 아마 소를 끌고 가기 위해 움직일 수 없는 부상병들이 탄 수레를 길가로 밀어버린 것 같았다. 다른 시체들도 가죽신과 겉옷이 벗겨져 있었고, 어떤 시신들은 저고리와 바지조차 없었다.

본대에서 떨어진 소수의 패잔병들이 시체에서 벗겨낸 옷으로 몸을 감싼 채 터벅터벅 걷는 것이 보였다. 검모잠과 함께 애써 모은 병사들은 헛된 싸움의 소용돌이에 쓸려 가버렸다. 이제 태왕으로 옹립된 안승이 머물고 있는 한성이 당나라군의 손에 넘어가는 건 시간 문제였다. 물론 한성 말고도 호로하와 패수 주변에 성들이 몇 개 있었지만 신라의 도움 없이 당나라에 저항하는 건 무리였다. 끝장이라는 아득함이 섬뜩한 현기증으로 변해 몇 번이고 세활의 머리를 후려쳤다. 부하들 앞에서는 애써 태연한 척했지만 속으로는 피눈물이 났다.

해가 떨어지고 원형진을 쳤다. 간혹 승리감에 젖은 돌궐족의 무시무시한 함성이 들려왔다. 뜬눈으로 밤을 새운 세활은 해가 뜰 기색이 보이자마자 출발 명령을 내렸다. 정오 무렵 척후병이 신라군 본대를 발견했다고 보고했다. 고갯길을 넘어가자 척후병의 얘기대로 산 중턱에 진을 친 신라군의 모습이 보였다. 참혹했던 싸움과 동료의 죽음도 견뎠던 병사들은 안도의 한숨을 쉬며 펑펑 울기 시작했다. 당황한 당주들이 흘끔거리자 세활이 짧게 말했다.

"그냥 놔둬라."

소사구가 병사들 사이를 뛰어다니며 외쳤다.

"다른 병사들에게 우는 꼴을 보일 것이냐! 얼른 눈물을 그쳐라!"

눈물을 그친 병사들이 찢어지고 허름해진 군복을 펴고, 흙으로 갑옷의 피와 흙을 닦아냈다. 굳은 표정으로 걸어가는 병사들의 옷과 깃발에는 흙과 눈물로도 씻어내지 못한 격전의 흔적이 고스란히 남았다. 핏발 선 병사들과 눈이 마주치지 않기 위해 고개를 숙인 신라군 병사들이 길가의 목책을 치웠다. 급한 경사를 이룬 고갯길 중턱과 꼭대기에는 기병의 돌파를 막기 위한 목책과 구덩이가 빈틈없이 파여 있었다.

태대형 고연무의 천막을 찾던 세활의 눈에 불길이 확 일어났다. 우수정 깃발이 목책 뒤에 비스듬하게 꽂혀서 펄럭거리는 게 보였기 때문이다. 뒤따르던 소사구를 붙잡은 세활이 말했다.

"아래쪽에서 그냥 대기하라고 해. 당주들에게 일러서 절대 우리 쪽이 먼저 시비 걸지 못하게 하고."

"그럼 혼자 가실 겁니까?"

"그래."

"태대형께서 머무시는 천막으로 가려면 우수정 진영을 지나야 할 것 같습니다. 저들이 시비라도 걸면 어쩌시려고요."

"전쟁터에서 먼저 내뺀 뻔뻔한 놈들이 설마 먼저 대들기야 하겠어?"

걱정하는 소사구의 어깨를 툭툭 친 세활은 목책 쪽으로 걸어 갔다. 차양이 달린 쇠투구를 쓴 우수정 병사가 세활을 보고는 미묘한 표정을 지었다.

"그냥 지나가는 길이야. 그러니 조용히 비켜서게."

어쩔 줄 몰라 하던 초병은 창을 거두고 뒷걸음질을 쳤다. 걸음 을 옮길 때마다 땅이 발목을 잡아당기는 것 같았다. 눈썹에 맺 힌 땀들이 눈으로 스며들어왔다. 몸속의 아우성들이 세활을 붕 뜨게 만들었다. 복수하라고 외치는 마음속의 징징거림들이 손 끝에 묻어나왔다. 사정없이 떨리는 손을 환두대도 위에 올려놓 고는 걸음을 재촉했다.

"이게 누구신가?"

언제 나타났는지 등 뒤에서 들려오는 제감 급휴의 비아냥거 리는 소리에 세활은 걸음을 멈췄다. 속으로 불이 일어났지만 태 대형에게 고해 정식으로 처리해야만 했다.

"다 부스러진 줄 알았더니 한 움큼은 살아 돌아왔군. 어디 쥐 구멍이라고 파고들었나?"

너무나도 뻔뻔한 급휴의 말 뒤로 비열한 웃음이 뒤따랐다. 참 다못해 고개를 돌리자 한 무리의 병사들 틈에 박혀 있는 급휴 가 보였다.

수노당 병사들은 항상 왼쪽 팔목 가리개에 작고 뾰족한 단검을 묶어두었다. 원래는 자살용이었지만 어느 순간부터 수노당 병사들은 단검을 거꾸로 묶어두고 투척용으로 썼다. 손잡이를 뺀 단검은 다른 사람들 눈에 잘 안 띄었다. 단검을 움켜쥔 세활은 급휴의 눈을 향해 힘껏 던졌다. 호위하는 병사들 틈에서 껄껄대던 급휴는 날아든 단검에 이마 한복판이 부서져버렸다.

콧등을 타고 주르륵 흘러내린 피를 믿을 수 없다는 눈으로 지켜보던 급휴가 천천히 무너졌다. 뒤늦게 정신을 차린 우수정 병사들이 일제히 칼을 뽑아 들었다. 최후를 예감한 세활은 칼을 풀어서 바닥에 떨어뜨렸다. 주춤주춤 다가선 우수정 병사 하나가 칼을 휘두르기 위해 몸을 움직이는 소리가 들렸다.

그 순간 우악스러운 함성이 들려왔다. 세활이 눈을 뜨자 소사구가 일단의 부하들을 끌고 우수정의 목책을 넘어서는 모습이 보였다. 백여 명에 달하는 침입자들 때문에 놀란 우수정 병사들이 창을 들고 소사구와 부하들의 앞을 가로막았다. 세활은 조용히 눈을 들어 다시 하늘을 바라보았다. 곁에 있던 우수정 병사 하나가 칼을 휘두르는 것이 보였다. 서걱거리는 칼날의 울부짖음에 그는 균형을 잃고 말았다. 세활은 눈을 든 채 흙바닥에 쓰러졌다. 찢긴 머리에서 꾸역꾸역 흘러나온 피가 질퍽한 진흙 사이로 뻐끔거리며 스며들어갔다.

꺼져버린 의식이 얼마 만에 다시 깨어났는지는 알 수 없었다.

겜뻑거리는 횃불 아래 지칠 대로 지쳐 보이는 고연무와 검모잠의 모습이 보였다. 세활이 겨우 몸을 일으키자 머리의 통증이 느껴졌다. 깊은 한숨을 쉰 고연무가 검모잠과 눈짓을 주고받은 후 천막 입구를 걷고 밖으로 나갔다. 검모잠이 걱정스러운 눈길을 건넸다.

"운이 정말 좋았습니다."

"그놈의 살을 씹어 먹었어야 했는데."

"두려우십니까?"

"설마."

짧게 웃은 세활은 검모잠을 똑바로 쳐다보았다.

"일이 좀 어렵게 됐습니다."

"왜, 목을 내놓으래?"

세활의 물음에 검모잠이 고개를 끄덕거렸다.

"그랬는데 태대형께서 우수정이 함께 싸우지 않고 퇴각했고, 죽은 제감 급휴가 조용히 지나가려는 형을 붙잡고 시비를 먼저 걸었다고 물고 늘어졌습니다. 태대형이 금성에 있는 신라왕에게 직언을 하겠다고 하니까 저쪽에서도 누그러졌습니다. 그런데."

"그런데?"

검모잠이 슬픈 눈으로 세활을 바라봤다.

"태대형께서 이해는 하겠지만 용서는 못 하겠다고 그러셨습니다. 일개 병졸이 그런 난동을 부렸다면 용서하겠지만 돌아가는 상황을 누구보다 잘 아는 형이 그러면 어떻게 하느냐고 말입니다."

검모잠이 그답지 않게 말끝을 흐리며 고개를 돌렸다. 세활 역시 눈물을 참기 위해 기둥을 받치는 호랑이 모양의 청동 받침대로 시선을 돌렸다. 칼을 찾아봤지만 의식을 잃은 동안 가져가버렸는지 칼을 매다는 나뭇잎 모양의 고리만 만져졌다.

"칼 한 자루만 주고 잠깐 자리만 비워줘. 깨끗하게 책임지고 끝낼게."

"재작년에 안시성이 함락되면서 양만춘 장군의 행적이 묘연해졌습니다."

검모잠의 말에 세활이 고개를 저었다.

"말이 그런 거지, 어디 그분이 성을 버리실 분이더냐."

"나도 그렇게 생각했는데 소문이 끊이지 않습니다."

마른침을 꿀꺽 삼킨 검모잠이 덧붙였다.

"태대형 어르신과도 말을 해봤는데 이제 신라는 더 이상 믿을 수 없습니다. 한성이 놈들 손에 넘어가면 호로하와 패수 쪽에 있는 몇 개의 성을 빼고는 이제 고구려의 깃발은 어디에도 꽂을 수 없게 될 것입니다."

"결국 여기까지 왔군."

"그러니까 형이 요동으로 가서 양만춘 장군을 찾아주십시오."

쏟아내듯 말을 내뱉은 검모잠이 비스듬하게 시선을 꺾었다. 난처하고 미안할 때 항상 하는 버릇이었다. 한참 동안이나 그렇게 있던 검모잠이 불쑥 입을 열었다.

"패배하는 건 두렵지 않습니다. 어차피 이기기 힘든 싸움이었으니까요. 제가 진짜 두려운 건, 우리가 이대로 잊혀져버리는 겁니다. 우리가 죽어도 산과 땅과 물은 그대로겠죠. 하지만 그곳에 있던 우리들이 사라져버리면, 우릴 기억해주는 사람들까지 없어져버린다면, 그것이야말로 정말로 패배하는 거 아닐까요?"

세활은 검모잠의 말에 가슴이 아팠다.

"형, 요동으로 가서 양만춘 장군을 찾아주세요. 만에 하나 소문대로 그분이 살아 계신다면, 그분의 깃발 아래 다시 사람들을 모을 수 있을 겁니다. 요동에 자그마한 거점이라도 마련할 수 있다면 어떻게든 희망의 불씨를 이어갈 수 있지 않겠습니까?"

검모잠의 말을 듣고 눈시울이 뜨거워진 세활이 고개를 끄덕거렸다.

"요동을 이 잡듯 뒤져서 양만춘 장군을 찾아내마. 대신 너도 그때까지 꼭 살아 있어라. 내가 소식 보내면 한 걸음에 달려와야 한다."

"밖에 함께 갈 부하들이 기다리고 있답니다. 식량과 말을 충분히 못 챙겨줘서 죄송합니다."

앞장선 검모잠을 따라 밖으로 나온 세활의 주변으로 우수정과 대치하던 소사구와 병사들이 모여들었다. 세활은 부하들에게 무거운 표정으로 말했다.

"요동으로 가자!"

13. 만남

라뉴를 잃은 세활은 홀로 광산 밖으로 나왔다. 바닥을 등지고 하늘을 향해 누운 그는 숨을 헐떡거렸다. 계곡에 들어온 이후 수많은 공포와 죽음을 맞닥뜨리면서 움직일 기운을 잃어버린 것이다.

절망과 낙담의 무게에 눌려 한참을 누워 있던 세활은 머리맡에 드리워진 그림자를 보고는 눈을 껌뻑거렸다. 세활을 내려다보던 영월이 말했다.

"아저씨가 보자고 하셨어요."

몸을 일으킨 세활은 산기슭에 있는 사당을 바라보았다. 안개에 둘러싸인 사당은 한없이 사악해 보였다. 세활은 영월이 사당쪽으로 향하는 모습을 보고는 몸을 일으켰다. 그러면서 창날을 소매 안에 조심스럽게 쑤셔 넣었다. 사당 안에 라뉴가 말한 존재가 있을지 몰랐기 때문이다.

영월은 문 앞 계단에 서서 세활을 돌아보았다. 이끼로 뒤덮인 계단을 오른 세활은 영월이 문을 여는 것을 지켜보느라 걸음을 멈춰야만 했다. 문고리를 잡고 낑낑대는 영월을 보던 세활은 무심코 고개를 옆으로 돌렸다가 흔적을 발견했다. 세활은 한 손으로 영월의 목을 감싸 안았다. 버둥거리던 영월의 목에 창날을 들이댄 세활이 속삭였다.

"내 부하들을 어디 갔어?"

"몰라요."

"기둥에 비스듬히 난 칼자국을 봤다. 그건 매복이 있거나 위험할 때 뒷사람을 위해 남기는 신호야."

"진짜 아무것도 몰라요."

"말하지 않으면 널 죽이겠다. 널 죽이고 바깥에 있는 피난민도 모두 죽일 거야. 젖먹이건 늙은이건 하나도 남김없이 말이다."

"어떻게 고구려를 위해 싸운다는 사람이 백성을 해치려고 해요?"

"난 이기기 위해서 평생을 살아왔다. 수단이나 방법 같은 건 가리지 않아."

세활이 차가운 말투로 얘기하자 영월이 대꾸했다.

"그럼 그들이 당신을 죽일 거예요."

"그들?"

"그래요. 안개와 함께 떠도는 괴물이 당신을 죽인다고요."

표독스러운 말을 내뱉은 영월이 느슨해진 세활의 손아귀를 빠져나가 사당 안으로 뛰어 들어갔다. 세활의 머릿속은 혼란스러워졌다.

"그들이 누군지 알았다는 말이냐?"

세활의 물음에 영월은 아무 대답 없이 이 층으로 올라가는 계단으로 도망쳤다.

세활은 조심스럽게 발걸음을 내디뎠다. 빛이 들어올 창문 하나 없는 이 층은 여전히 한밤중처럼 어두웠다. 세활은 지난번 노인을 만났던 그 방 앞에서 멈췄다. 낮에는 그렇게 걷고도 못 찾은 방 앞에 선 세활은 숨을 골랐다. 그리고 천천히 미닫이문을 열고 안으로 들어갔다.

"어서 오게."

그를 맞이한 것은 창백하고 파리한 얼굴의 안근생이 아니라 노인이었다. 영문을 알 수 없던 세활은 방 안을 살폈다.

"여긴 자네와 나밖에 없네. 어서 앉게."

느릿했지만 거역할 수 없는 노인의 말이 방 안에 울려 퍼졌다. 안으로 들어서던 세활은 평평한 어둠 중간중간 튀어나온 낯선 어둠을 느꼈다. 방 안에 자리한 다른 존재들을 눈치챈 세활은 앉는 대신 벽을 등지고 물러났다.

"나무로 만든 호랑일세. 겁먹지 말게."

"당신 누굽니까? 여기 있던 안근생은 어디 간 거고요?"

"그가 바로 나였네."

"천년 묵은 여우처럼 변신이라도 했던 말입니까?"

비아냥거리는 세활의 말에 노인은 고개를 저었다.

"사실 난 그대로일세. 단지 자네 눈을 잠시 속인 것뿐이지."

"속이다니, 저는 당신을 처음 보는데 그럴 필요가 있었습니까?"

"나를 보면 대번에 깨달을 것이기 때문이지."

안개와 물을 닮은 축축한 목소리를 들은 세활은 그제야 노인의 정체를 알 수 있었다. 그가 바로 라뉴가 말한 괴물의 조종자였던 것이다.

"안개 속을 헤집고 다니는 괴물은 대체 뭡니까? 제 부하들은 어디로 사라진 겁니까?"

격앙된 세활의 물음에 노인은 차분한 목소리로 대답했다.

"그들은 선택했네. 그래서 사라진 거지."

"뭘 선택했다는 말입니까?"

"곧 달이 부서지는 밤이 올 걸세."

세활은 흥분한 척 떠들면서 노인과의 거리를 쟀다. 단 한순간, 단 한 번의 기회밖에는 없다는 생각이 그를 초조하게 만들었다. 세활은 미동도 않는 노인을 향해 입을 열었다.

"달이 부서지든 해가 사라지든 관심 없습니다. 하루빨리 괴물이 득실대는 이 계곡에서 제 부하들과 양만춘 장군을 데리고 나가고 싶을 뿐입니다."

노인은 아무 대답 없이 자리에서 일어났다. 단지 일어났을 뿐이었지만 세활에게는 알 수 없는 불안감이 엄습해왔다. 야트막한 제단 같은 곳에서 내려선 노인은 한 손으로 어둠 속을 쓱 가리켰다.

"여긴 호랑이를 숭배하기 위해 만들어진 사당일세. 호랑이들은 곰을 믿는 부족과 환인족의 흉계에 빠져서 사라지고 말았지."

"제가 알고 있는 얘기랑 많이 다르군요. 호랑이는 동굴 안에서 쑥과 마늘을 먹는 시험을 통과하지 못해서 쫓겨난 걸로 알고 있습니다."

"쑥과 마늘은 그들을 죽음으로 몰아넣었네. 그들이 가진 힘을 질투한 두 부족이 꾸민 짓이지."

노인의 말은 스물스물 기어오듯 들렸다. 창백하게 빛나는 노인의 눈을 피해 고개를 숙인 세활은 노인의 그림자가 발밑까지 도달한 걸 보고는 저도 모르게 뒤로 물러나고 말았다. 앙상한 노인의 웃음소리가 들렸다. 한숨을 씹어 삼킨 세활이 입을 열었다.

"몇 천 년 전에 일어난 일이 무슨 연관이 있다고 그러는 겁니까?"

"한때는 모두가 평화롭게 지내던 한 부족이었다네."

"염병할, 제 부하들을 어떻게 한 겁니까?"

세활이 버럭 화를 냈지만 노인은 무시하고 얘기를 계속했다.

"언제부터인가 겨울이 길어지고 사냥할 짐승들이 사라졌다네. 식량이 부족해지자 그들은 서로 싸우기 시작했지. 세상이

황폐해지고 호수의 물이 말라붙자 그때서야 비로소 싸움을 멈췄지. 세상의 모든 것을 아는 딸께서 따뜻한 남쪽으로 가야 한다고 말씀하셨고, 부족들은 힘든 여정을 떠났다네. 처음에는 약한 아이들과 노인들이, 그다음에는 젊은 여자들이, 마지막에는 젊고 건장한 전사들마저 쓰러져갔다네. 견디다 못한 그들은 신에게 기원했다네."

노인은 다시 힘겹게 기침을 했다. 허리를 굽히고 콜록거리던 노인을 지그시 노려보던 세활은 왼쪽 소매에서 창날을 꺼내 노인에게 다가갔다. 노인은 목에 닿은 창끝은 개의치 않고 입을 열었다.

"그러는 와중에 몇 명에게 신비한 힘이 생겼네. 부족민은 그들의 용맹함이 호랑이를 닮았다고 해서 그들을 호랑이라고 불렀지. 호랑이들은 맹수들과 앞을 가로막는 부족들을 물리쳤고, 밤에는 잠든 부족들을 지켜주었다네. 고마움과 감사함에 부족 사람들은 그들을 신으로 섬겼지."

세활은 노인의 목에 닿은 칼날을 슬쩍 당겼다. 주름진 살갗이 칼끝에 찢어졌지만 노인은 아픔을 느끼는 것 같지 않았다.

"그들은 맹수들만큼이나 강한 힘과 이빨을 지녔지만 힘이 강해지는 만큼 빛을 두려워하게 되었네."

"왜 그런 겁니까?"

"세상의 모든 것을 아는 딸께서 힘을 허락한 대신 빛을 가져갔으니까. 그리고 말과 기억을 잊어버렸네. 사람으로서 가지고 있었던 것들을 빼앗긴 셈이지."

"그게 계곡 입구에서 우릴 습격한 괴물들입니까?"

"그분들을 망령되게 부르지 말게."

세활은 노인의 목에 댄 창끝을 살짝 눌렀지만 피는 흘러나오지 않았다. 노인이 태연하게 말했다.

"자네 부하들은 모두 선택을 했네. 이제 자네만 남았어."

"내 부하들이 뭘 선택했다는 얘깁니까?"

등 뒤에서 인기척을 느낀 세활은 몸을 돌렸다. 미닫이문 너머의 복도에 누군가 서 있었다. 허공에 떠도는 어둠 탓에 얼굴은 보이지 않았지만 낡은 가죽신은 눈에 익었다.

"배금?"

어둠이 약간 물러나고 문 앞에 서 있는 배금의 모습이 완전히 드러났다. 배금의 뒤에는 서수와 다른 두 명의 부하들도 서 있었다. 하나같이 창백한 얼굴에 초점 없는 눈동자를 한 채 복도 끝에 서 있었다. 망연자실하는 세활에게 노인이 말했다.

"이들은 힘을 선택을 했네. 자넨 힘을 원하지 않나?"

세활은 창날을 힘없이 떨어뜨리면서 물었다.

"어떤 힘 말입니까?"

창날에서 벗어난 노인이 그의 귀에 속삭였다.

"칼과 창에 찔려도 죽지 않는 힘, 손으로 적을 찢어 죽일 수 있는 힘, 포효만으로 적들을 두려움에 떨게 할 수 있는 힘 말일세."

"세상에 그런 힘이 있다는 얘긴 듣지 못했습니다."

"자네가 직접 보지 않았는가? 자네는 고구려를 지키고 싶지 않은가?"

"어떻게 말입니까?"

"우리들과 손을 잡고 당나라와 맞서 싸우세."

세활은 아무 대답도 하지 않고 돌아섰다. 그런 세활을 본 노인이 뒤쪽을 바라보며 말했다.

"자네가 아는 사람이 한 명 더 있네."

고개를 돌린 세활은 비석처럼 선 부하들 사이를 헤치고 나온 라뉴를 보고는 반가워했지만 이내 절망에 빠졌다. 라뉴의 흐릿한 눈을 보고 굳어진 세활이 노인에게 말했다.

"이 계곡의 괴물들이 아무리 힘이 세다고 해도 수천, 수만의 군대와 싸워 이기지는 못할 겁니다."

"우리는 단지 가족을 지켜주고 싶었을 뿐이야. 옛날의 그 호랑들처럼 말이야. 오랜 방랑 끝에 부족은 호랑이들의 도움으로 백두산 신단수 아래 도착했지. 그러다 곰을 섬기는 부족이, 그다음에는 하늘에서 내려왔다고 자처하는 환웅족이 차례로 나타났다네. 세 부족은 신령한 땅인 백두산을 놓고 서로 싸웠지. 그런데 힘이 부족하다고 느낀 곰을 섬기는 부족이 환웅족과 손을 잡았어. 청동검과 청동 거울을 가지고 있던 환웅족과 곰을 섬기는 부족은 손을 잡고 호랑이족들과 맞서 싸웠지. 싸움이 계속되자 결국 세상의 모든 것을 아는 딸이 세 부족을 하나로 합쳐서 싸움을 없애라는 하늘의 계시를 내렸다네. 하지만 환웅족과 곰을 섬기는 부족 모두 호랑이족을 받아들이는 대신 한 가지 조건을 걸었다네."

"무슨 조건 말인가요?"

저도 모르게 귀를 기울이고 있던 세활이 물었다. 고개를 끄덕거린 노인이 계속 말을 이어갔다.

"그들은 결국 계략을 꾸몄지. 부족 사람들은 신의 계시라며 동굴에 들어가서 백 일 동안 쑥과 마늘로 연명하라고 했다네. 뒤늦게 진실을 알게 된 호랑이들은 복수를 하려고 했지만 세상의 모든 것을 아는 딸이 막아서자 눈물을 머금고 멀리 도망쳤지. 다시는 세상에 나타나지 않으리라 맹세했지만 불멸의 삶을 살던 그들은 때때로 세상에 모습을 드러냈다네."

"지금까지 이런 괴물들이 있었다는 말은 들어본 적 없었습니다."

"대무신왕 때 괴유가 그 힘을 가지고 부여왕 대소를 죽였고, 동천태왕 때 유유와 밀우 역시 그 힘을 가지고 관구검이 보낸 추격부대를 몰살시켰지. 지금이야말로 그 힘이 필요한 시기 아닌가? 자네만 승낙한다면 요동의 당나라와 그들을 따르는 배신자들을 몰아낼 수 있는 힘을 얻게 될 거야."

세활은 몸속의 피가 뜨겁게 달궈지는 걸 느꼈다. 지킬 수 있는 힘. 많은 동료들이 죽어가면서 지키고자 했던 것을 지킬 수 있는 힘, 복수를 할 수 있는 힘. 본능은 이미 노인의 말을 들으라고 아우성쳤다.

"자네들을 며칠 동안 놔둔 것은 스스로 보고 깨닫게 하기 위해서였어. 말해보게. 우리가 징그럽던가? 아니면 우리가 가진 힘이 부럽던가?"

노인의 말을 귀담아듣던 세활은 부하들 사이에 서 있는 라뉴와 눈이 마주쳤다. 아까와 살짝 달라진 눈빛을 본 세활은 노인에게서 떨어져 아이에게 다가갔다.

"너까지 유혹에 넘어간 것이냐?"

라뉴는 넋이 나간 표정으로 고개를 천천히 끄덕거렸다.

그런 세활에게 노인의 그림자가 다가왔다. 그때 라뉴가 살짝 고개를 저었다. 희미하게 웃은 세활은 팔꿈치로 노인을 때렸다. 그리고 손에 들고 있던 창날로 노인을 찌르기 위해 몸을 비틀었다. 그러자 문 쪽에 있던 배금과 부하들이 성난 고함을 지르며 몰려들었다.

세활은 두 팔을 앞으로 내민 채 다가오는 서수의 양팔을 창날로 잘라버렸다. 마른 나뭇가지를 쳐낸 것처럼 퍼석거리며 잘린 팔에서는 피 한 방울 나오지 않았다. 서수는 두 팔이 팔꿈치까지 잘리고도 남은 팔을 휘둘렀다. 휘청휘청 다가오는 서수의 발을 걸어서 넘어뜨린 세활은 우당탕거리며 넘어진 서수의 뒤통수에 창날을 그었다. 머리털이 엉켜 있던 뒤통수가 갈라지면서 썩어버린 뇌수가 튀었다.

어서 잡으라는 노인의 외침을 뒤로한 채 튕겨 나간 세활은 서수의 뒤에 서 있던 배금과 두 부하 사이를 파고들었다. 그리고 몸을 굴리면서 배금의 한쪽 발목을 잘라냈다. 아픔을 느끼지 못하는 듯 잘린 발목을 내버려두고 앞으로 걸어가던 배금은 복도에 쓰러졌다. 배금을 베어버리고 틈이 생긴 걸 본 세활이 라뉴에게 외쳤다.

"따라와!"

세활과 라뉴는 부하들의 짐승 같은 울부짖음을 뒤로하고 계단을 내려갔다. 문을 열고 바깥으로 뛰쳐나온 세활은 뒤뜰에서 저녁 준비를 하고 있는 피난민들에게 뛰어갔다. 어느덧 약해진 햇살을 뚫고 들어온 어둠이 세상을 무겁게 만들었다. 부리나케 뛰어간 세활은 김이 모락모락 나는 아궁이 앞에 우두커니 앉아 있는 영월을 보았다.

심상치 않은 분위기를 느낀 영월이 몸을 일으켰다. 세활은 영월의 뒷덜미를 움켜잡았다.

"저 괴물들이 왜 너희를 해치지 않는지 말해!"

"알 필요 없어요."

"너랑 피난민들도 다 한패였어. 소문을 듣고 찾아오는 사람들을 꾀어내서 괴물로 만들어버린 거로군."

"우린 아무 잘못 없어요!"

"어서 말해! 안 그러면 너랑 피난민 모두 살아남지 못할 거야!"

"그들이 누구인지 정말 모르겠어요?"

영월의 짧은 말이 차가운 비수처럼 세활의 가슴을 파고들었다. 남자 어른들이 없는 것을 보고 얼핏 생각하긴 했지만 사실이라고는 꿈에도 생각하지 못했다.

"설마."

망연자실한 세활에게 영월이 말했다.

"성문을 열고 들어온 당나라군은 약속과는 달리 행패를 부리고 사람을 죽였어요. 견디다 못한 사람들은 밖으로 빠져나왔지만 갈 곳이 없었죠. 그러다가 할아버지가 우리를 이곳으로 인도해줬어요. 그리고 어른들에게 제안을 했죠. 어른들은 며칠 동안 고민하다가 할아버지의 제안을 받아들였어요."

"그래서 스스로 괴물이 되었단 말이냐?"

"다른 방법이 없었어요."

영월의 말에는 한 줌의 슬픔도 담겨 있지 않았다. 세활은 영월의 어깨를 마구 흔들었다.

"노인은 너희들을 숨겨준 게 아니라 함정에 빠트린 거야. 요동에는 이곳에 양만춘 장군님이 계신다는 소문이 돌고 있어. 곧 당나라군이 몰려올 거다. 괴물들이 그들을 막을 수 있을 것 같으냐?"

영월의 표정이 조금씩 굳어져갔다.

"거짓말하지 말아요. 할아버지는 그럴 분이 아니란 말이에요!"

"노인은 너희 아버지나 오빠들 말고 더 많은 괴물이 필요했어. 너희들 따위는 안중에도 없었단 말이야!"

"그래도 우린 여기서 떠나지 않을 거예요!"

세활은 마구 소리를 지르는 영월의 몸을 흔들면서 다그쳤다.

"괴물은 그저 괴물일 뿐이야!"

"밤이 되면 가끔 아버지가 다녀가세요. 어디서 잡아 왔는지
모를 작은 새나 토끼 같은 게 움막 밖에 던져져 있거든요. 아저
씨가 뭐라고 하건 아버지는 우릴 지켜줄 거라고요."

"제발 정신 좀 차리란 말이야!"

"아저씨나 정신 차려요. 뭐라고 얘기하건 우린 가족을 두고
떠나진 않아요. 도망치려면 아저씨나 저 말갈족 아이랑 같이 도
망쳐요."

성난 영월의 외침에 세활은 할 말을 잃었다. 그러는 사이 하나
둘 주변으로 몰려든 사람들은 그에게 적대적인 눈빛을 던졌다.
망연자실해진 세활은 넋이 나간 표정으로 다가오는 그들을 쳐
다보았다. 그때 사당에서 광포한 울부짖음이 터져 나왔다. 영월
이 차가운 목소리로 세활에게 말했다.

"사당으로 돌아가요. 가서 할아버지에게 복종해요."

세활은 옆에 선 라뉴를 바라봤다. 그러고는 고개를 저었다.

"난 절대로 괴물이 되지 않을 거야."

세활이 영월을 쏘아보며 말했다.

"괴물이 되면 아무것도 기억하지 못한다고 그러는구나. 이유
도 모른 채 싸우는 건 단지 살육일 뿐이다. 나를 고구려를 지키

기로 맹세했다. 그걸 잊고 싸울 수는 없어."

세활은 피난민들을 노려봤다. 세활의 기세에 겁에 질린 그들이 옆으로 물러나면서 그의 시선이 닿은 곳을 비웠다. 계곡 끝에 간신히 턱을 걸친 석양이 내뱉은 야트막한 빛은 눈에 띄게 사라지고 있었다. 세활은 계곡 입구로 걸어갔다.

"가면 죽을 거예요!"

등 뒤로 영월이 외침이 들려왔지만 세활은 아무 대답도 하지 않았다. 그리고 옆에서 걷는 라뉴에게 말했다.

"광산에서 죽은 줄 알았다."

"물속 안에 있는 동굴로 끌려갔어요. 거기서 복종하라는 강한 암시를 받았죠. 보통 사람이라면 넘어갔겠지만 저는 주술사라서 그냥 넘어간 척하고 있었습니다."

"다행이다."

"저들은 마음을 흡수해서 사람을 괴물로 만듭니다. 아까 그 노인이 괴물의 우두머리였어요."

"기운을 느꼈어?"

"네, 아주 강력한 기운이었어요."

"곧 당나라 대군이 몰려올 거다. 그들이 괴물의 존재를 안다면 분명 탐을 낼 것이다. 특히 괴물의 우두머리를 말이다."

"그걸 전쟁에 이용할까요?"

"군대랑 싸울 때는 쓸모가 없을 거야. 저항하는 고구려 사람들이 사는 곳에 저런 괴물들을 풀어놓겠지."

세활은 상상만 해도 끔찍하다는 표정을 지었다. 어떻게든 당나라군을 막아야만 했다. 생각에 잠긴 채 걷던 세활에게 라뉴가 외쳤다.

"안개가 몰려옵니다!"

서서히 밀려오는 안개 속에서 창백한 울음소리가 들려왔다. 세활은 라뉴와 함께 젖 먹던 힘까지 다해서 달렸지만 계곡 입구에 도달하기 전에 안개가 완전히 앞을 가렸고, 검은 흙이 깔린 계곡 입구에 도달했을 무렵 절정에는 달했다. 방향조차 가늠하기 힘들 정도로 짙게 깔린 안개를 간신히 헤치고 도달한 검은 절벽은 넘어왔을 때보다 더 견고해 보였다.

절벽 앞에 도달한 세활은 올라왔던 틈을 찾아 더듬거렸다. 검은 흙이 들썩거렸다. 세활은 절벽을 등진 채 내려갔고, 라뉴가 뒤를 따랐다. 절벽을 거의 다 내려갈 무렵, 불길한 날갯짓 소리가 들려왔다. 고개를 든 세활은 허공에서 그것의 그림자를 봤다.

날갯짓을 잠시 멈춘 그것은 세활을 향해 곧장 내려왔다. 옆으로 몸을 날린 세활은 뒤춤에 꽂아뒀던 도끼를 던졌다. 땅에 내려앉은 그것은 날아온 도끼를 가볍게 한 손으로 쳐냈다. 세활은 그것이 다가와서 휘두르는 손톱을 피하면서 칼을 뽑아 들었다. 어지럽게 날아드는 손과 이빨들을 피하던 세활은 그것이 휘두른 발에 옆구리를 맞았다. 거센 충격에 숨이 막혀버린 세활은 본능적으로 칼을 휘두르며 물러났다. 그것은 뒤로 훌쩍 피하면서 칼날을 피했다.

숨을 고른 세활은 그것을 향해 다시 칼을 휘둘렀다. 허벅지를 노린 일격은 괴물의 손톱에 걸려 실패로 돌아갔고, 팔을 베어내려던 두 번째 공격 역시 믿을 수 없을 정도로 유연한 괴물의 몸놀림 탓에 빗나가고 말았다. 오히려 괴물의 발길질에 가슴팍을 얻어맞은 세활은 절벽까지 날아갔다가 떨어졌다.

온몸에 퍼진 통증 탓에 꼼짝도 할 수 없어진 세활은 다가오는 괴물을 바라봤다. 가까이 오기를 기다리고 있던 세활은 왼쪽 소매 안에 숨겨두었던 창날로 괴물의 손바닥을 찔렀다. 손바닥을 관통당한 괴물은 처절하게 울부짖었고, 그사이 세활은 라뉴와 함께 계곡 입구를 향해 뛰었다. 하지만 몇 발자국 뛰기도 전에 그것이 날개를 펄럭거리면서 쫓아와 발톱으로 세활의 어깨를 움켜잡았다. 끔찍한 고통에 몸부림치던 세활은 창날을 떨어뜨리고 말았다. 어깨가 으스러질 것 같은 고통에 온몸의 힘이 빠졌다.

그때 떨어진 창날을 집어 든 라뉴가 그것의 얼굴을 겨누고 던졌다. 팔로 창날을 막아낸 괴물은 고통스러운 비명을 지르며 날개를 펄럭거리며 하늘로 사라졌다. 그사이에 라뉴가 세활을 부축 걸어나갔다.

계곡 입구로 나가자 지글거리는 불빛들이 두 사람을 가둬버렸다. 그리고 불빛 뒤에는 당나라 병사들이 겨눈 창들이 보였다. 살기등등한 그들의 눈을 본 세활은 힘없이 중얼거렸다.

"태대대로······."

그러자 병사들을 헤치고 여수(旅帥, 절충부 휘하 백 명으로 구성된 여의 지휘관)쯤 되어 보이는 자가 앞에 나타났다. 부하들에게 창을 거두라고 손짓한 그가 세활에게 따라오라는 눈빛을 던졌다. 세활이 움직이자 병사들이 좌우로 갈라지면서 길을 터줬다. 세활은 라뉴의 부축을 받으면서 걸었다. 계곡 밖으로 나온 세활은 눈앞에 펼쳐진 광경에 할 말을 잊었다.

"맙소사."

수천 명은 되어 보이는 당나라군이 진영을 설치하느라 부산하게 움직이는 중이었다. 끝없이 펼쳐진 불의 바닷속에서 말 울음소리와 군호를 주고받는 소리들이 들려왔다.

진영에 들어서자 여수가 그의 뒷무릎을 발로 걷어찼다. 놀란 라뉴가 소리를 지르자 세활이 고개를 저었다. 풀썩 무릎을 꿇은 그의 몸을 샅샅이 뒤진 여수가 물러나자 기다렸다는 듯 결박이 지워졌다. 단단히 결박한 후 그를 일으켜 세운 여수가 뜻밖에도 고구려 말로 외쳤다.

"끝에 있는 천막에 가두고 잘 감시해라. 내일 날이 밝는 대로 대사자께서 심문하실 것이다."

"말갈족 아이도 같이 가둘까요?"

부하들 역시 고구려 말로 물었다. 겁에 질린 표정의 라뉴를 본 여수가 고개를 저었다.

"따로 가둬라."

꼭대기에 작은 삼각기가 펄럭거리는 천막에 도달한 두 병사는 세활을 안에다 집어넣었다. 아무것도 없는 텅 빈 천막 안에 쓰러진 세활의 귀에 천막의 문을 닫던 병사의 내뱉는 말이 들렸다.

"허튼짓을 하면 그대로 베어버려도 좋다는 하명이 있었다. 꼼짝 말고 쥐 죽은 듯이 누워 있어."

천막 문이 닫혔다. 세활은 옆으로 누운 그대로 머리를 바닥에 댔다. 시큼한 흙냄새가 코를 찔렀다. 깊고 아픈 생각과 기억들이 점차 흐릿해지는 가운데 세활은 천천히 눈을 감았다.

14. 요동성

세활과 부하들은 당나라군의 의심을 피하기 위해 모든 무기를 산속에 묻어두고 삼삼오오 나뉘어 요동성으로 들어왔다. 식량 확보와 양만춘의 행방에 대한 수소문 때문이었다. 그들은 성의 북쪽과 남쪽을 차지하는 외성의 큰길을 따라 곧장 시장으로 향했다.

　요동성은 놀랄 만큼 평온했다. 북쪽 성벽에 바짝 붙어 있는 탓에 항상 그늘 속에 갇혀서 백탑이라는 별명이 붙은 칠 층 목탑도 그 자리에 그대로 서 있었다. 빛이 바래고 구멍이 숭숭 뚫린 차양막 아래로 온갖 물건들이 진열된 좌판이 길 양옆을 가득 메웠다. 심지어는 알록달록한 천으로 장식한 저고리를 느슨하게 열어젖힌 유녀들까지 보였다.

　"대체 이게 뭡니까?"

　울분에 가득 찬 소사구가 나지막하게 입을 열었다.

"죽은 자는 죽은 자고, 산 자는 계속 살아야지."

"아무래 그래도 그렇지 불과 10년도 안 됐습니다."

"잊어버리는 데는 10년이 아니라 한 달만으로도 족해. 태왕께서 당나라군에게 항복한 해에 평양성에서만 끌려간 우리 백성들이 이십만이 넘어. 여기 요동성에서도 싸울 힘이 있는 사람들은 죽거나 잡혀갔겠지."

"결국 우린 헛고생을 한 겁니까?"

세활은 소사구의 격한 말에 적당한 대답을 찾지 못했다. 그가 입을 다물고 있는 사이, 좁은 골목길에서 튀어나온 한 떼의 아이들이 까르르 웃으며 앞을 가로질러갔다. 세활은 한 발자국 뒤에서 따라오던 소사구를 돌아보며 짧게 묵직하게 대답했다.

"아직은 아닐 거다."

시장은 오히려 전쟁 전보다 활기가 넘쳤다. 서역에서 온 색색가지 구슬을 몸에 휘감은 장사치가 발판 위에 서서 목청을 높였다. 그 옆에는 갓 잡은 돼지를 능숙한 솜씨로 해체하는 광경도 보였다. 횃대에는 피와 기름이 뚝뚝 떨어지는 돼지가죽과 시뻘건 고깃덩이가 바람에 가볍게 흔들렸다. 심지어 시장 한쪽 구석에 거적을 깔고 구걸하는 거지들까지 그대로였다.

"어찌하실 겁니까?"

뒤따르던 소사구의 말에 세활은 가볍게 숨을 들이켰다.

"일단 배를 좀 채우도록 하지."

마침 평양 음식을 할 줄 안다는 녹색 깃발이 걸려 있는 술집이 보였다. 삐걱대는 나무 발판을 밟고 안으로 들어선 두 사람에게 열 살이 갓 넘어 보이는 사내아이가 허리가 부러져라 꾸벅 인사를 했다.

"어서 오십시오. 두 분이신가요?"

세활은 대답 대신 고개를 끄덕거렸다. 그러고는 사내아이가 권해주는 자리 대신 바깥이 잘 보이는 출입문 옆 빈자리에 앉았다.

술집은 나무판자로 바닥을 깔고 싸리로 벽을 세웠다. 술집에 걸맞지 않게 깨끗하게 옻칠이 되어 있는 탁자와 벽 모서리에 살짝 튀어나온 불탄 기둥의 흔적을 보고서야 고개를 끄덕거렸다. 변하지 않은 것은 아니었다. 다만 모든 것의 폐허 위에 새로 만들어졌다.

소사구가 술과 음식을 주문했다. 거적으로 막아놓은 주방 쪽으로 쪼르르 달려간 사내아이의 뒷모습을 무심히 좇던 세활은 뜨거워진 한숨을 내뱉었다.

"너무 평온하군."

"우리는 빼앗긴 나라를 되찾기 위해서 목숨을 걸고 싸우고 있는데 여긴 별천지 같습니다."

세활은 여전히 분을 참지 못하는 소사구에게 말했다.

"당 태종 이세민이 요하를 건너면서 시작된 싸움이 무려 20년을 넘게 끌었어. 평양이야 방효태와 소정방의 군대에게 한 번 포위되었던 거 빼고는 마지막 싸움 때나 적과 마주쳤지. 하지만 이곳 요동은 첫 번째 싸움 이후 거의 매년 당나라군의 공격을 받았어. 처음에야 열심히 싸웠겠지. 하지만 뭐가 남았을까? 농부는 전쟁터에 나가느라 농사를 못 지었고, 장사치는 상점 문을 닫아야만 했네. 호태왕 시절에는 전쟁터에 나가면 노비나 재물을 얻었지만 이번 싸움은 우리 땅을 지키기 위한 싸움이지 않았는가. 이겨도 원래 있던 땅을 지켰다는 것 외에는 다른 어떤 것도 얻을 수가 없었다네."

좁쌀로 만든 술은 살짝 데웠는지 연기 냄새가 조금 났다. 이가 살짝 나간 자그마한 잔을 들어 단숨에 비워버렸다. 소사구가 주변을 살펴보며 물었다.

"양만춘 장군님을 찾는다고 해도 이렇게 사는 백성들이 따라줄까요?"

"검모잠은 수백 명만을 데리고도 평양성을 되찾았다네."

애써 웃음을 지어 봤지만 세활조차 확신하지 못했다. 잠시 서로를 쳐다보던 둘은 약속이나 한 듯 수저를 죽 속에 파묻고 배를 채웠다.

어느 정도 배를 채운 세활은 길게 트림을 하고는 손짓으로 사내아이를 불렀다. 입구 쪽에 서 있던 아이가 쪼르르 달려왔다. 세활은 땟물로 얼룩진 아이의 손에 동전 하나를 살짝 쥐어주었다. 역시 눈치 빠른 아이는 주방에서 일에 열중하는 주인을 슬쩍 쳐다보고는 소매에 동전을 챙겨 넣었다.

"얘야. 혹시 시장 안에서 이상한 사람들 못 봤니?"

"이상한 사람들이야 많죠. 스님처럼 빡빡머리에 검은색 두루 마기를 입고 이상한 얘기만 해대는 도교 도사들도 있고, 당나라 옷 걸쳐 입고 거드름을 피우는 놈들도 많아요."

세활은 능청스럽게 입을 여는 아이에게 동전을 더 쥐어주었 다. 아이는 목소리를 바짝 낮췄다.

"누굴 찾으시는데요?"

"이 시장 안에 반역자 안승을 따르는 무리가 있다더구나. 혹 아는 이야기가 있니?"

"그런 무리를 찾는 어른들은 많이 알고 있습니다만 여기서는 안승의 안자나 고구려의 고자만 꺼내도 쥐도 새도 모르게 잡혀 가요."

"그래, 그럼 그런 사람들은 여기 없는 거니?"

실망감을 애써 감추고 묻는 그에게 아이가 귓속말을 했다.

"웬걸요. 어제만 해도 당나라 교위 놈 모가지가 시장 입구에 걸렸어요. 또 사흘 전에는 남문 밖에 있던 당나라군 막사에 불 이 나서 말들이 떼로 죽었답니다."

흐뭇한 표정으로 입을 연 아이가 주방에서 주인이 부르자 꾸 벅 인사를 하고는 냅다 뛰어가버렸다. 절망의 끝에서 희망의 불 씨를 찾은 세활은 탁자 모서리에 동전을 놓고 천천히 자리에서 일어났다. 문을 나서려는 세활에게 쪼르르 달려온 아이가 소매 를 붙잡았다.

"저기 검은 지고리를 입고 끝에 구슬이 달린 허리띠를 맨 자들을 조심하세요. 남생의 부하라는 표시니까요."

아이는 세활이 미처 반응을 보이기 전에 다시 주방 안으로 사라져버렸다.

거리로 나서자 아이의 말대로 시장 곳곳에는 검은 옷에 머리를 빡빡 밀어버린 사내들이 보였다. 뒤엉켜 있는 그들의 시선 사이를 조심스럽게 지나치는 세활에게 소사구가 속삭였다.

"놈들이 쫓아옵니다."

세활이 뒤쪽을 흘끔 돌아보자 방금 전 술집에서 나온 검은 저고리의 사내들이 이쪽을 향해 손가락질을 하는 것이 보였다. 세활은 목이 좁은 큰 도자기들을 파는 상점 옆에 난 좁은 길로 몸을 던졌다. 상점의 담장 사이에 난 좁은 길은 큰길에서 장사를 하지 못하는 상인들이 밀려난 곳인 뒷골목으로 이어졌다.

세활은 소사구와 함께 담장 뒤에 숨어서 검은 저고리의 사내들이 거리를 거슬러 올라가기를 기다렸다. 짧게 잡아채는 숨소리와 길바닥을 차는 가죽신 소리가 잠깐 들려왔다가 사라졌다. 한숨을 쉰 그는 소사구와 함께 걸음을 재촉했다. 예상했던 것보다 더 지독한 감시망이었다.

잎사귀가 다 떨어지고 뼈처럼 앙상한 가지만 남은 굵은 나무가 거미줄 같은 그림자를 드리웠다. 잔해처럼 흩어져 있는 좌판 사이를 지나가던 세활은 오른쪽으로 굽어진 길옆 나무 밑에 쪼그리고 앉아 있는 노파를 보았다. 작고 낮은 평상을 앞에 가져다 놓은 노파는 꾸벅꾸벅 졸고 있었고, 발밑에는 털이 거의 다

빠진 강아지가 힘없이 꼬리를 흔들었다.

정작 세활의 시선을 잡아두었던 것은 노파나 강아지가 아니었다. 노파가 등지고 있는 나무에 걸린 색색가지 빛바랜 천들과 낡은 깃발이었다. 오랜 세월동안 비바람에 시달린 탓인지 깃발에 새겨진 점(占)이라는 글씨는 희미해져 있었다. 걸음을 멈춘 세활을 본 소사구가 말했다.

"추모성왕을 모시던 사당의 신녀 같습니다."

"신녀?"

그의 반문에 소사구가 노파를 턱으로 가리키며 말을 이어갔다.

"네, 요동성에 있는 추모성왕을 모시는 사당에는 신통력이 있는 여자아이들을 뽑아다가 신녀로 모십니다. 매년 동맹제 때 다음 해 풍년이 들게 해달라고 기원을 하거나 어려운 일이 있을 때 앞날을 점지해줍니다. 그러다 나이가 들고 신통력이 떨어지면 사당 밖으로 쫓겨나는 거죠. 쫓겨난 신녀들은 신과 접신을 했기 때문에 혼례를 하지 못하고, 저렇게 점을 치거나 유녀로 떠돌게 됩니다."

"기억나는군. 20년 전인가 당 태종이 처음 이곳을 포위했을 때도 이곳 욕살이 신녀에게 점을 친 적이 있었다고 했었지?"

"네, 신녀는 당나라군을 물리칠 것이라고 예언했지만 결국 포위 십삼 일 만에 성은 함락되고 말았죠. 그때 저도 여기 있었습니다."

주변을 돌아보던 소사구가 낮은 목소리로 얘기를 이어갔다.

"어서 여길 뜨시죠. 시장에만 염탐꾼이 있지는 않을 겁니다."

"알겠네."

두 사람이 나누는 말을 엿들었는지 노파가 눈을 떴다. 눈썹까지 눌러쓴 지저분한 두건을 살짝 들어 올린 노파의 자글자글한 주름 사이에 갇힌 눈을 본 그는 알 수 없는 오싹함에 사로잡혔다. 노파의 작고 가는 눈동자가 날카로운 칼날이 되어서 가슴속을 파고들어 숨겨진 내면을 헤집어놓는 것 같았다.

세활은 애써 태연한 척했지만 헐떡거리는 가슴을 부여잡았다. 노파는 발밑에서 낑낑거리는 강아지를 품에 끌어안았다. 그러고는 카랑카랑한 목소리로 입을 열었다.

"바보 같은 놈. 길을 잃은 모양이구나."

세활은 소사구에게 손짓을 하고는 잠자코 노파를 쳐다보았다. 노파는 아무 말 없이 평상을 옆으로 치웠다. 평상 밑에는 자그마한 나뭇가지와 깨진 숯 덩어리들이 만들어낸 불이 숨겨져 있었다. 강아지 앞에 놓여 있던 작은 뼈를 집어 불 속에 던지며 노파가 히죽거렸다.

"아니면 평생 걸어갔던 길이 잘못되었음을 이제야 눈치챘거나 말이야."

"길은 잘못 가는 게 아니라오. 할멈."

세활의 말에 노파가 코웃음을 쳤다.

"그럼, 왜 여기서 이러고 있는 게야. 여긴 막다른 곳, 갈 곳 없

246

는 자들이나 오는 곳이야."

노파의 말은 더없이 무례했지만 세활은 아무 말 없이 동전을 꺼내 평상 위에 떨어뜨렸다.

"그럼 노파께서 길을 알려주시구려. 섭섭지 않게 사례하리다."

"너에게는 길 따위는 없어. 오직 죽음과 회한뿐이지."

노파는 갈고리처럼 굽은 맨손으로 불 속을 뒤적거리더니 아까 집어넣은 뼛조각을 꺼내 평상 위에 떨어뜨렸다. 하얀 열기를 토해낸 뼛조각을 이리저리 뒤집어보던 노파가 썩고 뒤틀린 치아만 남은 입을 우물거렸다.

"그곳으로 가. 달이 사라지는 곳. 그곳에 길이 있어. 사람들, 아니, 다른 것들도, 그가 있어."

점점 잦아드는 노파의 말에 세활은 귀가 번쩍 뜨였다.

"그라니? 누굴 말하는 거요?"

"누구긴 누구야. 네놈들이 길이라고 믿는 사람이지. 이름 석 자도 불러줄까. 양만춘! 맞지?"

잔뜩 주름진 노파의 얼굴은 웃는 것인지 우는 것인지 알 수 없었다. 세활은 노파 앞에 한쪽 무릎을 꿇고는 동전 하나를 더 평상 위에 떨어뜨렸다.

"양만춘 장군이 살아 계신 게 맞소?"

"그는 죽지 않았어. 아니 죽지 못했어. 그럴 수가 없었으니까, 너처럼 말이야."

그때서야 세활은 노파의 눈을 똑바로 볼 수 있었다. 눈동자가 없는 한쪽 눈은 뿌연 안개가 담겨 있는 것 같았다. 다른 한쪽 눈 역시 까만 눈동자는 아주 조금만 남아 있었다. 바늘 자국 같은 눈 안의 검은 점이 그에게 향했다.

"장군님이 있는 곳이 어디요? 알려주면 더 사례하겠소."

"난 여섯 살 산에서 나물을 캐다가 신내림을 받았지. 해가 평소보다 더 뜨거워서 투덜대던 기억이 나는군. 그리고 언제 의식을 잃었는지 기억이 나지 않아. 뭐라고 그래야 하나? 그래, 실뜨기 놀이를 하다가 실이 툭 끊어진 것처럼 그렇게 정신을 잃었지. 같이 나물을 캐러 온 옆집 순이가 날 흔드는데 내가 이상한 말들을 쏟아냈다더군. 엄청나게 빠르게 뭔가를 말하는데 무슨 말인지 알아듣지를 못했었대."

노파의 표정은 그때 그 시절로 돌아간 것처럼 해맑아졌다. 소사구가 세활의 팔을 잡아끌었다.

"정신 나간 노인네 같습니다. 어서 여길 뜨죠."

"내가 눈을 뜨지 못하니까 결국 부모님이 와서 날 둘러업고 의원한테 갔었다는군. 의원도 왜 내가 정신을 못 차리는지, 그리고 왜 그런 이상한 소리들을 해대는지 몰랐어. 결국 부모님은 나를 데리고 동명성왕을 모시는 사당으로 갔어. 그런데 아버지가 날 들고 사당의 첫 번째 계단을 올라서는데 눈을 번쩍 떴다는군. 그렇게 해서 신녀가 되었지. 앞날을 맞추는 내 능력은 한 번도 틀린 적이 없었지. 동맹제 때마다 나는 황금색 고깔을 쓰고 서역에서 갖고 온 향을 몸에 뿌린 채 부여신의 현신으로 숭배를 받았어. 욕살은 물론이고 한 번은 평양에서 온 대대로도 내 앞에 고개를 조아렸지. 그러다 어둠이 몰려왔어. 요하 건너, 당인들이, 개미 떼처럼 많았고 호랑이보다 더 사나웠어. 그들은 성을 포위했고 밤낮없이 불을 쏘아댔지. 사람들은 두려움에 빠져버렸고 나에게 찾아왔어. 나에게 물었지. 성 밖의 적들이 언제 물러가는지 말이야. 하지만 난 대답해줄 수 없었어. 며칠 전 사당에 장작을 대주던 나무꾼에게 내 몸을 허락했거든. 신통력이 사라져버렸지만 차마 말을 할 수가 없었지. 그래서 그들이 원하는 대로 대답해주었어. 추모성왕께서 지켜주시니 적들은 성안으로 한 발자국도 들이지 못할 거라고 말이야."

노파의 얘기를 듣던 세활은 도망치고 싶었다. 하지만 알 수 없는 것이 상처 입은 그의 발을 그 자리에 꽉 붙들었다. 썩은 치아을 드러내며 웃던 노파가 주름투성이 손가락을 들어 그를 똑바로 가리켰다.

"성을 점령한 당나라군이 물러난 후에 흥분한 사람들이 사당으로 몰려왔지. 나를 끌어다가 시장을 돌더군. 그 전에는 나와 눈만 마주쳐도 울던 사람들이 돌을 던지고 침을 뱉었어. 그런데 말이야. 이상했던 건 그때가 마음이 더 편했다는 사실이야. 남들에게 어쩔 수 없이 보여줘야만 했던 거짓들을 벗어던졌기 때문이었지. 사람들은 날 끌고 다니다가 여기에 불을 놨어."

노파는 그를 향해 들어 올렸던 손가락으로 구멍이 숭숭 뚫려 있는 주름치마를 걷어 올렸다. 검버섯이 덕지덕지 달라붙은 주름진 허벅지 사이로 상처 입은 어둠이 보였다.

노파는 히죽거렸다.

"아프고 뜨거웠지만 나는 그 순간 신녀라는 짐을 벗어던지고 자유로워졌지."

"헛소리를 듣고 있을 시간 없습니다!"

소사구가 그의 팔을 움켜잡았다.

"너도 도망치고 싶은 게야. 하지만 죽은 사람들이 네 발목을 잡고 있어서 이러지도 저러지도 못하고 있잖아. 안 그래?"

"한 번만 더 그 주둥이를 놀리면 가만 놔두지 않겠다!"

격분한 세활이 주먹을 움켜쥐며 소리쳤다. 오지도 않는 손님을 기다리며 꾸벅꾸벅 졸던 장사치들이 놀란 눈으로 그들을 쳐다봤다. 노파는 차가운 눈으로 세활을 노려보았다.

"네놈 눈에서는 오직 죽음밖에 읽히지 않는구나. 어찌할꼬?"

세활이 채 대답할 말을 찾기도 전에 등 뒤에서 소란스러움이 밀려왔다. 빡빡 깎은 머리에 검은 저고리 차림의 사내들이 하나둘씩 모습을 드러냈다. 허리띠 끝에 매달린 검은 구슬들이 눈에 들어왔다. 그걸 본 소사구가 외쳤다.

"놈들입니다!"

노파가 정신없이 떠들었다.

"책성 쪽으로 가. 책성에서 남쪽으로 백오십 리쯤 떨어진 곳에 그곳이 있을 거야."

"그곳이 어디야?"

"달이 잊힌 곳, 망월향이지. 안개가 구름처럼 껴 있어. 하지만 말이야, 절대로 살아서 나오진 못해."

"그곳에 양만춘 장군이 계신 것이냐?"

"놈들이 옵니다!"

그는 절박하게 외치는 소사구의 말을 무시하고 노파를 다그쳤다. 웃음을 한입 베어 문 노파가 차갑게 대꾸했다.

"폐허가 있을 거야. 사람들이 사라진 집과 광산, 100년도 전에는 은을 캐던 광산이었지만 지금은 오직 죽음뿐, 모든 죽음들이 있지. 하나도 남김 없는 죽음들이 말이야."

"염병할! 말을 해줘. 거기에 가면 장군님이 계신지!"

검은 저고리의 사내들이 작은 호각을 꺼내 힘껏 부는 소리가 들려왔다. 노파가 떨리는 목소리로 말했다.

"네가 가는 길의 끝에 죽음이 보이는구나. 모두 잃고 말 거야. 어이할꼬."

세활은 검은 저고리의 사내들을 피해, 죽음만을 노래하는 눈먼 노파를 피해 도망쳤다.

검은 저고리들의 추격은 예상보다 끈질겼다. 혼잡한 시장이라면 손쉽게 따돌릴 수 있을 것이라고 생각했지만 추격자들은 혼잡한 틈에서도 세활과 소사구를 놓치지 않았다.

"흩어져서 추격을 따돌린다. 약속 장소 어딘지 알지?"

세활은 소사구에게 얘기하고 흩어졌다. 요동성 안의 지리도
잘 몰랐고, 추격을 따돌린다고 해도 성 밖으로 무사히 빠져나갈
지도 장담할 수 없었다. 최소한 소사구만이라도 빠져나가게 만
들려면 어떻게든 도망쳐야만 했다.

길가에 팬 배수구들이 담장을 따라 길게 이어졌다. 인적이 드
물어지면서 추격은 더욱 집요해졌다. 턱 밑까지 차오른 숨을 헐
떡거리며 달리던 세활은 앞을 가로막는 검은 저고리들을 피해
좁은 골목길 사이로 숨어들었다. 쓰레기와 어둠이 발끝에 차이
는 좁은 골목을 빠져나오자 또 다른 세상이 펼쳐졌다.

기둥과 서까래만 올린 푸줏간들은 쇠갈고리에 걸어놓은 고
깃덩어리들로 둘러싸여 있었다. 털이 빠진 채 거꾸로 매달린 닭
의 목이 풍경처럼 흔들렸다. 방금 빠져나온 골목길을 흘끔 돌아
본 세활은 피와 기름기가 고여 진창처럼 질퍽거리는 길을 거슬
러 올라갔다. 피에 젖은 앞치마를 두르고 두꺼운 칼로 소 앞다
리 힘줄을 잘라내던 푸줏간 주인이 날카로운 눈초리로 쏘아봤
다. 첨벙거리는 소리와 함께 검은 저고리들이 모습을 드러냈다.
세활은 뼈가 산더미처럼 쌓여 있는 커다란 도마 뒤에 몸을 숨겼
다. 피가 맺혀 있는 고깃덩이 사이로 검은 저고리들의 모습이 보
였다. 다행스럽게도 들키지 않은 모양이었다. 안도의 한숨을 쉬
는 순간 등 뒤에서 새된 목소리가 달라붙었다.

"도둑이야! 도둑!"

바짝 쪼그라든 노파가 침을 흘리며 소리쳤다. 멀어져가던 검

은 저고리들과 시선이 마주친 세활은 벌떡 몸을 일으키다가 털썩 주저앉고 말았다. 오랫동안 쪼그리고 앉은 탓에 발목에 통증이 찾아온 것 같았다.

세활은 엉금엉금 기어서 도마 위에 놓인 칼을 집어 들었다. 시퍼런 칼날을 목에 가져가는 순간 보이지 않는 손이 칼을 쥔 손을 툭 쳤다. 머리 뒤로 날아간 칼은 피 웅덩이에 떨어졌다. 세활은 손등에 박힌 별 모양의 표창을 물끄러미 쳐다봤다. 바람처럼 달려온 검은 저고리들이 소매에서 꺼낸 칼로 목과 팔을 눌렀다. 그리고 그중 한 명이 소가죽으로 감싼 짧은 몽둥이로 그의 목덜미를 내리쳤다. 목이 떨어져 나갈 것 같은 격심한 통증과 동시에 머리에 보자기가 씌워졌다.

검은 저고리들의 손에 들려진 몸은 수레 바닥 같은 곳에 눕혀졌다. 잠시 후 덜컹거리는 소리와 함께 몸이 움직였다. 누워 있는 탓에 수레바퀴의 장구통이 삐걱대는 소리가 폭포 소리만큼이나 크게 들렸다. 몇 번의 수하를 오갔고, 세활의 몸을 수색하는 손길이 한 번 지나간 다음에 빗장을 푸는 소리가 들렸다. 어마어마하게 큰 문인지 경첩이 열리는 우렁찬 소리는 한참이나 들렸다. 문이 열리고 수레가 다시 움직였다. 저택 안으로 들어간 수레 주변으로 군호를 외치는 소리, 발을 맞춰 걸을 때 들리는 단조로운 저벅거림이 파도처럼 밀려왔다가 물러났다.

잠시 후 수레가 멈추고 우악스러운 손길들이 그를 끄집어냈다. 그리고 그의 몸은 의자 같은 것에 던져졌다. 뒤로 당겨진 손목과 발목이 단단히 결박당한 후 머리에 뒤집어쓴 보자기가 벗겨졌다. 곧 차가운 물이 뿌려졌다. 채찍처럼 길게 후려친 찬물 줄기가 요동치던 시선을 단숨에 얼어붙게 만들었다. 옷자락을 타고 흐르는 물이 바닥을 적셨다. 덕분에 정신을 차릴 수 있었다. 잠시 후 주위를 둥그렇게 둘러싼 검은 저고리들이 옆으로 물러나자 맞은편 의자에 앉은 사람이 보였다.

"오랜만이군."

치렁치렁한 붉은색 관복에 위쪽이 둥근 관모까지, 눈앞의 사내는 완벽한 당나라 관리 차림이면서 고구려 말을 했다. 그 뒤에 서 있는 다른 관리들도 고구려인으로 보였다. 세활은 눈앞의 사내가 누구인지 금방 알아차렸다.

"남생?"

"마지막에 본 게 아버지 장례식이었으니까 7년 만이군. 낯선 자들이 들어왔다는 보고를 듣고 바로 자네를 떠올렸지."

"지금 네 모습을 보면 지하에 계신 태대대로 어르신이 눈을 감지 못하실 것이다."

세활의 비아냥에 남생과 주변에 늘어선 검은 저고리들이 반응을 보일 줄 알았지만 그들은 미동도 하지 않았다.

"고구려는 내가 배반하지 않았다고 해도 망할 운명이었네."

그가 알던 남생은 항상 불안정했고 신경질적이었다. 그래서 태대대로 연개소문의 장남이라는 자리가 몹시 버거워 보였다.

아버지만 한 강단이나 배짱은 없고, 고집과 의심만 고스란히 물려받은 남생은 결국 태대대로의 죽음 이후 1년도 안 된 시기에 두 동생과 대립했다. 동생들과의 싸움이 불리하게 돌아가자 남생은 당나라에 입조하고 말았다. 그때의 절망이 주마등처럼 스치고 지나가자 감정이 요동쳤다.

"자넨 당이 왜 그렇게 집요하게 우리를 공격했는지 아나? 당 태종의 첫 번째 침공부터 치면 무려 20년 넘게 당은 이 땅을 넘봤어. 아니지, 수나라 역시 그랬으니 50년이 넘었군."

"우리가 저들에게 순순히 굴복하지 않았으니 그랬겠지."

"맞아. 혹자들은 요동에서 나는 철이나 땅을 탐내기 때문이라고 하지만 고구려보다 열 배, 스무 배는 넓은 땅덩이를 가진 당이 뭐가 아쉽다고 그 많은 피를 흘려가면서 요동을 차지하려고 했겠나. 우리가 고구려이기 때문에, 우리가 우리의 하늘과 신과 땅을 가지고 있었기 때문에 저들이 우리를 치려는 걸세."

"말도 안 되는 궤변을 들어줄 상대를 찾는다면 다른 사람을 찾아."

"저들은 국경을 맞댄 나라가 강대하길 원치 않아. 복속하고 굴종하길 원하지. 신라처럼 말이야. 하지만 우린 그럴 수가 없었지. 우린 고구려고, 자랑스러운 추모성왕의 후손이자 부여의 정통성을 잇고 있었으니까. 호태왕께서는 백잔과 동이를 복속시켰고, 왜를 끌어들인 가야를 토벌했고, 왜를 패퇴시켰지. 장수태왕께서는 백잔주의 목을 베었고, 명치호왕께서는 부여를 완전히 복속시켰지. 그 오랜 영광들이 켜켜이 쌓여 자랑스러운 고구려를 만들었어. 말해보게. 자넨 아직도 고구려를 위해 목숨을 바칠 수 있겠는가?"

"기꺼이."

"보장태왕께서 평양성의 성문을 열고 항복한 게 벌써 5년 전이야. 고간과 이근행이 석문에서 신라와 고구려의 잔당들을 크게 이겼다고는 하지만 아직도 끝이 난 건 아니지. 신라는 납작 엎드려 사죄사를 보냈지만 시간 끌기일 뿐이야. 태왕을 사칭한 안승은 백성들을 이끌고 내미홀군에서 배를 타고 백제 땅으로 갔다는군. 그리고 여기 요동 땅도 완전히 평정된 건 아니지. 덕분에 내가 여기로 오게 된 거고 말이야."

"넌 이해하지 못할 거야. 배신자에 겁쟁이니까 말이야."

세활의 말에 남생은 희미하게 웃었다.

"어떤 길을 가는지는 각자의 몫이겠지. 내가 가는 길이 많은 비난을 받는다는 걸 잘 알아. 나 역시 처음에는 살기 위해서, 그리고 동생들에게 복수하기 위해서 당과 손을 잡았으니까. 하지만 그들의 실체를 보고 나서 생각이 바뀌었다네. 저들에게는 우리보다 열 배나 많은 군대와 스무 배나 많은 백성이 있어. 저들은 자신의 목적을 이루기 위해 몇 십만 명 정도는 희생시킬 각오가 되어 있네. 실제로도 그러했고 말이야. 돌아가신 아버지는 항상 번민하셨지. 왜 그렇게 끈질기게 쳐들어오는지 이해하지 못하셨으니까. 아무튼 아버지가 평생 찾지 못했던 답을 찾은 순간 나는 결심했지. 막을 수 없다면 받아들이기로 말이야."

애기를 마친 남생은 그를 바라봤다. 하지만 세활이 침묵을 지키자 다시 입을 열었다.

"저들의 목표는 우릴 모두 죽이고 이 땅에 자기 백성을 옮겨 다놓는 게 아닐세. 우리를 모두 끌고 가서 노예로 만들 생각도 없어. 그들이 원하는 건 오직 하나, 고구려뿐일세. 우리로 하여금 창을 들고 싸우게 만드는, 절망적인 상황에서도 포기하지 않게 만드는 고구려 말일세. 저들이 없애고자 하는 건 오직 그것뿐이야. 고구려가 없어진다면 자넨 죽음을 두려워하지 않는 무사가 아니라 평범한 농사꾼이나 장사치가 될 거야. 영광과 승리는 사라지겠지만 대신 죽음과 살육은 없어. 한마디로 말하자면 모든 게 평온해지는 거지."

"그래서 배신자가 된 건가?"

세활의 물음에 남생은 어깨를 으쓱거렸다.

"선택하지 못한다면 받아들이는 게 순리야. 거기다 자네도 잘 알고 있겠지만 이 싸움은 절대 이길 수 없어. 어느 누구도 다른 누군가에게 무의미한 죽음을 강요할 수는 없어."

"당나라 앞잡이답게 혀끝 하나는 잘도 놀리는군. 왜 나한테 그런 말을 하는지 모르겠지만 더 이상 듣고 싶지 않다."

"내가 어떻게 자넬 잡았다고 생각하나?"

남생이 건넨 뜻밖의 말에 세활은 움찔하고 말았다. 믿고 싶지 않았지만 인정할 수밖에 없는 사실들이 남생에게서 나왔다.

"이 요동성은 고구려 때만큼은 아니라고 해도 많은 사람들이 드나드는 곳이지. 상주하는 사람만 해도 십만이 넘어."

"시끄러워!"

세활이 버럭 고함을 질렀다. 남생은 고개를 기울여 그를 쳐다봤다.

"자네 아버지는 수나라 병졸로 끌려왔다가 실수에서 포로로 잡혔지. 원래대로라면 아버지의 대를 이어 수레바퀴나 만들었을 거야. 아버지의 심복이었던 찬노가 자네들을 수하로 쓰기로 했던 건 탁월한 선택이었어. 고구려인도 포기한 고구려를 끝끝내 지키고자 하니까 말이야."

자리에서 일어난 남생은 그에게 걸어왔다.

"아버지는 누구보다도 현실에 잘 적응했어. 아버지는 싸울 수밖에 없었기 때문에 싸웠을 뿐이야. 난 항복할 수밖에 없었기 때문에 항복한 것이고 말이야."

"시끄럽다!"

남생이 허리를 숙여 그의 눈을 쳐다봤다. 꿈틀대는 세활의 눈빛을 흥미롭다는 듯 쳐다본 남생이 허리를 펴며 말했다.

"과연 양만춘이 살아 있을까?"

"죽은 걸 본 사람이 아무도 없잖아."

세활은 최대한 무심한 척 대답했다. 코웃음을 친 남생이 뒷짐을 지며 자리로 돌아가서 앉았다.

"설사 살아 있다고 해도 노망 난 늙은이에 불과해. 지금 내 밑에는 양만춘 밑에 있던 자들이 있어. 그들 말로는 성이 함락되기 직전에는 숨만 쉴 뿐 죽은 거나 다름없었다고 하더군."

"그렇다면 왜 그렇게 신경을 쓰는 거지? 늙고 힘없는 노인네라면 살았든 죽었든 상관할 필요 없잖아."

가시 돋친 그의 말에 남생은 손바닥으로 허벅지를 치며 껄껄거렸다.

"그건 맞는 말이야. 그 늙은이를 무서워할 이유는 없지."

웃음기를 거둔 남생이 딱딱하게 굳은 얼굴로 말을 이어갔다.

"30년 전 당 태종의 첫 번째 침공이 실패로 돌아간 건 아버지께서 북방의 설연타를 움직여 당을 공격하게 했기 때문이었네. 하지만 아무것도 모르는 사람들은 양만춘이 안시성에서 당 태종을 물리친 덕분이라고 알고 있지. 물론 승승장구하던 당나라 군의 예봉을 꺾은 건 사실이야. 아버지조차도 당 태종이 주필산에서 북부욕살 고연수와 남부욕살 고혜진이 이끄는 우리 군을 물리쳤을 때 안시성도 끝이라고 믿었으니까 말이야."

"나도 그때 안시성에 있었지. 당나라군은 마지막까지 안시성의 성벽을 넘지 못했어."

세활의 말에 남생이 찡그린 얼굴로 고개를 끄덕거렸다.

"양만춘은 불패의 태종 황제께 처음으로 패배라는 이름을 각인시킨 무장일세. 마지막 싸움에서도 요동의 모든 성들이 활 한 번 쏴보지 못하고 대당의 군대에게 무릎을 꿇었을 때도 안시성만큼은 예외였지. 양만춘이라는 이름은 이제 불패의 명장을 넘어 전설이나 신화가 되어가고 있네. 지금 손을 쓰지 못하면 앞으로 얼마나 더 많은 피를 바쳐야 할지 아무도 몰라. 그리고 그 피들 중에는 고구려인의 피가 적지 않을 걸세. 이왕 당의 깃발 아래 살기로 결심했다면 철저하게 허리를 굽혀야 해. 자네도 그렇기 때문에 기꺼이 우리와 손을 잡은 걸로 알고 있어. 미련을 두지 말게. 지나간 과거에 미련을 두는 건 가장 어리석은 짓이야."

"그래서 새로운 주인에게 꼬리를 흔들었나?"

세활의 비아냥에 남생이 히죽 웃었다.

"양만춘은 아무것도 아니야. 그냥 정신 나간 늙은이지. 하지만 사람들이 생각하고 꿈꾸는 양만춘은 아직까지는 경계해야만 할 존재야. 자네가 양만춘을 마지막 희망으로 생각하고 찾는 것도 무리는 아니지. 아마 내가 자네라도 그랬을 테니까. 사실은 우리도 그의 행방을 찾는 중이야. 거의 찾아낸 거나 다름없긴 하지."

남생의 마지막 말에 세활은 소름이 돋았다.

"그래, 사실 수색할 필요도 없었어. 양만춘 장군이 어디 숨어 있는지는 요동에 있는 고구려 사람들 절반이 알고 있으니까. 자네도 혹시 들었는지 모르겠군. 망월향이라는 이름 말이야."

남생의 말에 세활은 맥이 탁 풀렸다. 애써 태연한 척해보려 했지만 남생은 알겠다는 듯 씩 웃었다.

"정작 문제는 다른 곳에 있지. 안동대도호부에서는 공식적으로는 양만춘이 죽었다고 말하고 있어. 그런데 이제 와서 군대를 동원해 양만춘의 행방을 찾는다면 거짓말을 스스로 인정하는 꼴이 되지. 양만춘의 죽음에 대해서 반신반의하던 백성은 그가 생존해 있다고 믿어버릴 테고 말이야."

"몰래 사람을 보내면 되지 않아?"

"벌써 해봤어. 하지만 아무도 돌아오지 않더군. 재물을 노린 도적 떼 짓인지 아니면 장군을 지키는 무사들 소행인지는 모르겠지만 말이야."

"군대를 보내지 그러나? 양만춘 장군의 목이라면 탐을 내는 작자들이 많을 텐데?"

"당은 지금 고구려와 싸우는 게 아니라 지배를 하는 중이야. 전쟁터라면 닥치는 대로 죽이고 포로로 삼고 성을 불태우면 되지만 지금은 아니야. 한 명을 죽이면 두 명이 원한을 품고, 집 한 채를 태우면 한 가족이 이를 갈며 복수를 하려고 들지. 평화로운 통치가 당으로서는 여러모로 이득이야. 황제도 알고 있고, 중신들도 알고 있고, 나도 알고 있지. 양만춘은 우리로서는 요동을 통치하는 데 마지막 걸림돌이야."

남생의 말을 들은 세활이 코웃음을 쳤다.

"그 작은 걸림돌이 거대한 파도로 변해서 네놈들을 쓸어버릴 수도 있지."

세활은 처음으로 남생의 눈빛이 흔들리는 걸 봤다. 잠시 요동치던 그의 눈빛은 곧 차가워졌다.

"자네가 양만춘을 찾아내고 그를 앞세워서 사람들을 모은다고 치세. 얼마나 모일까? 물론 원한을 품은 떠돌이 무사나 굶주린 백성이 몰려들기는 하겠지. 잘 하면 근거지로 삼을 성도 마련할 수 있을 테고 말이야. 내응하는 성이나 지역도 분명 나타날 거야. 하지만 그뿐이야. 당은 다시 군대를 조직해서 요동으로 보낼 거야. 아니, 돌궐족만 보낼 수도 있겠지. 토벌 과정에서 아무 죄도 없는 백성들이 반란군이라고 의심받고 죽어나갈 거야. 자넨 그 수많은 죽음을 감당할 자신이 있나?"

세활이 아무 대답도 하지 않자 남생이 말을 이어갔다.

"양만춘이 우리에게 고개를 숙인다면 얘기는 달라지. 우린 명성에 걸맞은 대접을 그에게 해줄 거야."

"쓸데없는 소리! 그분께서 그렇게 하실 것 같으냐?"

"사람 일은 아무도 모르지. 내가 그 증거잖아. 돌아가는 정황은 자네도 나만큼이나 잘 알고 있으니까 더 이상 입 아프게 얘기하지 않겠네. 풀어줄 테니까 부하들에게 돌아가서 양만춘을 찾으러 떠나게. 만약 만나게 된다면 헛된 희망을 버리고 당나라에 고개를 숙이라고 하게. 그게 더 많은 희생을 막을 수 있는 유일한 방법이야."

풀어준다는 남생의 말에 세활은 고개를 번쩍 들었다. 머릿속으로 수많은 생각들이 스쳐 지나갔지만 확실히 느낄 수 있었던 것은 남생의 자신감이었다.

"거절하겠다. 더 할 말 없으니까 끌고 나가서 내 목을 쳐라."

"죽음 너머로 도망치겠다는 건가?"

"난 많은 죽음들에 빚을 지고 있어. 너 같은 배신자는 수백 번을 죽었다 깨어나도 이해하지 못할 거야. 네놈의 세 치 혀에서 나오는 말이 아무리 달콤하다고 한들 먹혀들어갈 것 같더냐?"

남생은 일이 뜻대로 풀리지 않자 답답한지 턱수염이 무성한 뺨을 신경질적으로 쓰다듬었다.

"여기서 자네가 죽으면 어떻게 될지 말해줄까? 난 옆방에 잡혀 있는 자네 부하한테 갈 거야. 가서 똑같은 말을 할 거야. 거절하면 죽이고 수락하면 풀어줄 거야. 그자가 만약에 망월향을 찾고, 그곳에서 은거하고 있는 양만춘을 찾아낸다면 결국은 내가 발견한 셈이 되는 거지. 아예 어설프게 반란을 일으키게 한 다음 이 기회에 역심을 품고 숨어 있는 자들을 모조리 끌어내다가 피바다를 만들 수도 있고 말이야. 자네에게 그 모든 걸 결정할 수 있는 기회를 주지. 잘 생각해봐."

여유 있는 웃음을 되찾은 남생이 손짓을 하자 뒤쪽에 서 있던 검은 저고리가 움직이는 것이 느껴졌다. 다시금 검은 보자기가 머리에 씌워지려고 했다.

"부하들을 데리고 가서 양만춘을 찾아. 그러는 동안 잘 생각해봐. 무엇이 최선인지 말이야."

세활은 남생에게 소리쳤다.

"이런다고 네놈 뜻대로 움직일 것 같으냐!"

"널 감시할 눈은 많아. 내 부하들은 사부구가 키운 간자들이야. 돈 욕심이 많고 잔인하기는 해도 간자로서의 능력은 고죽리 이후 최고지. 네가 어딜 가든 눈에 띄지 않게 뒤를 밟을 수 있어. 그리고 자네 부하들 중에도 이미 우리에게 포섭된 자들이 있네. 때가 되면 그자가 자네 앞에 나타날 거야. 날 배반한다고 생각되면 죽여도 된다고 일러뒀지. 설마 내가 그 정도 준비도 안 하고 자네를 풀어줄 것 같았나?"

보자기가 씌워지고 어둠이 찾아왔다. 눈앞에서 사라진 남생의 목소리가 다시 들려왔다.

"참, 검모잠이 죽었다는군. 안승을 도망치게 하려고 마지막까지 남아서 싸우다가 말이야. 내 부하들이 안승의 손에 죽었다고 헛소문을 퍼트리고 있으니까 곧 잊힐 거야."

"거짓말!"

"군호는 태대대로일세. 혹시 양만춘 장군을 찾으면 당나라군이나 내 부하들에게 그렇게 외치게나."

검모잠의 죽음은 차갑게 세활의 가슴에 틀어박혔다. 그는 도로 수레에 눕혀 저택 밖으로 내보내졌다.

덜컹대며 굴러가는 수레바퀴 소리 사이로 생각들이 끊임없이 피어올랐다가 꺼져버렸다. 분통이 터지기는 했지만 남생의 말은 틀리지 않았다. 검모잠, 죽음, 양만춘, 간자, 전쟁, 죽음……. 수레가 멈춰 서고 세활은 길바닥에 내팽개쳐졌다. 수레바퀴 소리가 사라지고도 한참 동안 꼼짝도 할 수 없었다. 땅에 바짝 붙은 귀로 온갖 소리들이 들려왔다.

겨우 몸을 일으켜 머리에 씌워진 보자기를 벗어던졌다. 아까 잡혀갔던 푸줏간들이 있는 거리였다. 피 냄새를 맡고 모여든 벌레들이 바닥에 고인 피 웅덩이 위에 내려앉았다. 어느새 뉘엿뉘엿 저물어가는 해가 아트막한 빛을 뿌리는 중이었다.

성문을 빠져나간 세활은 미행을 확인하면서 집결 장소인 요동성 남쪽의 폐사로 향했다. 산기슭에 자리 잡은 폐사에 도착했을 때는 이미 해가 완전히 떨어진 다음이었다. 전쟁 중에 불에 타버린 폐사의 잔해 사이에 숨어 있던 부하들이 세활을 보고는 몸을 일으켰다. 긴장한 표정이 역력한 호치가 세활을 맞이했다. 눈짐작으로 살펴봤지만 요동성으로 흩어져서 들어갔던 부하들 중 절반이 돌아오지 않았다. 그의 눈빛을 읽은 호치가 담담하게 대답했다.

"지제랑 성덕이는 고향으로 돌아갔습니다. 미안하지만 더 이상은 힘들 것 같다고 전해달라고 했습니다."

"알겠다."

세활은 아무렇지도 않은 척했지만 마음 한구석에서부터 조금씩 허물어졌다. 불탄 기둥 뒤에 웅크리고 있는 부하들을 한 명씩 뜯어봤지만 누가 배반을 했는지 알 도리가 없었다.

"이제 어찌합니까?"

불안감에 들뜬 호치의 말에 세활이 대답했다.

"책성 쪽으로 간다. 양만춘 장군님이 그쪽에 은신하고 있다는 소문을 들었어."

"가군사도 망월향 얘기를 들으셨습니까? 그게 사실일까요?"

"자네 생각은 어때?"

"너무 많이 퍼져 있어서 믿기 힘듭니다. 이런 정도로 소문이 퍼졌다면 당나라 놈들이 손을 안 쓸 리가 없잖습니까."

"지푸라기라도 잡아야 할 때야. 일단 그곳으로 간다."

누군가 나타났다는 짧은 휘파람 소리가 들려왔다. 잔뜩 긴장한 부하들이 수풀 사이로 난 길에 굳은 눈길을 던졌다. 등에 짐을 진 그림자가 수풀을 헤치고 가벼운 걸음걸이로 다가왔다. 걷는 모습을 본 세활은 안도의 한숨을 쉬었다. 보따리를 어깨에 비끄러맨 소사구가 세활 앞에 섰다.

"먹을 걸 구해 오느라 좀 늦었습니다. 무사하셔서 다행입니다."

활짝 웃는 소사구 앞에서 세활은 머뭇거리면서 대답했다.

"간신히 따돌릴 수 있었지. 자네는?"

"저도 간신히 뿌리쳤습니다."

대수롭지 않았다는 듯 어깨를 으쓱거린 소사구가 심각한 표정으로 변했다.

"소문 들으셨습니까? 양만춘 장군님이 망월향이라는 곳에 은거하고 계시다고 얘기 말입니다."

세활이 대답 대신 고개를 끄덕거리자 소사구가 다시 물었다.

"가보실 겁니까?"

"다른 방도가 없잖아."

세활은 양만춘 장군을 찾으러 가는 여정이 가혹할 것 같다는 느낌이 들었다. 하지만 부하들에게 내색을 할 수 없었기 때문에 태연한 척했다.

"이동한다!"

부하들이 무기와 짐을 챙기고 일어났다. 세활은 마지막으로 요동성의 모습을 바라보고는 발걸음을 옮겼다. 머리에서는 계속 지우려고 애썼지만 남생이 알려준 태대대로라는 군호가 떠올랐다.

15. 종말

"죽은 건 아니지?"

잠결에 고구려 말이 들렸다. 눈을 뜬 세활은 어젯밤 그 여수 목소리라는 걸 알아차렸다. 누군가 그의 옆머리를 걷어차고는 대답했다.

"그런 것 같습니다."

"대사자께서 오신다고 하니 어서 깨워라!"

일으켜 세워진 그의 시선은 천막의 입구에 걸쳐졌다. 잠시 후 천막을 열고 관복 차림의 낯익은 사내가 들어섰다. 세활의 시선을 받은 관리는 풀썩 웃으며 천막 안의 병사들에게 말했다.

"의자를 가져오고 결박을 풀어줘라."

단검을 뽑아 든 여수가 그의 몸을 옭아맸던 밧줄을 끊었다. 머리 잘린 뱀처럼 축 늘어진 밧줄들이 발밑으로 떨어졌다. 다른 병사가 접이식 의자 두 개를 가져와서 하나는 관리 뒤에, 그리고 다른 하나는 세활의 뒤에 놓고는 물러났다. 조그마한 의자에 앉은 관리가 그에게 앉으라는 손짓을 했다.

"난 대사자 불덕이라고 하네. 지난번 요동성에서 만났는데 기억하느냐?"

세활은 남생 옆에 서 있었던 그의 얼굴을 기억해내고는 고개를 끄덕거렸다. 잠시 동안 불편한 침묵이 흘렀다.

"태대대로라는 군호를 외친 자가 있다고 해서 누군지 궁금했네."

세활도 그 순간 왜 군호를 외쳤는지 알 수 없었다. 세활이 침묵을 지키자 불덕이 크게 웃었다.

"변명할 필요 없네. 위기의 순간이 오면 누구나 본능적으로 살고 싶어 하니까 말이야. 이제 고구려는 사라지고 보덕국만 남았네."

"난 당나라에 충성할 생각은 없다."

"그렇다면 한 가지만 얘기해주게. 저 망월향 안에 양만춘이 있는가?"

"안시성 피난민들이 약간 있었지만 양만춘 장군은 없었다."

"애초부터 없었으니까 당연하지."

코웃음을 친 불덕의 말에 세활이 물었다.

"이렇게 많은 대군을 끌고 온 이유가 무엇인가?"

"계곡 안에 이상한 괴물이 있다고 해서 말이야."

"뭐라고?"

세활의 반문에 불덕이 여수에게 눈짓을 했다. 밖으로 나간 여수가 데리고 사람들을 본 그는 깜짝 놀라고 말았다. 계곡을 같이 빠져나온 라뉴는 그렇다 쳐도 그 뒤에 선 키 큰 말갈족 사내와 그 옆에 선 낯익은 인물 때문이었다.

"너는……."

세활이 말을 잇지 못하자 마치주가 쓴웃음을 지었다.

"실망하셨습니까?"

"누군지 궁금하긴 했네."

"보초를 서고 있는데 호치가 그러더군요. 먼저 빠져나가면 자기가 뒤따라가겠다고 말입니다."

"용케 괴물들에게 안 죽었군."

"중간에 붙잡힐 뻔했는데 나무 아래 숨어 있다가 말갈족이 몰살당했을 때 빠져나왔습니다."

"괴물에 대해 알려준 자도 너였군."

세활의 따가운 시선에 마치주가 불덕을 바라봤다.

"배신한 이상 가치를 증명해야 하지 않겠습니까? 마침 대사자께서도 괴물에게 흥미를 느끼셨고 말입니다."

마른침을 삼킨 세활이 불덕을 바라봤다.

"계곡 안에 있는 괴물은 엄청나게 힘이 세고 창칼에도 끄덕하지 않는다. 계곡 안에 병사들을 밀어 넣으면 큰 피해를 입을 것이다."

"괴물을 손에 넣는다면 수천 명쯤은 아깝지 않아."

"설사 괴물을 사로잡는다고 해도 마음대로 다루지는 못할 거야."

필사적으로 얘기하는 세활에게 불덕이 크게 웃음을 터트렸다.

"그것도 다 방법이 있지."

불덕이 라뉴와 함께 서 있는 키 큰 말갈족 사내를 바라봤다. 그러자 그가 서툰 고구려 말로 얘기했다.

"며칠 후면 달이 부서지는 밤이 찾아온다. 그때가 되면 그것들은 힘을 쓰지 못해."

"달이 부서지는 밤이라니?"

세활의 반문에 그가 눈을 껌뻑거리면서 말했다.

"땅의 기운이 커지고 해가 달을 가리는 거지. 한 갑자(甲子, 60년)에 하루 정도 생기지. 달이 부서지면 그것들의 힘이 약해져."

그의 얘기를 들은 불덕이 흡족한 표정을 지었다. 그러자 세활이 쓴웃음을 지으며 고개를 저었다.

"그것들은 누구의 명령을 듣는 존재가 아니야. 힘이 약해진다고 해도 변하는 건 없어."

"생포를 하긴 하겠지만 무리할 생각은 없어. 우리가 노리는 건 그것들을 조종하는 놈이니까."

"조종하는 놈?"

"말갈족이 검은 괴물이라고 부르는 존재지. 맞나?"

질문을 받은 말갈족 사내가 고개를 끄덕거렸다.

"그것들을 조종하는 존재가 있다고 전해져 내려와. 그리고 계곡 안에서 그 기운을 느꼈다. 달이 부서진 밤이 되어 그것들의 힘이 약해지면 반드시 그것들을 이끄는 놈이 나타나겠지."

키 큰 말갈족의 얘기를 들은 대사자 불덕이 씩 웃었다.

"양만춘 대신 그것을 손에 넣는 것도 나쁘지 않지. 여러모로 쓸모가 있을 테니 말이야. 자네는 그냥 지켜보기만 해."

분노한 세활은 불덕에게 달려들었지만 여수가 내리친 칼등에 주저앉을 수밖에 없었다. 바닥에 넘어진 세활이 쏘아보자 불덕은 비웃는 표정을 지으며 의자에서 일어나 밖으로 나갔다. 그를 쓰러뜨린 여수가 칼을 거두고 뒤따라 나갔다. 머뭇거리던 마치주가 밖으로 사라지자 키 큰 말갈족 사내가 라뉴를 데리고 밖으로 나가려고 했다. 라뉴가 애원하는 눈빛을 던지자 그가 세활을 잠시 바라보더니 혼자 천막을 나갔다. 천막의 문이 닫히자 라뉴가 세활에게 다가왔다.

"괜찮으세요?"

"견딜 만하다. 아까 그자는 누구냐?"

"제 전임 라뉴예요."

"그런데 왜 여기 있지?"

세활의 물음에 라뉴가 힘없이 대답했다.

"파문을 당하고 쫓겨났습니다. 어디로 갔는지 궁금했는데 여기서 만날 줄은 몰랐죠."

"저자가 계곡의 괴물에 대해서 알려줬군."

"거기다 배신한 아저씨 부하가 그것들을 직접 봤다고 얘기하니까 믿는 눈치였어요."

"젠장, 달이 부서진 밤이 되면 그것들이 힘을 못 쓴다는 게 사실이야?"

라뉴가 고개를 끄덕거리자 세활은 아랫입술을 깨물었다.

"저들은 검은 괴물을 잡아다가 반항하는 고구려 백성들을 학살하는 도구로 쓸 게 분명해."

"사당 안에 있던 노인이 그것들을 조종하는 걸 봤어요. 그자가 검은 괴물이 분명해요."

라뉴의 말에 세활이 물었다.

"확실해? 처음에는 안근생이었는데 나중에는 얼굴이 바뀌었다."

"저를 죽이려던 괴물들이 그자의 말에 손을 멈추는 걸 봤어요."

"그것들의 정체는 피난민 장정들이었다. 가족을 지키기 위해 스스로 그것이 되었다고 들었다."

"맙소사."

어쩔 줄 몰라 하는 라뉴에게 세활이 속삭였다.

"잘 들어. 당나라가 그것들, 특히 검은 괴물을 손에 넣는 걸 막아야 한다."

"우리 말갈족을 복종시킬 때도 이용하겠죠. 지금까지는 말을 타고 멀리 도망치면 됐지만 어디든 갈 수 있는 검은 괴물이라면 소용이 없습니다."

"당나라군이 검은 괴물을 손에 넣는다면 양만춘 장군이 돌아온다고 해도 저들을 막지 못해."

"괴물들은 세상에 나와서는 안 되는 존재예요. 하지만 방법이 있을까요?"

"달이 부서진 밤은 언제지?"

"사흘 후입니다."

"일단 지켜보면서 방법을 찾아보자."

"알겠습니다."

어른스럽게 대답한 라뉴가 천막 밖으로 사라지자 세활은 참았던 한숨을 쉬었다. 부스럭거리는 소리가 들리더니 천막의 입구가 살짝 열리고 마치주가 그를 바라보다가 사라졌다.

사흘 동안 당나라군은 계곡 안쪽에 있는 절벽을 올라갈 수 있는 언덕을 쌓았다. 대사자 불덕은 세활이 마음을 바꾸기를 기대했는지 진영 안을 자유롭게 돌아다니는 것을 허용했다. 물론 손이 결박되어 있고, 감시를 받아야만 했다. 개미 떼처럼 흙을 쌓아가는 모습은 수십 년 전 안시성을 넘기 위해 토산을 쌓던 모습과 비슷해서 세활은 저도 모르게 온몸을 떨었다.

그리고 사흘째 되는 날 저녁, 무장을 갖춘 당나라군이 대오를 이룬 채 계곡 안쪽으로 들어갔다. 병사들을 다그치는 군관들의 거친 목소리는 벌써 계곡 안 절벽까지 닿았다. 계절에 어울리지 않는 아지랑이가 새록새록 피어나면서 땅에 맞닿아 있는 병사들의 발끝을 흩어졌다. 거대한 망치가 대지를 내리치는 것처럼 구령에 맞춰진 발들은 땅을 울렸다. 대열의 선두는 벌써 절벽과 이어진 흙더미 앞까지 도달했다. 세활은 펄럭거리는 깃발과 햇살을 머금은 창날들을 보면서 중얼거렸다.

"엄청난 살육이 벌어지겠군."

그러는 와중에도 그의 눈은 당나라군의 대열을 더듬었다. 흙으로 된 언덕을 절반쯤 올라간 병사들의 대열에서 우렁찬 고함이 터져 나왔다. 계속 지켜보고 싶었지만 감시를 하던 당나라 병사가 이제 그만 들어가라는 손짓을 했다. 세활은 고개를 숙인 채 천막으로 돌아왔다.

기둥에 몸을 기댄 세활은 눈을 감고 기다렸다. 부스럭거리는 소리와 함께 눈을 뜬 세활은 천막 안으로 들어선 마치주와 눈이 마주쳤다. 천막을 지키던 보초의 시신을 질질 끌고 들어온 그가 세활의 결박을 풀어주면서 말했다.

"저를 믿어주셔서 감사합니다."

"먼저 포섭되었다고 얘기하고, 호치의 배신까지 털어놨는데 안 믿을 이유가 없지."

그날 새벽, 잠을 자다가 깨어난 세활은 경계를 서고 있는 마치주의 표정이 심상치 않은 것을 봤다. 무슨 일이냐고 묻는 그에게 마치주는 눈물을 흘리며 사실을 털어놨다. 믿었던 부하가 배신했다는 충격 속에서도 어떻게든 돌파구를 마련하기 위해 고심하던 세활은 마치주에게 이중첩자가 되라는 밀명을 내렸다. 마지막에 군호를 외치고 포로가 된 것도 마치주가 있을지 모른다는 실날같은 희망 때문이었는지도 몰랐다. 대견하다는 표정을 짓는 세활에게 마치주가 얘기했다.

"당나라 군대가 계곡으로 진입 중입니다."

"규모는?"

"대략 삼천 정도 되고, 후속부대가 그 정도 대기 중입니다."

"네가 진실을 알려줘서 난관을 이겨낼 수 있었다. 이제 네 임무는 끝났다. 가족이 있는 고향으로 돌아가."

"같이 가겠습니다."

마치주의 말에 세활이 고개를 저었다.

"내가 마무리 짓겠다. 고생했다."

세활은 보초의 갑옷을 벗겨 입고 투구를 썼다. 밖으로 나가는 세활에게 마치주가 말했다.

"몸조심하십시오."

가볍게 고개를 끄덕거린 세활은 천막 밖으로 나왔다. 상당수의 병력이 출동했고, 나머지도 대기 중이라 주변은 한산했다. 주변을 돌아보는데 천막 사이에서 라뉴가 고개를 내밀었다.

"저도 같이 가요."

"위험해."

"여기 있는 것도 마찬가지입니다."

"딱히 방도가 있어 가는 것이 아니다."

"저는 흑수말갈족의 라뉴로서 해야 할 일이 있습니다."

라뉴가 고집을 부리자 세활이 하는 수 없이 대답했다.

"옆에 꼭 붙어 있어라."

당나라군으로 변장한 세활은 라뉴를 데리고 계곡으로 향했다. 양쪽에 끊임없이 전령들이 오갔기 때문에 별다른 의심 없이 그들은 계곡 안으로 들어갈 수 있었다. 해가 떨어지고, 안개가 꼈지만 당나라군이 피워놓은 모닥불 때문에 대낮처럼 환했다.

절벽 앞에 쌓은 언덕으로 바퀴가 달린 쇠뇌인 상자노가 올라가는 중이었다. 세활은 상자노를 미는 당나라군 사이에 태연하게 끼어들었다. 상자노를 밀면서 언덕을 오른 세활의 눈에 당나라 병사와 괴물의 시신이 잔뜩 쌓여 있는 게 보였다. 괴물들은 이빨을 드러내며 싸웠지만 당나라군의 숫자가 더 많았다. 거기다 창과 칼로 제대로 무장한 정예 당나라군 앞에서 괴물은 속수무책이었다.

"괴물들이 힘을 못 쓰는군."

세활의 말에 라뉴가 하늘을 바라봤다.

"달이 사라져가고 있어요."

빈틈이 없는 당나라군의 대열을 무질서하게 들이치던 괴물들은 갈고리에 찍혔다가 맥도와 도끼에 토막 나버렸다. 당나라군은 그것들에게 그물을 던져서 꼼짝하지 못하게 한 다음에 쇠사슬로 엮어 생포하려고 했다. 그물과 쇠사슬로 엮인 괴물들은 갈고리로 찍혀 끌려와 커다란 우리 속에 갇혔다. 물론 괴물들이 군데군데 대열을 파고들어서 병사들을 끌어내거나 물어뜯는 모습이 보이기는 했지만 중과부적이었다. 균열이 생긴 대열은 뒤에 있던 병사들이 금방 메워버렸다. 괴물들은 오두막의 잔해가 있는 쪽까지 밀려났다.

세활은 으깨진 당나라 병사가 품에 안고 있던 맥도를 챙기고 살육으로 가득한 벌판을 뛰어갔다. 수북하게 쌓인 시체 사이로 싸움이 계속되고 있었다. 두 다리가 잘린 괴물이 엉금엉금 기어가 당나라 병사의 다리를 물었다. 비명을 지르는 동료를 구하기 위한 무수한 칼질이 괴물의 등에 떨어졌지만 괴물은 목이 잘릴 때까지 다리를 놓지 않았다.

팔다리가 잘린 괴물에게는 기름을 붓고 불을 붙였다. 횃불처럼 타오른 괴물들의 비명이 불길 속에서 녹아내렸다. 구름 속에 뒤엉킨 달빛 아래 처참한 살육이 벌어지는 중이었다. 세활은 괴물들을 가둔 우리 쪽으로 다가갔다. 그러자 라뉴가 낮은 목소리로 물었다.

"어디로 가세요?"

"좀 떨어져 있어."

빠른 걸음으로 우리 쪽으로 다가간 세활이 주변을 살폈다. 우리 안에 가둬서 그런지 경계가 허술했고, 그나마 지키는 병사들도 계곡 쪽의 싸움을 지켜보느라 정신이 팔려 있었다. 조용히 다가간 세활이 들고 있던 맥도로 우리 앞을 지키던 당나라 병사들을 베었다. 그리고 다른 병사들이 눈치채기 전에 맥도로 자물쇠를 내리쳐 부쉈다.

뒤늦게 소리를 들은 당나라 병사 하나가 고함을 지르며 달려오다가 우리의 문을 박차고 나온 괴물에게 깔려버렸다. 갇혀 있던 수십 마리의 괴물이 튀어나오자 주변에 극심한 혼란이 일어났다. 세활은 피 묻은 맥도를 움켜쥐고 라뉴에게 갔다.

"가자."

세활은 라뉴를 데리고 당나라군을 따라갔다. 선두는 사당이 산자락에 도달한 상태였다. 숨을 헐떡거리며 세활을 따르던 라뉴가 외쳤다.

"안개가, 안개가 다시 몰려듭니다!"

라뉴의 말대로 땅에서 스며 나온 것 같은 안개가 산자락을 따라 강물처럼 흐르면서 사당 주변을 감쌌다. 동료와 괴물들의 피를 뒤집어쓴 당나라 병사들이 주춤거렸다. 그 광경을 본 세활이 라뉴에게 물었다.

"달이 부서지면 힘을 못 쓴다고 하지 않았어?"

"힘을 쥐어짜내는 것 같습니다."

"왜? 날개가 있으니까 그냥 날아가면 되잖아."

"여기에 있어야 할 이유가 있는 모양입니다."

라뉴의 얘기를 들은 세활이 고개를 절레절레 저었다.

"괴물은 사람이 아니잖아."

"인간이었을 때의 마음이 남아 있을 수도 있습니다."

"맙소사."

세활은 삶과 죽음, 인간과 괴물이 안개 속에 뒤엉킨 계곡을 바라봤다. 안개가 마치 살아 있는 것처럼 꿈틀거리며 뻗어 나가면서 당나라 병사들과 괴물들의 시신을 삼켜버렸다. 선두가 주춤거리면서 물러나는 기미가 보이자 여수들이 나서 자리를 지키라고 호통을 쳤다. 그때 당나라 병사들이 하늘을 쳐다보면서 외쳤다. 당나라군과 자주 싸워서 그들의 말을 어느 정도 알고 있던 세활은 그 뜻을 알아차렸다.

"검은 달?"

하늘을 올려다보자 사당 위에 안개들이 둥글게 뭉쳐서 달을 가리는 게 보였다. 그 구름은 차츰 검게 변해갔다. 세활이 계곡에서 마주쳤던 괴물들의 눈동자 같았다. 세활은 그것을 바라보는 당나라 병사들의 두려움을 충분히 느꼈다.

병사들이 좀처럼 전진하지 않자 여수 한 명이 뒷걸음질 치는 병사 한 명의 목을 베었다. 그러자 병사들이 다시 앞으로 전진했다. 피와 죽음의 잔해를 헤치고 나아간 당나라군의 선두는 다시 사당이 있는 산자락에 도달했다.

오두막집의 폐허를 쑤시던 병사의 창날이 쑥 빨려 들어갔다. 그러고는 어리둥절하는 창의 주인에게 되돌아갔다. 창끝에 찔린 당나라군이 비명을 지르며 뒤따르던 동료들에게 던져졌다. 오두막집의 잔해를 부수고 일어선 것은 날개를 펼친 검은 괴물이었다. 다른 괴물들보다 덩치가 훨씬 컸고, 이빨과 손톱도 더 길고 날카로웠다. 무엇보다 미끈거리던 다른 괴물들의 피부와는 달리 소나무 껍질처럼 피부가 단단해 보였다.

날개를 펄럭거리며 검은 달이 있는 곳까지 올라간 검은 괴물이 계곡 안에 들어온 당나라군을 내려다보면서 괴성을 질렀다. 귀가 찢어질 것 같은 꿍음에 몇몇 병사들은 칼과 방패를 놓고 귀를 틀어막았다. 뒤쪽에 있는 궁수들이 구령에 맞춰서 일제히 화살을 날렸다. 그러자 검은 괴물은 날개를 접고 낮게 날았다. 허공을 할퀸 화살들은 땅으로 떨어지면서 선두에 선 당나라 병사들을 덮쳤다. 아비규환 속으로 날개를 펄럭거리며 날아간 검은 괴물은 주춤거리는 당나라군 대열 속으로 빨려 들어갔다. 그걸 본 라뉴가 말했다.

"필사적으로 싸우고 있네요. 저 자리를 떠나지 않는 걸 보면 뭔가 소중한 걸 지키려고 하나봅니다."

지켜보던 세활의 귀에 죽어가는 당나라군의 비명과 후드득거리며 살이 찢어지는 소리가 들려왔다. 뜯겨 나간 팔에서 뿜어져 나온 선홍색 피가 어스름한 세상으로 뿜어져 나갔다.

기세가 꺾여 물러나던 당나라군 사이로 두꺼운 날이 붙은 맥도와 도끼로 무장한 병사들이 나타났다. 병사들과 격돌한 검은 괴물은 거대한 손톱으로 달려드는 병사들을 후려쳤다. 다른 괴물들과는 달리 빠르고, 날개가 있는 검은 괴물은 도끼와 맥도가 춤추는 살육의 공간을 헤집고 다니면서 죽음을 만들어냈다. 무장한 병사들을 집어 던지고 물어뜯던 괴물이 갈기갈기 찢긴 시신을 허공에 던졌다. 비처럼 쏟아진 핏방울이 일그러진 당나라군의 얼굴에 후드득 떨어졌다.

당나라군은 거듭 죽어나가면서도 조금씩 조여들면서 틈을 봤다. 마침내 뒤로 돌아간 병사의 도끼가 검은 괴물의 발뒤꿈치에 떨어졌다. 균형을 잃고 한쪽 무릎을 꿇은 검은 괴물의 왼쪽 어깨에 또 다른 도끼날이 틀어박혔다. 한쪽 손으로 어깨에 박힌 도끼를 뽑아낸 검은 괴물이 도끼를 내던졌다. 그사이 뒤에서 내리쳐진 칼날이 날개의 일부를 찢었다. 괴성을 지른 검은 괴물이 자신의 날개를 내리친 당나라 병사를 잡아 허리를 뜯어버렸다.

검은 괴물의 그런 모습에 당나라군이 마침내 뒤로 물러났다. 틈이 생기자 검은 괴물은 날개를 펼쳐 다시 날아오르려고 했다. 하지만 쉬익거리는 소리와 함께 상자노에서 날아온 화살들이 검은 괴물을 덮쳤다. 빗나간 화살 일부가 당나라 병사를 맞추기도 했지만 개의치 않고 화살을 날렸다. 온몸에 굵은 화살이 꽂힌 검은 괴물이 날개를 접은 채 바닥에 내려앉았다. 호각 소리가 울리자 굵은 그물을 든 당나라 병사들이 모습을 드러냈다. 그걸 본 라뉴가 말했다.

"저걸로 검은 괴물을 사로잡을 것 같아요."

답답한 마음에 무심코 하늘을 바라본 세활이 중얼거렸다.

"검은 달이 사라지는군."

"힘이 다하고 상처를 입었으니까요."

사라지는 검은 달과 상처 입은 검은 괴물을 번갈아 바라보던 세활은 맥도를 치켜들고 뛰쳐나갔다. 놀란 라뉴의 외침이 들렸다.

"안 돼요!"

당나라군 복장을 하고 있어서 아무도 의심하지 않는 사이, 그물을 든 당나라 병사들 근처까지 접근한 세활은 맥도를 휘둘렀다. 갑작스러운 기습에 병사들이 비명을 지르며 쓰러졌다. 당나라 장수들과 지켜보던 불덕이 세활을 알아보고는 화를 냈다.

"이 간사한 놈!"

그 틈에 기운을 차린 검은 괴물이 그물을 든 병사를 잡아 굵은 팔로 얼굴을 부수어버리고 다리를 밟아서 부러뜨렸다. 세활은 비틀거리는 검은 괴물을 데리고 뒤로 물러났다. 왜 이렇게 끼어들었는지 스스로도 알 수 없었지만 그냥 두고 볼 수만은 없었다.

정신을 차린 당나라군이 다가왔다. 칼을 단단히 움켜쥐고 최후를 각오한 세활에게 괴물이 뒤쪽의 사당을 가리켰다. 세활은 고개를 끄덕거리고는 그곳을 향해 달렸다. 그걸 본 당나라군이 화살을 쏘았지만 검은 괴물이 날개를 펼쳐서 화살을 막았다. 그리고 달려들던 당나라군을 붙잡아서 머리를 뽑아버린 다음 집어 던졌다. 방금 전까지 살아 있던 동료의 피를 뒤집어쓴 병사들이 더는 견디지 못하고 비명을 질렀다.

사당을 향해 뛰던 세활의 다리에 화살이 꽂혔다. 쓰러진 세활을 부축한 것은 라뉴였다. 몸을 일으킨 세활은 라뉴의 부축을 받으며 뛰었다. 문에 빗장을 채운 세활은 담장을 훌쩍 넘어온 검은 괴물과 함께 사당 안으로 들어갔다. 메마른 어둠을 뚫고 안으로 들어선 세활은 계단을 올라 노인이 거처하던 방으로 갔다.

앞장선 괴물은 방에 들어서자마자 구석에서 쓰러졌다. 그러고는 그의 눈앞에서 천천히 노인으로 돌아갔다. 세활은 허탈하게 웃다가 피를 한 움큼 토해냈다. 라뉴가 다리에 박힌 화살을 뽑았다.

"다행히 깊이 박히진 않았어요."

"숨어 있지 왜 나선 거야?"

"그러는 아저씨는 왜 가만있지 않았어요?"

"……그러면 안 될 것 같아서."

세활은 벽에 등진 채 앉아 숨을 헐떡거리는 노인을 바라봤다. 그리고 오래전 어디선가 본 것 같은 느낌이 들었다. 노인에게 다가간 세활이 조심스럽게 물었다.

"아주 오래전에 저에게 먹다 남은 건량을 주시지 않았습니까?"

그 얘기를 들은 노인이 쓴웃음을 지었다.

"이틀 치니까 아껴 먹으라고 했었지."

세활은 비로소 양만춘 장군을 찾았다는 안도감과 하필 그가 검은 괴물이 되어버렸다는 사실에 할 말을 잊었다. 살아 있음에도 불구하고 행방을 알 수 없었던 것은 그가 괴물이 되어버렸기 때문이었다.

평양성이 함락된 이후에도 당나라군이 안시성을 쉽게 공격을 하지 못한 것은 전적으로 양만춘 장군의 공이었다. 그런 양만춘 장군이 흉측한 괴물로 변했다는 사실이 좀처럼 믿겨지지 않았다. 아울러 끝까지 안시성의 피난민을 지키고자 했던 그의 모습이 너무나 안타까웠다. 충격에 빠졌다가 가까스로 정신을 차린 세활이 말했다.

"괜찮으십니까?"

고개를 끄덕거린 그가 희미하게 웃었다.

"성이 함락되었을 때 왜 불구덩이 속으로 몸을 날리지 않았는지 모르겠어."

"아직 해야 할 일이 있다고 믿으셨기 때문이겠죠."

"그 양만춘이라는 이름, 지겹도록 날 괴롭히는군."

"포기하는 법을 모르시니까 그러셨겠죠."

"세월은 사람들의 마음을 곧잘 갉아먹지. 자네는 왜 지금까지 싸움을 멈추지 않나? 반은 수나라 사람인데 말이야."

세활은 양만춘처럼 희미하게 웃으며 대답했다.

"전쟁이 제 삶이었기 때문입니다. 저의 나머지 절반을 채우기 위해서는 계속 싸워야만 했으니까요."

"……이제 끝이 보이는군."

"저들은 괴물, 아니 장군님을 생포해서 끌고 갈 작정입니다."

"그물을 보고 짐작했네. 백성들이 도망칠 시간을 충분히 벌어 줬으니 이제 끝내야지."

"끝내다니, 어떻게 말입니까?"

"사당 곳곳에 소나무에서 짜낸 기름을 모아놨네. 불을 붙이면 삽시간에 타오를 거야."

세활은 가지고 있던 부싯돌을 건넸다.

"이걸 쓰십시오."

"그나저나 왜 검은 괴물을 구해주려고 했었나?"

"어쨌든 이 계곡 안 피난민들이 검은 괴물의 도움으로 살아남을 수 있었으니까요. 거기다 검은 괴물이 당나라군의 손에 생포되면 고구려 백성은 더 큰 고난을 겪게 될 것 같았습니다."

양만춘은 신음을 내며 벽에 몸을 기댔다.

"힘껏 싸우다 지치면 불길 속에 몸을 던지겠네. 자네는 저쪽 기둥 뒤에 비밀 통로로 빠져나가게. 광산으로 연결되어 있으니 놈들이 돌아갈 때까지 그곳에서 기다리면 될 거야."

두 사람이 얘기를 주고받는 사이 창밖의 동태를 살피던 라뉴가 외쳤다.

"저들이 담장을 넘었습니다!"

"저와 같이 피하십시오."

세활의 말에 양만춘은 고개를 저었다.

"내가 살아남으면 저들이 끝까지 추격할 걸세. 내 마지막 싸움을 지켜봐주게."

창밖을 살피던 라뉴가 갑자기 고개를 숙였다.

"화살이 날아옵니다."

벽과 창틀에 화살이 박히는 둔탁한 소리가 들리자 세활이 양만춘에게 말했다.

"어서 피해야 합니다."

"……강한 힘을 원했네. 지켜야만 할 것은 많은데 힘은 한없이 부족했지."

세활은 이해한다는 듯 고개를 끄덕이자 몸을 일으킨 양만춘이 복도로 나섰다.

"나의 마지막 싸움이 자네와 저 아이를 구해주는 게 되는군. 자넨 끝까지 포기하지 말게."

세활이 뜨거운 눈물을 흘리면서 고개를 끄덕거리는데 화살을 피해 몸을 숨긴 채 창밖을 살피던 라뉴가 외쳤다.

"저기 보세요!"

세활은 엉금엉금 기어가서 창밖을 바라봤다.

"저건……."

"우리 모두 여기를 빠져나갈 방법을 찾았습니다."

라뉴의 말에 세활이 창밖의 밤하늘을 바라봤다. 그리고 희망에 찬 표정으로 양만춘에게 돌아와 말했다.

"시간이 얼마 없습니다."

"무슨 말인가?"

양만춘의 물음에 세활은 대답 대신 팔을 내밀었다.

"왜 사당 안으로 밀고 들어가지 않는 것이냐!"

사당을 올려다보던 불덕이 연거푸 고함을 쳤다. 사당을 진즉에 포위했지만 아무도 들어가려고 하지 않았던 것이다. 목저성

출신의 가병 한 명이 주저하는 목소리로 대답했다.

"다들 겁을 집어먹은 모양입니다."

"그 괴물은 오늘 밤은 힘을 쓰지 못해! 이러다 놓치기라도 하면 너희들 모두……."

불덕의 말은 사당 안에서 들려오는 포효 때문에 끝맺지 못했다. 사당의 지붕을 뚫고 하늘 높이 치솟은 검은 괴물이 불덕 앞에 내려앉았다. 놀란 가병들이 불덕을 버리고 흩어져버렸다. 놀란 불덕이 허겁지겁 도망치려다가 괴물에게 잡히고 말았다.

"살려줘!"

검은 괴물은 절규하는 불덕의 목을 잡아 뽑았다. 그리고 눈을 껌뻑거리는 불덕의 목을 들고 당나라 병사들에게 다가갔다. 방금 전, 한 덩어리의 구름이 부서진 달을 가린 사이에 힘을 되찾은 것이다.

당나라군을 향해 성난 포효를 내뱉은 검은 괴물이 그들을 향해 날아갔다. 비명을 지른 당나라군의 머리 위로 검은 괴물의 날개가 드리워졌다. 고통스러운 비명이 터져 나오는 가운데 사당은 불길에 휩싸인 채 서서히 무너져갔다.

술렁거리던 병사에게 군관들이 물러나지 말라고 호통을 쳤다. 기운을 낸 병사들이 대열을 짰다. 궁수들이 화살을 날리자 검은 괴물의 몸에 화살들이 박혔다. 그 틈을 노려서 긴 창과 그물을 든 병사들이 접근했다. 그때 불타 주저앉은 사당에서 뭔가가 튀어나왔다. 그물을 들고 접근하던 병사들이 비명을 질렀다.

"거, 검은 괴물이 또 나타났다!"

병사들을 향해 낮게 날아간 또 다른 검은 괴물이 방패 벽에 부딪쳤다. 겁에 질린 병사들이 등을 보이고 도망치기 시작했다. 저지하려던 군관은 머리 위에 드리워진 그림자를 보고는 입을 다물지 못했다. 잠시 후, 무기를 버리고 도망치던 병사들 사이로 입을 벌린 군관이 목이 떨어졌다.

계곡 입구로 도망치던 병사 앞을 우리에서 풀려난 괴물들이 막아섰다. 괴물들에게 물린 병사들은 바닥에 쓰러진 채 몸부림을 치다가 일어났다. 그리고 방금 전까지 함께 싸웠던 동료들을 공격했다.

16. 또 다른 길

고구려가 멸망한 지 약 30년 후, 천문령

하루 종일 내린 눈보라가 온 세상을 하얗게 만들어버렸다. 설피를 신고 통나무로 만든 움막에 들어선 마득구는 아버지의 잔기침 소리에 문을 열었다.

"아버지, 빙어 잡아 왔어요."

"날도 추운데 밖에 나가지 말라고 하지 않았느냐."

늦둥이 외아들을 걱정하는 아버지의 말에 마득구는 설피를 벗으면서 대꾸했다.

"어차피 근처에 아무도 없는데요, 뭐."

"어젯밤 꿈자리가 이상했다."

"어머니라도 보신 거예요?"

마득구의 말에 아버지는 고개를 저었다.

"아니."

"그럼 20년 전에 봤다는 그 괴물인가 뭔가가 또 나왔어요?"

머리가 하얗게 센 아버지가 겁에 질린 표정을 짓자 마득구는 빙어를 항아리에 넣으면서 코웃음을 쳤다.

"그거 이상한 소문이잖아요. 창칼에도 죽지 않는 게 어디 있어요."

"내 눈으로 똑똑히 봤다. 그 계곡에서 말이야."

마득구가 바깥의 눈을 퍼 빙어가 든 항아리에 넣었다. 그리고 쪽구들 끝에 있는 아궁이 위에 올리면서 말했다.

"거기 들어간 당나라군 수천 명이 한 명도 살아나오지 못했다면서요? 말도 안 되는 얘기잖아요."

"아무튼 당나라 놈들이 언제 올지 모르니 조심해라."

아궁이 앞에 앉아 불을 들쑤시던 마득구가 대꾸했다.

"그놈들이 천문령 근처인 여기까지 올 이유가 없잖아요. 여긴 말갈족도 안 오는 곳이라고요."

"그래서 내가 당나라 놈들도 없고, 세금을 뜯어가는 밉살스러운 관리도 없는 이곳으로 왔지."

늙은 아버지가 자랑스럽다는 듯 얘기하자 마득구는 설피의 눈을 털면서 투덜거렸다.

"대신 어머니가 목숨을 잃으셨죠."

움막의 문 너머로 보이는 천문령을 올려다본 마득구가 고개를 절레절레 저었다. 딱 한 번 봤던 천문령의 호랑이는 덩치가 집채만 했다. 호랑이에게 계속 피해를 입자 마득구의 가족과 함께 왔던 다른 사람들은 애써 정착한 이곳을 떠났다. 마득구도 떠나고 싶었지만 늙고 병든 아버지를 혼자 놔두고 갈 수는 없었다.

착잡한 마음으로 문을 닫으려던 마득구는 눈을 밟는 소리를 들었다. 반사적으로 낫을 집어 든 마득구는 조심스럽게 바깥을 내다봤다. 곰가죽을 뒤집어쓴 채 눈을 잔뜩 맞은 늙은 사내와 젊은 사내가 보였다. 부자지간으로 보이는 그들 중 늙은 사내가 탁한 목소리로 물었다.

"말 좀 묻겠다. 천문령이 어느 쪽이지?"

낫 가지고는 제압할 수 없을 것 같은 위압감에 공손해진 마득구는 손가락으로 움막 앞의 산을 가리켰다.

"저, 저기가 천문령입니다."

"알겠네."

마득구는 늙은 사내의 한쪽 다리가 약간 불편하다는 것을 알아차렸다. 몸이 불편한 늙은 사내가 노인과 젊은 사내와 함께 천문령으로 가는 것을 보며 마득구가 외쳤다.

"천문령에는 엄청나게 큰 호랑이가 있습니다. 가시면 위험합니다!"

그러자 걸음을 멈춘 늙은 사내가 돌아보면서 말했다.

"저기 저 호랑이 말인가?"

고개를 돌린 마득구는 천문령의 호랑이가 축 늘어진 채 노인의 어깨에 걸쳐져 있는 것을 봤다. 보고도 믿기 어려운 광경에 마득구가 멍하니 쳐다보는데 노인이 호랑이를 움막 앞에 내려놨다. 입을 다물지 못한 마득구에게 노인이 물었다.

"혹시 천문령 너머에 고구려 사람들이 있다는 얘기를 들었느냐?"

"그, 그게."

놀란 마득구가 제대로 대답을 못 하자 방 안에 있던 늙은 아버지가 문을 열었다. 호랑이를 매고 온 일행을 번갈아 바라보던 아버지가 비틀거리며 밖으로 나오자 마득구가 황급히 나섰다.

"아, 아버지."

눈밭에 무릎을 꿇으며 아버지가 말했다.

"소, 소인 마치주입니다. 기억하시는지요?"

그러자 늙은 사내가 씩 웃었다.

"여기서 마주치다니 참으로 기이하군."

"천문령 너머로 몇 년 전에 대걸중상이라는 옛 고구려의 장수가 백성들을 이끌고 넘어갔다고 들었습니다."

"고맙네."

"부디 몸조심하십시오."

"그러지. 만나서 반가웠네."

가볍게 고개를 숙인 늙은 사내의 뒤로 젊은 사내와 노인이 뒤따랐다. 천문령으로 향하는 하얀 눈 위에는 세 사람의 발자국이 나란히 찍혔다.

-終-

작가 후기

우리에게
좀비란
어떤 존재인가?

좀비는 카리브해에 위치한 아이티섬을 중심으로 퍼져 있는 부두교와 관련이 있습니다. 부두교의 주술사가 특별한 약물을 이용해서 당사자를 가사 상태에 빠트린 다음 노예로 부려먹는 다고 합니다. 어떻게 보면 불쌍한 존재일 수 있는 좀비가 오늘날 인류를 멸망시키는 단골손님이 된 것은 1968년 조지 로메로 감독의 〈살아 있는 시체들의 밤〉에서 비롯되었습니다. 무덤에서 일어난 좀비들이 사람들을 공격한다는 내용의 이 영화는 공전의 히트를 기록했고, 대중에게 좀비라는 존재를 각인시켰습니다. 최근에는 미국 드라마 〈워킹데드〉를 시작으로 영화 〈월드 워 Z〉 등이 크게 인기를 끌기도 했습니다. 좀비와는 백만 광년쯤 멀리 거리가 떨어진 것 같은 우리나라도 연상호 감독의 영화 〈부산행〉이 흥행에 성공하면서 익숙한 존재가 되었습니다.

저는 오래전부터 좀비를 좋아했습니다. 좀비가 핵공격을 받은 서울에 출몰한다는 내용의 《폐쇄구역 서울》을 2012년에 발표했고, 곧이어 좀비들이 나타났을 때 어떻게 대비해야 하는지를 이야기하는 《좀비 제너레이션》을 출간했습니다. 2011년 Daum에서 좀비와 SF를 결합한 《그들이 세상을 지배할 때》를 공개한 적이 있습니다. 2018년에는 좀비 앤솔로지인 《그것들》을 기획하고 참여하기도 했습니다.

그럴 때마다 사람들은 저에게 묻습니다. 왜 좀비를 이야기하느냐고 말이죠. 딱히 할 말이 없는 저는 걸그룹을 좋아하는 것과 비슷하다고 얼버무립니다. 사실은 정반대입니다. 할 말이 너무 많지만 사람들이 대부분 끝까지 들으려고 하지 않기 때문에 입을 다문 것입니다.

저는 좀비를 일종의 피해자로 보고 있습니다. 드라마나 영화 속의 좀비는 대부분 인간이었을 때 좀비의 습격을 받거나 여러 경로로 감염이 되어 좀비가 되어버립니다. 소수의 악당이나 자포자기에 빠진 사람을 제외하고는 지극히 평범한 일상을 살다가 하루아침에 좀비가 되어버린 겁니다. 그리고 사냥꾼이나 사냥감으로서 살아남은 사람들과 대결을 하게 되는 것이죠.

하나하나에게 월등한 능력은 없지만 모이게 되면 엄청난 힘을 발휘하는 좀비들은 현대 사회를 구성하는 익명의 대중으로 투영될 수 있으며, 집단 속에서 전혀 자신의 존재감을 드러내지 못하는 개인으로도 치환될 수 있습니다.

좀비는 무덤에서 일어났지만 도시에서 살아가며, 죽었지만 살아서 움직이는 이중적이고 모순적인 존재입니다. 이런 모습들은 좀비가 복잡하고 고통스러워지는 현대 사회의 한 모습을 상징하는 것처럼 비추게 만듭니다. 그래서 좀비들이 항상 도시에서 등장하며, 사람들은 텅 빈 쇼핑센터를 요새로 삼아 버티거나 혹은 그곳에서 마음대로 쇼핑카트에 물건을 담는 모습들이 연출됩니다.

저는 여러 작품을 통해서 좀비를 다뤘습니다. 사실 좀비라고 명확하게 지칭되지는 않을 뿐이지 모든 문화권에는 죽은 사람이 되살아서 다시 나의 곁으로 온다는 내용의 설화들이 존재하고 우리나라 역시 《용재총화》라는 책에서 좀비와 비슷한 존재가 등장합니다.

《달이 부서진 밤》은 그 얘기를 듣고 구상한 것입니다. 우리 역사 속에 좀비 혹은 그것과 비슷한 존재가 있다면 어떻게 얘기를 풀어갈지 말입니다. 빌딩은 한옥으로 바뀌고 양복 대신 도포와 갓을 쓴 사람들이 등장하고, 총과 폭탄 대신 칼과 활로 맞서 싸워야만 하는 상황이 훨씬 더 자극적이고 흥미진진하게 다가온 것입니다.

《달이 부서진 밤》은 고구려 부흥의 마지막 희망인 양만춘 장군을 찾기 위해 음침한 계곡으로 들어가는 주인공의 모험담을 담고 있습니다. 양만춘 장군이 당 태종 이세민의 눈을 활로 맞히며 지킨 안시성은 고구려가 멸망한 668년 이후에도 몇 년 동안 저항을 계속하다가 671년에 가서야 당나라군 손에 넘어가게 됩니다. 익숙한 조선 시대 대신 삼국시대 후기 고구려가 멸망한 때를 다룬 것도 그것 때문이었습니다. 삶과 죽음이 종이 한 장 차이 정도로 가까웠던 시대였고, 고구려가 멸망하면서 살아 있지만 죽은 거나 다름없는 사람들의 이야기를 다뤄보고 싶었기 때문입니다. 실제로 평양성이 함락되고 보장왕이 항복한 이후에도 고구려인은 검모잠을 중심으로 당나라에 맞서 몇 년 동안 치열하게 저항을 합니다.

아주 오랫동안 쓴 작품이고, 결말을 포함한 내용들을 여러 번 손 봤습니다. 아마 다른 작품이었다면 이렇게까지 오랜 시간 매달려 있지는 않았을 겁니다. 좀비였기 때문에 가능했고, 좀비이기 때문에 그랬을 것이라고 믿습니다. 부디 이 이야기를 마음껏 즐겨주시기를 바랍니다.

정명섭

달이 부서진 밤

2018년 10월 22일 초판 1쇄 인쇄
2018년 10월 30일 초판 1쇄 발행

지은이 | 정명섭
발행인 | 이원주
책임편집 | 박유희
책임마케팅 | 정재영

발행처 | (주)시공사
출판등록 | 1989년 5월 10일(제3-248호)

주소 | 서울특별시 서초구 사임당로 82(우편번호 06641)
전화 | 편집 (02)2046-2852 · 마케팅 (02)2046-2883
팩스 | 편집 · 마케팅 (02)585-1755
홈페이지 | www.sigongsa.com

ISBN 978-89-527-9449-9 03810

이 도서의 국립중앙도서관 출판예정도서목록(CIP)은 서지정보유통지원시스템 홈페이지(http://seoji.nl.go.kr)와 국가자료공동목록시스템(http://www.nl.go.kr/kolisnet)에서 이용하실 수 있습니다.(CIP제어번호: CIP2018033568)